SUSAN MALLERY

SOLO PARA ÉL

Editado por Harlequin Ibérica.
Una división de HarperCollins Ibérica, S.A.
Núñez de Balboa, 56
28001 Madrid

I.S.B.N.: 978-84-687-0950-5
Depósito legal: M-32450-2012

A mis amigas de Facebook.com/SusanMallery:
Habéis ayudado a darle forma a Fool's Gold.
Le habéis dado nombre a personajes, habéis puesto en común ideas y sugerencias para ayudarme a crear tramas, e incluso habéis ejercido de equipo de animadoras de Fool's Gold.
¡Gracias por vuestra amistad y por vuestro apoyo!

Capítulo 1

Nunca accedas a ir a una entrevista de trabajo si el entrevistador te ha visto desnuda.

Nevada Hendrix estaba segura de que ese consejo estaría bordado en alguna almohada o que sería el texto de algún póster, pero, por desgracia, nadie lo había compartido con ella. Ahora, frente a Tucker Janack por primera vez después de diez años, descubrió que era un consejo muy, muy, acertado.

Había tenido todo pensado, había pulido su curriculum, había practicado sus respuestas ante distintas preguntas, se había comprado una chaqueta nueva e incluso había pagado un extra en la peluquería para que le aplicaran un tratamiento de brillo en el pelo. Ella, que siempre que había podido había evitado las cosas de chicas, había acabado hundida por un antiguo amante y por un tratamiento capilar de brillo.

—Hola, Nevada.

—Tucker.

Tuvo la precaución de no mostrar ningún tipo de emoción porque sabía que quedarse con la boca abierta y tener mirada de asombro no la harían parecer una mujer competente.

—Esperaba encontrarme a tu padre —admitió. Después

de todo, en la llamada que había recibido sobre la última entrevista le habían dicho específicamente que hablaría con el señor Janack y ese no era el nombre con el que asociaba a un chico al que había conocido en la universidad.

—Dirijo el sector de construcción y me encargo de la contratación personalmente en este proyecto —respondió él indicándole que tomara asiento.

Se encontraban en una sala de reuniones en un hotel de Fool's Gold. Ronan's Lodge, conocido para los lugareños como Ronan's Folly, era un edificio de preciosa construcción con carpintería tallada a mano y elegante mobiliario; todas ellas, cosas que se habría detenido a admirar en distintas circunstancias, pero resultaba que ahora mismo no podía ver más que al hombre que tenía sentado al otro lado de la mesa.

El paso del tiempo había sido amable con Tucker. Seguía siendo alto, aunque eso no debería ser ninguna sorpresa... No muchos hombres suelen encoger. Su cabello era oscuro y con las ondas justas para evitar que resultara demasiado guapo. Esos ojos oscuros, su mandíbula cuadrada y ese ápice de sonrisa en su apetecible boca seguían exactamente tal y como los recordaba.

Eh... no, nada de apetecible. Se trataba de su posible jefe... o no... dependiendo de lo que él recordara del pasado.

Maldijo para sí y se preguntó por qué su padre no podía haberse ocupado de ese proyecto.

—Ha pasado mucho tiempo —dijo él esbozando su típica y sutil sonrisa, la misma que la había hecho sentirse la chica más especial del mundo, aunque todo había resultado ser una mentira y le había roto el corazón hasta el punto de que ese dolor se hubiera vuelto irreversible.

Respiró hondo, apartó todos los recuerdos del joven Tucker y estiró los hombros.

–Como puedes ver en mi curriculum, he estado ocupada. Al terminar la universidad, trabajé en Carolina del Sur durante un par de años aprendiendo todos los aspectos de la construcción. Construimos muchos espacios comerciales y, antes de marcharme, estuve al cargo de un edificio de cinco plantas.

Tal vez para él eso resultaba insignificante, pero para ella era todo un orgullo.

–Lo terminamos antes de tiempo y por debajo del presupuesto inicial con los mejores resultados de inspección que la empresa había tenido nunca.

Él asintió, como si ya supiera todo eso.

–¿Por qué no te quedaste? Seguro que no querían que te marcharas.

–No, pero yo quería volver a casa.

–¿Raíces?

–Sí –él nunca había experimentado lo que era establecerse en un mismo lugar, ya que había crecido por todo el mundo, dado que Construcciones Janack era una multinacional. Recordaba cómo Tucker le había hablado sobre veranos en Tailandia e inviernos en África.

Sintió el peligro de adoptar una actitud demasiado personal y se recordó que quería ese trabajo.

–Desde que he vuelto a Fool's Gold me he ocupado, principalmente, de proyectos pequeños, como algún que otro residencial. He trabajado con cuadrillas de obreros de distintos tamaños y entiendo los códigos de construcción locales y estatales –siguió hablando y dando ejemplos de sus diversas habilidades.

–El equipo que trabajará aquí es uno de nuestros mejores. Llevan juntos mucho tiempo y no aceptan bien a los intrusos.

–¿Con eso de «intrusos» quieres decir «mujeres»?

Tucker se recostó en su silla y le lanzó otra de sus matadoras sonrisas.

–Construcciones Janack es una empresa que aboga por la igualdad de oportunidades y que cumple todas las directrices laborales, tanto federales como estatales.

–Muy políticamente correcto. No me da miedo un equipo de hombres, si eso es lo que quieres decir. Crecí con tres hermanos mayores.

–Lo recuerdo. ¿Cómo está Ethan?

–Bien. Casado. Feliz. Si vas a estar por aquí un tiempo, deberías ponerte en contacto con él.

Sin embargo, si los mandamás así lo decidían, Tucker estaría allí solo para contratarla y después se marcharía a cualquier otra parte del mundo.

–Lo haré. Estaré aquí durante la fase inicial de la construcción.

«¡Maldita sea!».

–Trabajas para Ethan –dijo Tucker–. ¿Por qué quieres venir a trabajar para mí?

No quería. Quería trabajar para su padre, pero esa no era una opción.

–Estoy buscando un desafío –dijo admitiendo la verdad.

–¿Has visto la magnitud del proyecto?

Ella asintió. Construcciones Janack había comprado alrededor de cien acres al norte del pueblo. Iban a construir un resort y un casino en una zona india y, además, la empresa le había arrendado unos acres adicionales a un promotor especializado en centros comerciales, lo cual tenía a la población femenina emocionada y expectante.

–Deberíamos hablar de ello.

Nevada lo miró preguntándose por qué ese proyecto de construcción merecía un gesto tan serio por su parte, pero entonces lo supo: «ello» no se refería al trabajo.

–No –luchó contra las ganas de levantarse y apartarse–. Sucedió hace mucho tiempo.

–Nevada... –comenzó a decir él en voz baja.

–No. Ya ha pasado. No significó nada.

Él enarcó las cejas.

–¿En serio?

¿Por qué no podía ser como el resto de los hombres del planeta y evitar hablar de algo incómodo? ¿Es que tenían que darle vueltas al pasado?

–Tucker, eso sucedió hace diez años y fueron cinco minutos difíciles e incómodos en mi vida. En serio, no importa.

–¿Así es como lo ves?

–Eso fue lo que sucedió. Estabas borracho, yo era… –apretó los labios. Bajo ningún concepto pronunciaría la palabra «virgen» en una entrevista de trabajo–. Déjalo estar.

–No fueron cinco minutos. Yo nunca…

–¡Oh, Dios mío! –no pudo contenerse y se levantó–. ¿Se trata de tu ego? ¿No puedes soportar el hecho de que nuestro breve encuentro sexual de hace una década sea un mal recuerdo para mí? Madura, Tucker. No es importante. No pienso en ello. He venido aquí por una entrevista de trabajo, no para… –se detuvo, aunque tuvo la sensación de que ya era demasiado tarde–. También éramos amigos por entonces, ¿es que no podemos recordar eso?

Él se levantó.

–Tú no nos veías como amigos. No, después.

No era una persona gritona y esa fue la única razón por la que no le gritó. Por el contrario, se obligó a mostrarse absolutamente calmada y a no perder el control.

–¿Tienes alguna otra pregunta sobre mi experiencia laboral?

–No.

–Pues, entonces, ha sido un placer volver a verte, Tucker. Gracias por tu tiempo.

Y con eso, se giró y salió de la sala de reuniones. Mantuvo la cabeza alta y los hombros echados hacia atrás, y así, nadie que estuviera mirándola podría haber adivinado que, por dentro, se sentía humillada y hundida.

Tener que revivir aquella vergonzosa noche con Tucker ya era suficientemente malo, pero perder la oportunidad de alcanzar el trabajo de sus sueños era aún peor. Había querido la oportunidad de trabajar con Construcciones Janack. Eran una gran compañía y ella habría podido ampliar sus miras profesionales sin tener que salir de Fool's Gold. Pero ahora, él la ignoraría sin tener en cuenta sus aptitudes, ¡muy típico de un hombre! ¡Qué injusticia!

Se giró y volvió a la sala de reuniones, donde la puerta seguía abierta. Vio a Tucker guardando una carpeta en su maletín; la carpeta que contenía su curriculum, la misma que contenía los papeles que representaban sus sueños y esperanzas.

–Soy buena en lo que hago. Me esfuerzo mucho y conozco este pueblo –le dijo cuando él alzó la mirada y la vio–. Entiendo a la gente que vive aquí y podría haber sido una gran aportación para la empresa, pero eso no va a pasar, ¿verdad? Y todo por un acto insignificante que sucedió hace años. ¡Eso sí que es integridad!

Tucker vio a Nevada darle la espalda por segunda vez en un minuto y salir. La puerta se cerró firmemente y él dejó de ver su corta melena y su estirada espalda.

–¿Cuándo os habéis acostado? –preguntó Will Falk al salir por una puerta lateral.

Tucker miró al hombre.

–No es asunto tuyo.

–¿Creías que quería oír todo esto? Basándome en lo que ha dicho sobre tu actuación, tienes que hacer algo –añadió sonriendo Will, amigo de la familia y ayudante de Tucker–. ¿Cinco minutos? ¡Qué humillante!

Tucker apretó los dientes.

–Gracias por recordármelo.

Quería gritar que había durado más de cinco minutos a

pesar de que, técnicamente, no podía recordar mucho sobre aquella noche porque, tal y como Nevada había señalado, había estado borracho. Eso sin mencionar que además había estado como loco perdido en una tempestad llamada Caterina Stoicasescu. Por desgracia, Nevada también se había visto atrapada en el huracán de la vida de Cat, por muy breve que hubiera sido.

—Lo has estropeado todo —dijo Will—. Me parecía que tenía potencial.

—Y lo tiene. Aún no he terminado con ella.

Will soltó una risita.

—¿En serio? ¿Crees que vendrá a trabajar para ti después de esto?

—Quiere el trabajo.

—No. Lo quería. Aquí la clave es usar el tiempo en pasado. Ahora sabe que eso supone trabajar para ti. ¡Caramba, Tucker! ¿Cinco minutos?

—¿Puedes dejar eso de una vez?

—Supongo que tendré que hacerlo. Pero eras un chico guapo, no tan feo como para romper un espejo. Creía que alguna mujer se habría compadecido de ti y te habría enseñado a hacerlo, pero supongo que me equivocaba.

Tucker señaló la puerta.

—Largo.

—¿O qué? ¿Vas a sacarme a rastras tirándome del pelo?

Will seguía riéndose cuando salió cojeando de la sala.

Si hubiera sido otro el que se burlara de él, Tucker se habría enfurecido, pero Will era prácticamente de la familia. Apenas le sacaba diez años y llevaba trabajando para Construcciones Janack desde que había salido del instituto, de modo que Tucker siempre lo había visto como el hermano mayor que no había tenido. Rápidamente, Will había ido subiendo puestos en la empresa hasta que un accidente sucedido seis años atrás le había roto las dos piernas y le había fracturado la espalda.

El seguro médico se había ocupado de las facturas y el padre de Tucker había mantenido a Will en nómina a pesar de que, incluso después de un año de recuperación, Will no había podido volver a las obras.

Justo en ese momento, Tucker había empezado a dirigir sus propios proyectos y le había ofrecido a Will un puesto como su mano derecha. Llevaban trabajando juntos desde entonces. Formaban un buen equipo y esa era la razón por la que Tucker estaba dispuesto a aguantar tantas bromas y burlas de su amigo. Sin embargo, nada de eso resolvía el problema de Nevada.

El proyecto del hotel casino era enorme, el mayor que había dirigido nunca. Necesitaba un buen equipo y Nevada aportaría mucho. El hecho de que la conociera y confiara en ella hacía imposible que pudiera dejarla marchar sin más, pero, ¿cómo podía convencerla de que dejara el pasado de lado y fuera a trabajar para él?

Mientras salía de la sala detrás de Will, se dio cuenta una vez más de que los problemas de su vida podían encontrar su origen en Caterina Stoicasescu. Cat siempre había sido un infierno sobre ruedas. Los que la rodeaban tenían la opción de apartarse o de dejarse atropellar y quedar desangrándose y destrozados a un lado de la carretera. A él lo había atropellado muchas veces, hasta que había entendido que llevaba demasiado tiempo haciendo el tonto por amor. No valía la pena tantos problemas a cambio de esa emoción y ahora encima, por desgracia, Cat le había dejado con un desastre más que arreglar.

Nevada se encontraba fuera del hotel preguntándose adónde ir. Si volvía al trabajo, Ethan, su hermano, estaría allí y querría saber cómo había ido la entrevista, algo muy razonable dadas las circunstancias. Desafortunadamente, la respuesta no era fácil. ¿Qué tenía que decir, exactamente? Por mucho que Ethan pudiera considerar a Tucker un buen amigo, de ningún modo aceptaría el hecho de que se hubiera acostado con su hermana pequeña, virgen y de dieciocho años.

Descartando lo de volver al trabajo, buscó otra opción. Ir a casa era una, pero no quería estar sola, porque pensar en soledad te conducía a la locura, pensó mientras recorría la calle con gesto adusto.

Diez minutos después, entró en el bar de Jo. Como siempre, estaba bien iluminado y resultaba muy femenino y acogedor. Hasta hacía poco tiempo el pueblo había sufrido una escasez de hombres y el bar de Jo se aprovechaba de ello y servía, principalmente, a mujeres. Los aperitivos iban acompañados de una lista de calorías, las televisiones estaban sintonizadas en canales de Teletienda y reality shows y, siempre que era posible, ofrecía versiones bajas en calorías de cócteles y otras bebidas.

Poco después de las tres, y a mitad de semana, no había muchos clientes. Jo Trellis, la propietaria del bar, se había mudado a Fool's Gold hacía unos cuatro o cinco años y, a pesar de haber reformado el local ignorando la sabiduría popular según la cual los bares debían estar hechos para hombres, había abierto sus puertas con un gran éxito.

Nadie sabía mucho sobre el pasado de Jo, una mujer alta y musculosa aunque no en exceso. Lo único que todos sabían con seguridad era que Jo guardaba una pistola bajo la barra y que sabía cómo usarla.

Salió de la trastienda y vio a Nevada sentándose en un banco.

—Has llegado pronto.

—Lo sé. He tenido uno de esos días en los que emborracharse parece la mejor opción.

—Lo pagarás caro por la mañana.

Mientras oía ese consejo, la mañana le parecía estar muy lejos.

–Un vodka con tónica. Doble.

–¿Quieres comer algo? –preguntó Jo más como una madre preocupado que como una mujer que se ganaba la vida sirviendo copas.

–No, gracias. No quiero ralentizar el proceso –si bebía lo suficiente, olvidaría y, en ese momento, olvidar le parecía lo más inteligente.

Jo asintió y se marchó para volver unos segundos más tarde con un gran vaso de agua.

–Hidrátate. Ya me lo agradecerás después.

Nevada se tomó el agua hasta que llegó su bebida y, prácticamente, se bebió la mitad de un asalto. Ahora había que esperar; esperar a que el vodka le nublara la mente y disipara la espantosa tarde que había tenido.

Como norma, era una firme creyente en el hecho de enfrentarse a sus problemas; en encontrar lo que funcionaba mal, dar con varias soluciones y elegir la mejor para actuar. Siempre había sido valiente y emprendedora y hacía todo lo que podía por quejarse lo mínimo, pero todo ello no significaba nada cuando se trataba de Tucker Janack.

No podía cambiar el pasado, no podía retroceder en el tiempo y modificar una decisión mal tomada. La realidad era que había estado locamente enamorada de ese hombre y que había actuado precipitadamente. Era culpa suya y podía aceptarlo. Lo que la reventaba era tener que pagar por todo ello ahora.

Se terminó la copa y pidió otra. Antes de que se la sirvieran, la puerta del bar se abrió y entraron sus hermanas. Miró el reloj rápidamente y vio que habían pasado menos de quince minutos desde que se había sentado en ese banco.

–¡Impresionante! –le gritó a Jo.

Su amiga se encogió de hombros.

–Ya sabes lo que pienso de la gente que bebe sola.

–Es medicinal.

–¡Si tuviera un centavo por cada vez que he oído eso...!

Nevada centró su atención en las dos mujeres que caminaban hacia ella. Tenían su altura exacta y el mismo cabello rubio y ojos marrones, lo cual no era de extrañar teniendo en cuenta que eran trillizas.

Cuando eran niñas, distinguirlas había sido una pesadilla para casi todo el mundo, incluso para su familia, pero desde entonces habían ido cultivando diferencias hasta en la forma de vestir y en su estilo personal. Montana llevaba el pelo largo y ondulado, bonitos vestidos de flores y todo en tonos suaves. Por otro lado, Dakota era la que mejor vestía, aunque ahora mismo el hecho de que estaba embarazada habría facilitado aún más la identificación entre las tres.

Nevada, particularmente, siempre se había considerado la más sensata de las hermanas, pese a su presente situación. Pasaba gran parte de sus días en obras donde los vaqueros y un par de botas eran un requisito más que una elección de moda, tomaba decisiones inteligentes, solucionaba problemas y hacía todo lo que podía por evitar tener que lamentarse de algo. Tucker era el bache más grande en ese, de lo contrario, tranquilo y ligeramente solitario trayecto que era su vida.

–¡Ey! –exclamó Dakota sentándose en el banco frente a ella–. Jo nos ha llamado.

Montana se sentó junto a Dakota y ladeó la cabeza.

–Ha dicho que estabas bebiendo.

Nevada agitó su vaso vacío mientras miraba a Jo.

–Y también una quesadilla.

–Creía que no querías comer nada.

–He cambiado de opinión.

–Bien –Jo fue hacia ella, agarró el vaso vacío y tomó nota de los pedidos de Dakota y Montana–. Ojalá fuerais lo suficientemente inteligentes como para parar cuando todavía podáis evitar una resaca.

–Lo siento, pero eso no va a pasar –Nevada esperó a que Jo se marchara y después miró a sus hermanas–. Habéis llegado más deprisa de lo que me esperaba.

–Es por este nuevo invento llamado «teléfono» –le respondió Montana–. Acelera la comunicación.

Dakota posó las manos sobre la mesa.

–¿Qué está pasando? Esto no es propio de ti. Tú no bebes en mitad del día.

–Técnicamente ya ha pasado la mitad del día –apuntó Nevada. Ahí estaba ya: un ligero zumbido atravesándole el cerebro.

–Bien. Normalmente estarías en la oficina, pero en cambio… –Dakota suspiró–. Tu entrevista. Ha sido hoy.

–¡Ajá! –miró hacia la barra deseando que Jo se diera prisa.

–Tendría que haber salido bien –dijo Montana, tan leal como siempre–. ¿No sabía el señor Janack lo cualificada que estás? Necesita a alguien con tu experiencia para ocuparse del factor local. Además, estás muy guapa.

Nevada inhaló el aroma de las tortillas y del queso y su estómago bramó. No había almorzado porque los nervios provocados por la entrevista la habían obligado a seguir trabajando.

–¿Qué ha pasado? –preguntó Dakota, al parecer menos interesada que su hermana en el aspecto de Nevada–. ¿Por qué crees que la entrevista no ha ido bien?

–¿Qué te hace pensar que yo creo eso? –preguntó Nevada, sintiendo cómo el zumbido tomaba fuerza con cada segundo que pasaba. Incluso así, cuando Jo le llevó la segunda copa, dio un gran trago.

–Verte beber así ha sido la primera pista.

Tener una hermana psicóloga era un arma de doble filo.

–No quiero hablar de ello. Si quisiera, habría ido a veros a las dos, pero no lo he hecho. Estoy aquí emborrachándome. Dejadme tranquila.

Sus hermanas se miraron y, si Nevada se paraba a pensarlo, probablemente descubriría en qué estaban pensando ellas. Después de todo, genéticamente eran iguales. Pero ahora mismo lo único que le preocupaba eran los olores que emanaban de la cocina de Jo.

—Nevada… —comenzó a decir Montana con una suave voz.

No hizo falta más. Una sola palabra. ¿Por qué no podía ser como el resto de la gente y odiar a su familia? En ese momento, un buen distanciamiento le parecía el plan perfecto.

—De acuerdo —refunfuñó—. La entrevista no ha sido con el señor Janack, Elliot, el padre. Ha sido con Tucker.

—¿El chico que era amigo de Ethan? —preguntó Dakota como si no estuviera segura del todo, y era normal, teniendo en cuenta que solo lo había visto en una ocasión, un verano cuando eran niños.

—No lo entiendo —dijo Montana—. ¿Ahora lleva la empresa?

—Dirige todo el proyecto —respondió Nevada sin dejar de mirar la puerta de la cocina.

—¿Y por qué es un problema? —preguntó Dakota.

Nevada abandonó toda esperanza de recibir su comida pronto y miró a sus hermanas.

—Conozco a Tucker. Cuando me marché a la universidad, Ethan me dijo que lo buscara y lo hice.

—De acuerdo —interpuso Montana algo confundida—. ¿Pero entonces no es bueno el hecho de que lo conozcas?

—Me he acostado con él. Y, como entenderéis, eso hace que la entrevista resulte muy incómoda.

Jo apareció con la quesadilla y varias servilletas. Dejó el té de hierbas delante de Dakota y le entregó a Montana su cola light antes de dejar una cesta de patatas fritas y un cuenco de ensalada en el centro de la mesa.

Nevada agarró una porción de quesadilla y le dio un mordisco ignorando las miradas de asombro de sus hermanas.

–Pero hoy no –susurró Montana–. ¡No estarás diciendo que te has acostado hoy con él!

Nevada terminó de masticar y tragó.

–No. No he mantenido sexo durante mi entrevista. Fue antes. En la universidad.

Comió un poco más mientras sus hermanas la miraban expectantes. Montana fue la primera en romper el silencio.

–¿Qué pasó? No nos lo habías contado nunca.

Nevada se limpió las manos con una servilleta y dio un sorbo a su bebida. Ahora el zumbido era más fuerte y eso haría que expusiera su secreto con mayor facilidad.

–Cuando me fui a la universidad, Ethan me pidió que buscara a Tucker porque estaba trabajando por la zona.

Aunque sus hermanas y ella habían estado extremadamente unidas, habían tomado la decisión de ir a universidades distintas, y esos cuatro años separadas les habían dado la oportunidad de afirmar sus identidades. Y mientras que en su momento había parecido una buena idea, ahora se preguntaba si las cosas habrían ido mejor de haber estado sus hermanas cerca.

–No me interesaba especialmente pasar algo de tiempo con un amigo suyo, pero no dejaba de insistir, así que lo hice y Tucker y yo quedamos en vernos.

Aún recordaba el momento en que entró en la enorme sala del complejo industrial. Los techos probablemente medían unos diez metros y entraba mucha luz por todas las ventanas. Había una gran plataforma en el centro y una bella mujer sosteniendo un soplete. Pero lo que le había llamado la atención era el hombre que se encontraba también en aquella plataforma. Ese Tucker, ya maduro, se parecía poco al chico que recordaba.

–Fue una de esas cosas que pasan –dijo después de darle otro bocado a la quesadilla, masticar y tragar–. Lo miré y caí rendida. No tuve elección.

Montana se inclinó hacia ella.

–Pues eso no es algo malo.

–Lo es cuando el tipo en cuestión está locamente enamorado de otra. Tenía novia. Yo estaba loca por él y él lo estaba por otra y quería ser mi amigo. Fue un infierno.

–¿Quién era ella? –preguntó Dakota–. ¿Otra estudiante?

Nevada se encogió de hombros.

–No importa –de ningún modo pronunciaría su nombre porque existía la posibilidad de que lo reconocieran y ella no quería hablar de Cat–. Salí con ellos unas cuantas veces, pero después no pude soportarlo más y me distancié. Una noche me enteré de que habían roto y fui a ver a Tucker. Estaba muy borracho y tuvimos una relación sexual bastante mala.

No mencionó que básicamente ella se había abalanzado sobre él y que le sorprendía que él se acordara de que había estado con ella porque, después de todo, había pronunciado el nombre de Cat en el momento crucial.

Suspiró.

–Fue un desastre. Volvieron, yo me quedé destrozada y eso fue todo. No volví a verlo. Hasta hoy.

Pero había mucho más porque el hecho de que Tucker hubiera elegido a Cat antes que a ella la había hundido, aunque eso no había sido ninguna sorpresa en realidad porque Cat era preciosa y habían estado juntos antes. Aun así, le había partido el corazón y se sentía humillada y, por si eso fuera poco, el sexo con él había sido espantoso. Tanto que había esperado casi tres años antes de arriesgarse a volver a intimar con nadie.

–Quería el trabajo –dijo levantando su vaso–. Quería esa oportunidad.

–No sabes que no te vaya a contratar –le dijo Montana–. Eres la mejor candidata.

–No creo que eso sea un factor decisivo.

Dakota le dio un sorbo a su té.

–¿Ha sido duro volver a verlo?

–Ha sido un gran impacto. Me esperaba encontrarme a su padre, aunque eso no es lo que estás preguntándome, ¿verdad?

–No.

Nevada pensó en la pregunta no formulada.

–Lo he superado, ya lo he olvidado. Fue hace mucho tiempo y yo era joven y tonta. Ahora todo es distinto.

–¿No queda ningún sentimiento? –preguntó Dakota.

–Ni uno.

Nevada habló con tanta rotundidad como podía permitirse una persona casi borracha. La buena noticia era que estaba segura de que ni siquiera estaba mintiendo.

Capítulo 2

Tucker nunca se había parado a pensar demasiado en los pueblos pequeños de Estados Unidos. Principalmente su trabajo lo llevaba a lugares remotos donde tenían que crear su propia infraestructura para poder realizar el trabajo, o a zonas urbanas que, normalmente, estaban viniéndose abajo. No estaba acostumbrado a ver alegres escaparates y gente simpática paseando por aceras limpias. En los diez minutos que había tardado en ir de su hotel al centro del pueblo, lo habían saludado en multitud de ocasiones, le habían dicho que pasara un buen día, le habían comentado qué agradable era el tiempo que estaban teniendo y un diminuto caniche con un jersey rosa se había acurrucado contra él.

Ya había estado en Fool's Gold antes, cuando tenía unos dieciséis años. Su madre había muerto cuando él era muy pequeño, así que su padre lo había llevado con él a todas las obras de construcción. Había crecido por todo el mundo y se había educado entre escuelas locales y tutores. A su padre le había preocupado que no estuviera relacionándose socialmente lo suficiente con niños de su edad, así que cada verano lo enviaba a un campamento distinto de Estados Unidos. Un año había sido un campamento espacial, otro un campamento de arte dramático, y el año en que había cumplido los dieciséis, un campamento de ciclismo donde había conocido a Ethan Hendrix y a Josh Golden.

Los tres habían sido inseparables durante todo el verano. Josh y Ethan se tomaban muy en serio el ciclismo e incluso Josh había terminado dedicándose a ello. Tucker había entrado en el negocio familiar y había ido allí adonde lo llevaba el siguiente gran proyecto. Ethan se había quedado en Fool's Gold.

Cruzó una calle estrecha y vio el cartel de Construcciones Hendrix. Durante su época de instituto, Ethan había planeado ir a la universidad para luego marcharse de Fool's Gold, y Tucker y él habían hablado sobre el hecho de que Ethan trabajara para Construcciones Janack. Habían soñado con construir una presa en Sudamérica o un puente en la India, pero el padre de Ethan había muerto dejándolo a él como responsable del negocio familiar. Siendo el mayor de seis hermanos, y con una madre destrozada, a Ethan no le habían quedado muchas opciones.

Tucker abrió la puerta de la oficina y sonrió a la recepcionista.

—Me gustaría ver a Nevada, por favor.

Había llegado lo suficientemente pronto como para encontrarla allí antes de que se hubiera marchado a alguna obra, pero aun así se esperaba que le preguntaran si había concertado cita. Por el contrario, la recepcionista señaló una puerta en la parte trasera de la gran sala.

—Está en su despacho.

—Gracias.

Rodeó un par de mesas vacías y llamó a la puerta abierta.

Nevada estaba de espaldas a él junto a un archivador y durante el segundo que tardó en girarse, él vio que llevaba unos vaqueros y una camiseta en lugar de los pantalones y la chaqueta del día anterior. Unas gruesas botas de trabajo le sumaban unos cuantos centímetros a su estatura y la acercaban más a la altura de sus ojos. Era alta y esbelta y con curvas ahí en los lugares adecuados.

Atractiva y sexy, pensó, y seguro que también lo había sido durante la época de la universidad, aunque por aquel entonces él ni se había fijado. Estar con Cat había sido como mirar al sol: no había podido ver ninguna otra cosa. La vida habría sido mucho más sencilla si se hubiera enamorado de alguien normal como Nevada en lugar de Cat.

Cuando Nevada se giró, vio que no llevaba mucho maquillaje y que su tez era pálida.

–Buenos días.

Ella lo miró asombrada.

–Tal vez lo sean para ti.

Tenía los ojos rojos y un poco hinchados. A juzgar por las ojeras, supuso que había pasado una mala noche.

–¿Resaca? –le preguntó en voz baja.

–No quiero hablar de ello.

¿Había estado bebiendo por su culpa? Esperaba ser la causa de su malestar mañanero, aunque solo fuera porque eso demostraba que su encuentro la había causado tanto impacto como a él.

–Sea lo que sea lo que estás pensando, para.

–¿Por qué?

–Tienes actitud de engreído y resulta irritante. Es más, deberías irte. ¿Por qué estás aquí? ¿Estás buscando a Ethan?

–Estoy buscándote a ti.

Ella se tocó la frente, como intentando borrarse el dolor.

–Pues no sé por qué.

–Seguro que sí.

A pesar de las ojeras y de la lividez, seguía resultando atractiva. Le gustaba ver a Nevada con vaqueros y camiseta más que vestida formalmente para una entrevista. Con esa ropa se parecía más a la mujer que recordaba.

–Quiero que lo repitamos… me refiero a la entrevista –añadió, por si ella se pensaba que se refería al sexo, aunque él no le diría que no a una oportunidad de demostrarle que no era tan malo en ese campo.

–No me queda nada por decirte. Ya tienes mi curriculum, con eso basta.

–Tienes razón. Basta. Quiero contratarte como directora de construcción.

–Vete al infierno.

–¿Es eso un «me lo pensaré»?

–Es un «vete al infierno». No me interesa que jueguen conmigo.

–¿Y por qué crees que estoy jugando contigo?

–Solo estás ofreciéndome el puesto porque dije que eras pésimo en la cama.

Él se estremeció.

–Este proyecto tiene un valor de diez millones de dólares. ¿Crees que lo arriesgaría por mi ego? –se movió hacia ella–. Estás más que cualificada y eso es importante, pero como señalaste ayer, eres de la zona y sabes cómo se hacen las cosas por aquí. Puedes ayudarnos a evitar errores.

Esa era una lección que había aprendido por las malas en más de una ocasión. Prestarle atención a las aparentemente tontas expectativas y costumbres de los lugareños podía suponer la diferencia entre llegar a tiempo con un proyecto sin salirse del presupuesto y que todo se viniera abajo.

–Sé que te interesa. De lo contrario, no te habrías molestado en presentar la candidatura ni en ir a la entrevista.

–Se suponía que hablaría con tu padre, no contigo –dijo bruscamente–. No quería volver a verte nunca.

–Pues yo estoy al mando.

–Exacto, y por eso lo mejor es que te marches ahora.

Fue muy clara y, aunque a él no le gustó, no estaba dispuesto a suplicarle. Asintió y se marchó, aún algo confuso por lo que estaba pasando. Un momento después estaba cruzando el aparcamiento cuando una camioneta se detuvo a su lado.

—¡Estás muy lejos del Amazonas! —le gritó una voz familiar.

Tucker vio a Ethan salir de la camioneta y sonreír.

—¿Qué estás haciendo aquí? —le preguntó Tucker.

Ethan y él se estrecharon la mano y se dieron unas palmaditas en la espalda.

—Dirijo este lugar —respondió Ethan señalando al cartel—. Aunque últimamente no estoy mucho por aquí, estoy con los aerogeneradores.

Tucker sabía que su amigo se había introducido en la construcción de molinos; la energía eólica era un campo en constante crecimiento y el producto de Ethan era muy demandado.

—Tengo unos cuantos nombres para ti —le dijo Ethan sacando un maletín del asiento del copiloto—. Son unos buenos tipos a los que querrás contratar. Un par de ellos trabajan para mí, pero les dejaré irse. Ahora que Nevada se marcha, habrá menos trabajo de construcción.

—¿Se marcha? ¿Adónde?

—A trabajar para ti —Ethan parecía sorprendido—. Sé que ha solicitado el puesto.

—Sí, y acabó de ofrecérselo, pero lo ha rechazado.

—No lo entiendo. Estaba emocionada con la oportunidad.

—Y yo quería que se uniera a nosotros.

Tenía que pasar algo más, pensó Tucker, no podía ser solo por el pasado. Suponiendo que lo que había dicho fuera verdad, que el tiempo que habían pasado juntos hubiera sido espantoso, ni siquiera eso era suficiente para rechazar trabajar con él. No era un cretino como jefe.

—Estaba pensando en darle una cuadrilla de mis mejores hombres.

Ethan frunció el ceño.

—Deja que hable con ella.

Tucker sacudió la cabeza.

—No. O quiere el trabajo o no lo quiere. Tiene que ser su elección.

—De acuerdo, pero no creas que esto significa que vas a estar en el pueblo y vas a poder evitarme. Quiero que vengas a cenar. Así podrás conocer a Liz y a los niños. Verás todo lo que te has perdido con tu nómada estilo de vida.

—Me gusta mi nómada estilo de vida.

—Eso es porque nunca fuiste tan listo como nosotros.

Nevada hizo lo que pudo por ignorar el golpeteo que sentía dentro de su cabeza. Había tomado tantas aspirinas como eran seguras y se había hidratado lo suficiente como para regar quince acres de maíz, pero aún se sentía como si lo más inteligente hubiera sido pegarse un tiro esa misma mañana.

Jo había intentado advertirla; había sido muy específica sobre las consecuencias de beber tanto, especialmente tratándose de una persona que solía limitarse a una sola copa. Pero, ¿la había escuchado? Por supuesto que no. Y ahora estaba pagando el precio con una jaqueca y un cuerpo al que le dolía todo menos las pestañas.

—No me puedo creer que hayas rechazado el trabajo.

Esas inesperadas palabras la hicieron sobresaltarse. Alzó la mirada y vio a su hermano de pie en la puerta de su despacho. Tucker sí que había ocupado bien ese espacio, pensó al recordar lo guapo que lo había visto y lo mucho que eso la había enfurecido.

—No quiero hablar de ello —farfulló preguntándose cuándo el alcohol abandonaría su organismo de una vez por todas.

—Pues vas a tener que hacerlo. Esto es lo que querías.

Dijiste que querías un desafío, un reto, y Tucker está ofreciéndotelo. Cree que serías muy buena para su equipo.

Haberle contado a sus hermanas lo que había pasado era una cosa, pero explicarle los detalles a su hermano no era algo que le apeteciera.

—Ya no me interesa.

—¿Por qué? No lo entiendo. ¿Tienes miedo?

—No.

—Entonces, ¿qué?

Ethan era un fantástico hermano mayor. En el colegio, había cuidado de sus hermanas pequeñas y, siendo adulto, había renunciado a sus sueños para poder dirigir el negocio familiar y que sus hermanas fueran a la universidad. Había convertido a Construcciones Hendrix en una empresa mucho mayor y había iniciado un exitoso negocio de molinos de viento, también. Era un buen tipo y, precisamente por eso, no podía contarle lo que había pasado con Tucker. Ethan sentiría la necesidad de hacer algo y eso no haría más que complicar la situación.

—Ethan, te quiero. No pasa nada, olvídalo.

Se quedó mirándola y después se encogió de hombros.

—Tucker es un gran tipo. ¿Por qué no quieres trabajar para él?

—No quiero.

—Estás siendo una idiota. Lo sabes, ¿verdad?

—Sí.

—De acuerdo. Es tu decisión.

Se marchó.

Nevada se quedó sola en su despacho con el pasado amenazando con colarse en el presente. Intentó mantenerse ocupada con el trabajo, pero no era capaz ni de mirar la pantalla del ordenador. No, con semejante dolor de cabeza. De modo que, rindiéndose ante lo inevitable, dio por terminado el día y se marchó a casa.

El final del verano era una época preciosa en las faldas

de Sierra Nevada. Fool's Gold se encontraba a setecientos sesenta metros, lo suficientemente alto como para disfrutar de las cuatro estaciones, pero no tanto como para seguir teniendo nieve hasta junio. Al este se encontraban las escarpadas cimas, al oeste los viñedos y la autopista que conducía a Sacramento.

Nevada tomó un camino a casa ligeramente más largo, especialmente porque quería pasar por calles más tranquilas donde era menos probable que se topara con alguien conocido y tuviera que pararse a charlar. Entre que se encontraba fatal y que tenía la extraña necesidad de llorar, quería simplemente estar, sin más, sin mayores pretensiones.

Como siempre, ver su casa la hizo sentirse mejor. La había construido en los años veinte un hombre al que le encantaba el estilo victoriano. La casa de tres plantas se alzaba sobre el resto de las casas y parecía fuera de lugar entre esas mucho más modernas. La había comprado hacía tres años y ella misma se había encargado de la reforma.

Era de color gris claro con torrecillas a cada lado; en una de ellas se encontraba el baño principal y la otra formaba parte de la habitación de invitados.

Había convertido la planta principal en dos pequeños apartamentos que alquilaba a universitarios. Ese año sus inquilinos eran dos estudiantes que hacían algo con ordenadores. No estaba segura de qué, pero eran muy tranquilos y pagaban las mensualidades a tiempo, así que por ella todo estaba perfecto.

Subió la escalera principal hasta su casa, que ocupaba dos plantas. Después de pasar por el salón, subió otro tramo de escaleras hasta la tercera planta y entró en su baño.

Había invertido gran parte de su tiempo y de su presupuesto en ese baño y en la cocina y le encantaba el resultado final. El baño era enorme, con una ducha separada y una bañera de cuatro patas. Unas grandes ventanas tintadas dejaban entrar el sol a la vez que le daban privacidad y, cuando se tumbaba en la bañera, podía ver la chimenea del dormitorio principal.

Ahora, aún con la cabeza golpeteándole, abrió el grifo del agua y echó un puñado de sales con aroma a jazmín. En cuestión de segundos, el agradable olor se había mezclado con el vapor y ya empezaba a relajarla.

Entró en el dormitorio y se quitó las botas y la ropa. Se puso un albornoz y volvió al baño donde esperó a que la bañera se llenara. Sin querer, recordó la vez que conoció a Tucker. Tendría unos diez años y Ethan y Josh lo habían llevado a casa al salir del campamento de ciclismo. Lo más emocionante de su visita fue que su padre había ido a buscarlo en un avión privado y eso le había resultado más interesante que el propio muchacho. Unos ocho años después, cuando se había marchado a la universidad, Ethan le había dicho que buscara a su viejo amigo. Ella lo había llamado y se había quedado sorprendida al ver lo entusiasmado que había quedado Tucker ante la idea de volver a verla.

Le había dado la dirección del complejo industrial junto al aeropuerto de Los Ángeles, y ahora Nevada recordaba lo mucho que la había sorprendido la ubicación. La dirección era la de un edificio casi tan grande como un hangar y lo primero en lo que se fijó al salir de su pequeña camioneta fue en el sonido de la música: un ritmo rock que había hecho que traquetearan las ventanillas.

Había llamado a la puerta medio abierta, pero nadie había respondido, probablemente porque nadie habría podido oírla. Había empujado la puerta y había entrado.

Era un lugar enorme con altos techos y, tal vez, unos mil metros cuadrados. Los grandes ventanales dejaban que el sol de Los Ángeles lo iluminara todo, el suelo era de cemento y la música sonaba mucho más fuerte incluso ahí dentro. El bajo hizo que le vibrara el pecho.

Pero lo que más le llamó la atención fue el andamiaje en el centro de la impresionante sala. Llegaba casi hasta el techo y era una estructura llena de plataformas y barandillas que rodeaba a una gigantesca y retorcida pieza de metal.

La pieza parecía enroscarse sobre sí misma a la vez que ascendía. Mientras la observaba, tuvo la sensación de que los fragmentos se habían venido abajo y que se habían vuelto a colocar, pero no en el orden correcto. Era una obra que generaba una sensación de tragedia, de pérdida.

Al cabo de unos segundos se fijó en una mujer situada en lo alto del andamiaje y rodeada de chispas. Era alta y delgada.

—¡Has venido!

La voz venía de su izquierda, y fue un grito que se pudo oír por encima de la música. Se giró y vio a Tucker, con la diferencia de que ya no era el chico alto y delgado que recordaba. Ese tipo era guapo y tenía unos hombros anchos, una agradable sonrisa y unos ojos que resplandecieron al verla. A pesar de la fuerte música, el extraño edificio y esa obra nada convencional, todo desapareció y el mundo se redujo a Tucker.

Nevada nunca había creído en el amor a primera vista, nunca había creído que fuera posible que un alma reconociera a otra, nunca había sabido lo que era que le robaran el aliento. Se quedó allí clavada al suelo, incapaz de moverse o de hablar. Solo podía mirar al hombre al que sabía que amaría durante el resto de su vida.

Él dijo algo porque ella vio cómo se movían sus labios, pero no pudo captar el sonido. Después se rio, le agarró el brazo y la llevó afuera.

—Hola —dijo cuando estaban en la relativa tranquilidad del aparcamiento—. Has venido.

—Sí.

La abrazó y su cuerpo resultó cálido contra el de ella.

Quería apoyarse en él, perderse en su fortaleza y en su calor, pero Tucker se puso derecho demasiado deprisa a pesar de que Nevada no estaba preparada para dejarlo marchar. Aún no.

–¿Qué tal la universidad?

–Bien. Estoy adaptándome a las clases.

–¿Y te encuentras cómoda en tu habitación?

Parecía más un padre que un amigo, pero ella asintió de todos modos.

–¿Está bien Ethan?

–Sí, va tirando.

La sonrisa se desvaneció del rostro de Tucker.

–Siento lo de tu padre.

–Gracias.

Su padre había muerto inesperadamente ese verano dejando a toda la familia impactada y devastada. Aunque sus hermanas y ella habían protestado por no querer marcharse a la universidad, su madre había insistido. Ethan había sido el único que había renunciado a sus sueños para ocuparse del negocio familiar.

–Es complicado. Aún no me puedo creer que haya muerto.

Tucker la rodeó con el brazo y la besó en la cabeza.

–Quiero decirte que irás encontrándote mejor aunque ahora mismo eso no signifique mucho.

–Sé que no dolerá tanto dentro de un tiempo, pero ahora mismo es muy duro.

La miró a los ojos e hizo que ese vacío se disipara. Seguía rodeándola con el brazo y Nevada se preguntaba si él también habría sentido esa conexión.

Por primera vez deseó haber tenido más experiencia en lo que concernía a los hombres. En el instituto nunca le había dado importancia y había salido con algún que otro chico, pero nunca había tenido un novio de verdad.

–¿Quieres almorzar? –le preguntó él.

El corazón le dio un brinco. Sí, de acuerdo, no era una cita, pero se acercaba mucho.

–Me gustaría.

–Bien –bajó el brazo–. Deja que vaya a ver si Cat quiere tomarse un descanso –sacudió la cabeza–. Tiene el típico temperamento de artista y nunca sé cuándo va a echarme la bronca, así que no te sorprendas si oyes muchos gritos.

Parecía más emocionado que molesto ante la idea.

–¿Cat? –preguntó ella recordando a la soldadora, pero Tucker ya había entrado en el edificio.

Nevada fue hacia la puerta y lo vio subir por el andamio. Cuando llegó a la soldadora, le tocó el hombro. Las chispas cesaron y la mujer se quitó la máscara protectora. Incluso desde la distancia, pudo ver que era una belleza. Una melena larga y oscura le caía a mitad de la espalda en forma de ondas. Su rostro poseía una belleza clásica: ojos grandes, pómulos altos y carnosa boca. La mujer se quitó el mono de trabajo y dejó ver una ajustada camiseta y unos pantalones cortos sobre unas largas y perfectas piernas y una cintura tan fina como la de una modelo.

Tucker y ella descendieron del andamio juntos.

De nuevo, Nevada se vio incapaz de moverse, pero ahora no por la presencia de Tucker, sino por sentirse insignificante. La mujer era mayor que ella y, probablemente, un par de años mayor que Tucker. A pesar de llevar ropa informal, tenía un aire de sofisticación. Era de esa clase de mujeres a las que los hombres escribían canciones y por las que iban a la guerra. Era una de esas mujeres a los que los hombres amaban.

Cuando la pareja se acercó, Nevada quiso echar a correr, pero se obligó a permanecer allí sabiendo que si lo intentaba, probablemente acabaría tropezándose con su propio pie.

–Así que tú eres la amiga de Tucker –dijo la mujer con

una sensual voz y un ligero acento–. Estoy encantada de conocerte al fin. Soy Caterina Stoicasescu –extendió una larga y delgada mano.

–Nevada Hendrix.

Nevada estrechó la fuerte y arañada mano evitando en todo lo posible quedarse con la boca abierta. Miró a la mujer, a la escultura, y de nuevo a la mujer.

¿Caterina Stoicasescu? Era famosa, todo un talento. La habían descubierto cuando era pequeña, antes incluso de ser adolescente. Sus esculturas eran consideradas brillantes y Nevada sabía que su obra estaba expuesta por todo el mundo, que era una persona muy conocida y rica.

–¿Vienes de un pueblo pequeño, verdad? –preguntó Caterina.

–Fool's Gold. Está en las laderas de la cordillera de Sierra Nevada. Es precioso y muy pintoresco. Probablemente un sitio muy distinto a los que usted suele frecuentar en su vida habitual.

Caterina sonrió y estrechó sus penetrantes ojos verdes.

–Así que has oído hablar de mí. Eso está bien.

–No soy una experta, por supuesto, pero sí. Su trabajo… –señaló a la escultura–. Es precioso.

Caterina se acercó a ella y ambas contemplaron la pieza.

–Dime, ¿qué sensación te produce?

Nevada tragó saliva.

–Yo… eh… no sé muy bien qué está preguntándome.

–Cuando la miras, ¿qué piensas? ¿Qué has pensado al verla?

–Soy estudiante de Ingeniería –comenzó a decir mientras se sonrojaba. Miró a Tucker esperando que él la rescatara, pero no estaba mirándola. Tenía la mirada clavada en la otra mujer.

–Eres inteligente, lo veo. ¿Qué has sentido?

–Tristeza. Como si hubiera pasado algo malo.

Caterina alzó las manos al aire y dio una vuelta.

–¡Sí, exacto! –agarró a Nevada por los hombros y la besó en las mejillas–. Gracias.

Nevada estaba atónita.

–De nada, señorita Stoicasescu.

–Cat, por favor. Todos mis amigos me llaman así –se agarró del brazo de Nevada y señaló el metal–. Es el final de la guerra. No es algo muy probable, pero lo he hecho como recordatorio del dolor que todos sentimos. No tenía planeado qué iba a ser. Yo soy solo un conducto por el que sale el arte.

Cat se giró hacia ella.

–Bueno, cuéntamelo todo sobre ti. Sé que vamos a ser grandes amigas.

Nevada estaba asombrada.

–¿Qué quieres saber?

–Todo. Empieza por el principio. Yo soy de Rumanía. ¿Tienes hermanos? Sí, debes de tenerlos porque Tucker te conoce por eso. Tenemos que hacer algo juntas. Tal vez ir a una fiesta.

–Había pensado en que fuéramos a almorzar –apuntó Tucker.

Cat soltó a Nevada y se giró hacia él. Ladeó la cabeza ligeramente y su melena negra azulada cayó sobre su hombro.

–Pensé que íbamos a quedarnos aquí.

En el momento en que Cat pronunció esas palabras, todo cambió y fue como si la electricidad y el calor llenaran el aire. Nevada había estado mirando a Tucker y por eso pudo ver cómo se le dilataron las pupilas y se le tensaron los hombros.

Sin dejar de mirar a la bella mujer, él respondió:

–¿Lo dejamos para otro momento, Nevada?

Incluso con su absoluta carencia de experiencia en el terreno de los hombres y el sexo, Nevada supo lo que había pasado y lo que pasaría en el momento en que se marchara. Harían el amor, allí mismo, en el suelo. Porque estaban juntos y Cat era la clase de mujer que despertaba una increíble pasión en los hombres.

–Claro –susurró ella ya dirigiéndose hacia la puerta.

Se sintió como una estúpida y como si estuviera fuera de lugar. Le dolía el corazón al verse forzada a aceptar que Tucker no había sentido la conexión y que la veía como la hermana pequeña de Ethan porque amaba a Cat.

Cuando salió a la calle, los ojos le ardieron bajo la brillante luz del sol. Quería volver, decirle que se equivocaba, que debía darle una oportunidad. Y lo hizo, pero vio que Cat y Tucker ya estaban abrazándose. Su beso fue más intenso y más apasionado que nada que hubiera visto o imaginado nunca. Las manos de él acariciaban su cuerpo como reclamándolo.

Avergonzada, cerró la puerta y corrió a su camioneta. Se dijo que no importaba, que no volvería a ver a Tucker y que lo que fuera que había sentido por él se desvanecería tan rápido como había llegado. En un par de días se habría olvidado de él.

Capítulo 3

–Sabes que no me gusta entrometerme –dijo Denise Hendrix mientras vertía pepitas de chocolate en un cuenco.

–Ojalá eso fuera verdad –Nevada se apoyó contra la encimera y vio cómo su madre removía la masa de galletas–. Te encanta entrometerte.

–No. Me encanta llevar la razón –su madre le sonrió–. Hay diferencia.

–Una muy sutil.

Estaban en la cocina de su madre, en la casa familiar de los Hendrix donde Nevada había crecido. Habían hecho distintas reformas a lo largo de los años y la más reciente había sido la remodelación de la cocina, pero nada podría cambiar el hecho de que esa casa fuera su casa del alma.

Su madre comenzó a colocar hileras de masa sobre el papel de horno.

–¿Quieres hablar de ello?

–No hay mucho que decir. La entrevista ha ido mal. Esperaba encontrarme a Elliot Janack, pero era Tucker.

–Creía que te caía bien Tucker.

Nevada pensó en lo enamoradísima que había estado de Tucker todos esos años, aunque tal vez no había sido amor de verdad porque, cuando todo empezó, ella era joven e ingenua y se había visto metida en un mundo para el que no estaba preparada.

—Que me caiga bien no es el problema.

Le relató brevemente su corto pasado juntos y el único encuentro sexual ahorrándole a su madre los detalles.

—Estaba avergonzada por lo que había pasado entre los dos, pero él no dejaba de sacarlo a relucir. Te juro que solo quiere contratarme ahora para limpiar su reputación y eso no me interesa. El trabajo es una gran oportunidad, pero no bajo estas circunstancias.

—¿Te ha pedido que volváis a tener sexo para poder redimirse?

—No, pero yo no quiero un trabajo por lástima.

Denise soltó la cuchara y la miró.

—¿Estás diciendo que quiere darte un trabajo para compensar que fue malo en la cama?

Nevada se estremeció.

—Tenía más sentido cuando estaba pensándolo dentro de mi cabeza, pero ahora que me lo has preguntado, suena estúpido.

—Seguro que hay una razón para eso.

Denise Hendrix se había casado joven y había tenido tres chicos en menos de cinco años. Decidida a tener una hija, se había quedado embarazada una última vez y se había encontrado con trillizas. Había asumido el impacto con su habitual humor y había criado a sus seis hijos sin problemas y dejando asombrada a la mayoría de la gente.

Viuda desde hacía once años, por fin había empezado a salir, pero su vida social no la mantenía tan ocupada como para no tener tiempo para decirle a sus hijos exactamente lo que pensaba y eso era tanto una bendición como una maldición.

—Si a Tucker le preocupara de verdad su reputación, no te contrataría. Saldría corriendo todo lo deprisa que pudiera o intentaría acostarse contigo para luego marcharse. ¿Por qué iba a arriesgarse a que le contaras a toda la cuadrilla que pasaste una noche con él?

—Porque sabe que yo jamás haría eso.

—¿Lo sabe? Pues no parece que se tomara el tiempo suficiente para conocerte.

—Las cosas eran complicadas por entonces —murmuró sin querer entrar en el asunto de Cat. Sí, Tucker había sido un horror en la cama, pero había sido ella la que se había echado sobre él en cuanto se había enterado de que Cat y él habían roto. Prácticamente le había suplicado que se acostara con ella. Por desgracia, su breve encuentro no le había aportado nada y, por el contrario, sí que le había partido el corazón.

—Si te importan tus sueños, entonces te han dado una oportunidad excelente. Odiaría ver cómo la echas a perder y luego te lamentas por ello. Vivir con eso debe de ser muy difícil.

Nevada miró a su madre.

—¿Tú te lamentas de algo?

—No de mucho. He tenido suerte, tuve un marido maravilloso y tengo a mis hijos.

—Y tus hijos somos increíbles.

Denise se rio.

—Sí, sí que lo sois —acarició el brazo de Nevada—. Esto es lo que dijiste que querías, ¿por qué dejar que una sola noche se interponga? Sois adultos. Podéis dejar esto atrás y decidir seguir con vuestras vidas.

—Estás siendo racional y eso siempre es desconcertante.

—Es importante hacerte pensar.

Nevada respiró hondo.

—Tienes razón. Quiero el trabajo y solo fue una noche. ¡Pero si solo fueron cinco minutos! Tendría que ser capaz de olvidarlo.

En lugar de volver con sus galletas, Denise levantó el teléfono.

–Puedes llamar ahora mismo.

Nevada gruñó.

–Esto me recuerda a cuando me traje a casa la Barbie Adolescente de Pia. Me hiciste volver y disculparme.

Se quedó mirando el teléfono.

–De acuerdo, llamaré.

Sabiendo que pensar demasiado en ello solo complicaría más las cosas, sacó la tarjeta de visita de Tucker del bolsillo de sus vaqueros y marcó. Dos tonos después, oyó su voz.

–Janack.

–Hendrix –respondió ella antes de poder evitarlo–. Eh… soy Nevada.

–Ey, hola, ¿qué tal?

Ella se aclaró la voz.

–He pensado que podríamos terminar nuestra entrevista.

El silencio se prolongó entre los dos y ella se tensó por dentro. ¡Maldita fuera! Iba a decirle que no, iba a decirle que había cambiado de opinión.

–Genial. ¿Estás libre ahora? Voy a la obra y me gustaría enseñarte lo que estamos haciendo.

Ella abrió la boca y la cerró.

–Eh… claro.

–Te veo en veinte minutos.

Colgó y Nevada hizo lo mismo.

–Voy a verlo en la obra. Vamos a hablar.

Su madre sonrió.

–¿Seguro que es lo único que vais a hacer?

–*Maaaaamá.*

Denise se rio y la abrazó.

–Todo irá bien.

–Eso no puedes saberlo.

Denise sonrió.

—Estoy segurísima.

Tucker estaba a un lado de la carretera. El primer trabajo que había hecho su cuadrilla había sido despejar una zona para aparcamiento y para guardar el material pesado. Ahora con eso terminado, el verdadero esfuerzo comenzaría. Construir un hotel casino supondría cientos de miles de horas y millones de dólares durante casi dos años. Él tenía planeado terminar antes y por debajo del presupuesto, y para eso necesitaba al equipo correcto y mucha suerte.

Se giró cuando un Ford Ranger azul claro se detuvo a su lado.

Nevada estaba muy guapa, pensó al fijarse en sus vaqueros y su camiseta. Era una de sus combinaciones favoritas y le resultaba muy sexy, aunque eso no se lo diría a ella. Quería que trabajara para él y eso significaba que iban a pasar muchas horas juntos y el mejor modo de superarlo era comportarse como un profesional. Además, hacía tiempo había aprendido que encontrar a una mujer irresistible era un desastre y no necesitaba volverse a ver en una situación así.

—¿Qué te parece? —preguntó asintiendo hacia la vasta extensión de tierra.

—Son cien acres, ¿verdad?

—Sí —señaló al este—. Hasta la arboleda tenemos aproximadamente una tercera parte —indicó el resto del camino—. Nos meteremos en la montaña.

—¿No levantará eso a los espíritus? —preguntó ella con humor en sus ojos marrones.

—Olvidas que soy uno de ellos, así que estarán encantados de verme.

—Eso es verdad. ¿Eres parte de la tribu Máa-zib por tus dos padres?

Él asintió.

–Entonces, técnicamente tu padre o tú teníais que ser los que comprarais la tierra. Una empresa no podría poseerla.

–Eso es. Se la hemos alquilado a la corporación para el proyecto.

–Eres un magnate inmobiliario.

–Soy propietario de una parte.

–Aun así, es impresionante.

–¿Estás impresionada?

Ella sonrió.

–Es posible.

–Dime qué más haría falta.

–Podrías enseñarme los planos.

Fueron hasta la camioneta de Tucker y él sacó del asiento una copia de los planos. Bajó la puerta trasera y extendió sobre ella los planos.

–Vamos a utilizar cada centímetro de tierra. Habrá una carretera que rodee todo el complejo. El casino estará aquí junto con el hotel.

–Vais a mantener los árboles más antiguos –dijo ella sin levantar la mirada–. Me gustan los senderos para pasear –desplazó el dedo hasta la montaña–. Van a hacer falta importantes labores de voladura para poder quitar toda esta tierra.

–¿Alguna vez has hecho voladuras?

Ella se giró hacia él.

–No, pero me gustaría.

–Pues quédate conmigo, pequeña.

–Es tentador.

No le sorprendió que Nevada se viera más atraída por la promesa de una gran voladura que por la de un gran despacho. Ella siempre había sido así: entusiasta e inteligente. Recordaba su habilidad de pillarlo en cada mentira y cada broma. En varias ocasiones se habían quedado despiertos hasta tarde discutiendo sobre todo tipo de temas, desde política hasta la construcción sostenible. Era una persona con la que había disfrutado hablando… siempre que había logrado salir del ensimismamiento producido por Cat lo suficiente como para mantener una conversación.

Quería decirle que lamentaba lo que había sucedido entre los dos. No lo de la mala experiencia con el sexo, aunque era bastante humillante pensar en ello, sino sobre lo demás. Había querido ser su amigo, pero no había sido capaz de pensar en nadie que no fuera Cat.

—Pensé que iba a haber un centro comercial.

Él sacó otro gran rollo de papel.

—No vamos a desarrollarlo nosotros. Es un proyecto demasiado pequeño. Lo último que he hecho ha sido construir un puente suspendido de mil metros en África. Yo no construyo centros comerciales.

Ella esbozó una media sonrisa.

—Por supuesto que no.

Tucker se apoyó contra la camioneta.

—Ya no estás enfadada.

—No estaba enfadada. Esta es una gran oportunidad. Vais a aportarle mucho al pueblo.

—Les agradecemos su cooperación.

—¿No la tenéis siempre?

—Hay pueblos a los que no les interesa ni el cambio ni el crecimiento.

—Fool's Gold no es así. Este proyecto generará mucho empleo y mucho turismo. Ya tenemos un buen mercado de turismo, pero nada comparado con las cantidades que esto atraerá.

—¿Por qué volviste? Podrías haber encontrado muchos trabajos en otros sitios.

—Esta es mi casa. Crecí aquí. Mi familia fundó este lugar —sonrió—. Aunque claro, la tribu Máa-zib estuvo antes.

—Claro.

Él entendía el concepto de las raíces, pero no podía identificarse con ello. Nunca había tenido un lugar en particular al que llamar «hogar». Su padre tenía un piso en Chicago, pero rara vez habían estado allí. Su casa estaba donde hubiera un proyecto.

—¿Quieres que te hable de tu equipo?

—Claro.

Le habló de los chicos que trabajarían para ella. Ella estaría al mando de las labores de desmonte de la zona de construcción y cuando eso estuviera hecho, su equipo pasaría a trabajar con algunos otros en la construcción del hotel.

—También me interesa que nos sirvas de enlace con el pueblo, por si nos metemos en problemas.

—No creo que lo hagáis, pero claro, puedo hablar con quien tú quieras.

—Ya sabes que puede que los chicos te lo pongan un poco difícil al principio.

Ella se encogió de hombros.

—Tengo tres hermanos y no creo que haya mucho que puedan hacer que me impresione. Además, llevo mucho tiempo en el mundo de la construcción.

Tucker quería decirle que estaría allí para protegerla, pero no lo hizo porque la protección implicaba un nivel de sentimientos inapropiado para una relación laboral. Eran colegas, nada más. El hecho de que ahora pudiera inhalar su suave y dulce aroma era algo sin importancia, como lo era el modo en que el sol hacía que su pelo mostrara cientos de matices distintos de rubio.

Pero había trabajado con muchas mujeres y nunca se había fijado en ellas como algo más que compañeras, así que en cuestión de días le pasaría lo mismo con Nevada y ella no sería más que uno más de la cuadrilla.

—Comenzaremos con la agrimensura el lunes. ¿Quieres estar aquí?

–¿Estás ofreciéndome el trabajo?

–Ya lo he hecho y lo has rechazado. ¿Vas a hacer que te suplique?

–Seguramente sí.

–Pues no se me da muy bien.

Ella le sonrió.

–Pues tienes que practicar más.

Tucker se apartó de la camioneta y se situó frente a ella.

–Nevada, me gustaría que fueras uno de mis directores de construcción. ¿Sí o no?

–Eso no es suplicar, exactamente.

–Tal vez no, pero es sincero.

–Los dos vamos a fingir que el pasado nunca sucedió –le dijo, más que lanzarle una pregunta–. Empezaremos de cero.

–Hecho.

–Pues entonces sí que quiero el trabajo.

Complacido, él extendió la mano.

–Bien. Vamos al pueblo para hablar de los detalles.

Nevada le estrechó la mano, pero Tucker no estaba preparado ni para el roce de su piel, ni para el cosquilleo que recorrió su entrepierna.

Después del apretón de manos, él la soltó e hizo todo lo que pudo por actuar con normalidad. Nevada, por su parte, parecía haberse quedado como si nada tras el contacto, lo que hizo que se sintiera estúpido por partida doble.

–¿Vas a alojarte en un hotel mientras estés aquí? Si quieres alquilar una casa, podría preguntar.

–Prefiero un hotel. Es más sencillo.

–¿Porque otros te hacen la comida y limpian por ti?

–Por supuesto.

–Eres el típico chico.

–La mayoría de los días lo soy –la acompañó a su camioneta–. Nos vemos en el vestíbulo del Ronan's Lodge dentro de veinte minutos. Llevaré el contrato de trabajo.

Ella asintió y se subió al coche, pero no cerró la puerta.

–¿Hablas con ella? ¿Con Cat?

La pregunta lo sorprendió.

–No. Hace años que no. No, desde que rompimos. ¿Y tú?

Nevada sacudió la cabeza.

–Cat no era mi amiga.

–Le caías bien. Todo lo bien que podía caerle alguien.

–Que ya es decir mucho.

–Ya sabes cómo era.

En ese momento, Nevada sí que lo miró y él vio algo iluminarse en sus ojos. Incapaz de identificar la emoción, no pudo más que preguntarse: ¿Será dolor? ¿Será rabia? Pero no había forma de adivinarlo. Los sentimientos eran una complicación que se les escapaba a la mayoría de los hombres mortales.

Una camioneta pasó por la carretera y aparcó junto a ellos.

–Ese es Will –dijo Tucker–. Tienes que conocerlo. Es mi mano derecha, aunque te dirá que él está al mando.

–Yo estoy al mando –dijo Will caminando hacia ellos–. Pregúntale cuántas veces le he salvado el trasero.

–¿Alguien puede contar tanto? –preguntó Nevada saliendo de su camioneta y sonriendo.

Will le guiñó un ojo y después se giró hacia Tucker.

–Sabía que me caería bien. Dime que ha dicho que sí.

–Ha dicho que sí.

–Bienvenida al equipo –dijo Will estrechándole la mano–. Will Falk.

–Nevada Hendrix.

–Tucker iba a darme el contrato de empleo para que le echara un vistazo. ¿Quieres venir a verme firmar?

–No hay nada que pudiera gustarme más. Nos vemos en el pueblo.

«Probablemente sea mejor así», se dijo Tucker mientras se subían a vehículos distintos y se ponían en marcha hacia Fool's Gold. Hasta que descubriera por qué le había impactado tanto el roce de Nevada lo último que necesitaba era pasar tiempo a solas con ella en el hotel. Ahora que iban a trabajar juntos, cualquier cosa dentro del ámbito personal tenía que quedar al margen. De eso estaba seguro.

–¿Qué? –preguntó Ethan–. ¿Algo va mal?

Denise Hendrix miró a su hijo mayor. Aún recordaba el día que lo llevaron a casa desde el hospital. Llevaba casada un año, apenas era una veinteañera y no tenía idea alguna de lo que estaba haciendo. Su suegra aún vivía por entonces y, aunque las dos mujeres nunca habían estado unidas, Eleanor se había presentado en la casa a los quince minutos de que Denise y Ralph hubieran llegado con su bebé.

–Estoy aquí si me necesitas –había anunciado la algo severa y delgada mujer–. Sé por lo que estás pasando, pero no quiero entrometerme.

Denise le había asegurado que estaría bien, pero ese grado de valentía duró solo hasta la mañana siguiente, cuando Ralph se marchó a trabajar y Ethan empezó a llorar. No paró, no comió y aunque no tenía fiebre, a Denise le entró el pánico. Había llamado a Eleanor y le había suplicado que fuera.

La abuela de Ethan no tardó más de dos minutos en calmarlo. Había estado al lado de Denise mientras ella aprendía a cuidar de su bebé, le había ofrecido consejos de lo más sensatos y nunca le había dicho ni una sola palabra a Ralph sobre sus visitas diarias.

–Echo de menos a tu abuela –dijo Denise.

Ethan la miró.

–¿Por eso has venido a la oficina? Hace como veinte años que murió.

–No es eso por lo que he venido, pero estaba pensando en ella. Fue maravillosa conmigo. ¿Te acuerdas de ella?

–Claro. Cuando nos quedábamos a dormir con ella podíamos estar levantados hasta la hora que quisiéramos y podíamos ver lo que quisiéramos por la tele. Yo siempre elegía alguna peli de miedo de las que tú no me dejarías ver, y me asustaba tanto que luego no podía dormir. Después me metía en la cama con ella y el abuelo y ella me cantaban hasta que se me pasaba el miedo.

Denise sonrió.

–Eso es muy propio de ella.

–Pero no es la razón por la que estás aquí.

–No. No sé qué hacer con Tucker Janack y necesito tu consejo –nada de lo que dijo era cierto; sabía muy bien qué hacer con Tucker, pero eso no se lo dijo a Ethan. Mejor dejarle sacar sus propias conclusiones.

Ethan frunció el ceño.

–¿Sobre qué? Nevada va a trabajar para él, me ha dicho que iba a aceptar el trabajo.

–Lo sé y me alegro. Es solo que… –respiró hondo–. Tienen un pasado juntos. ¿Te acuerdas de cuando Nevada fue a la universidad y le pediste que buscara a Tucker?

–Claro. Pensé que era bueno que lo conociera por si pasaba algo o necesitaba algún consejo sobre la universidad. Ingeniería es muy difícil y él ya había pasado por ello.

–Sí que fue a verlo y se hicieron amigos. Y entonces… –sacudió una mano–. Bueno, da igual. No debería hablar esto contigo.

–Pues ya es demasiado tarde. ¿Qué pasó?

–Él se emborrachó y se acostaron. Tucker tenía una relación con otra persona, pero acababan de romper. Se aprovechó de Nevada y después volvió con su novia. Nevada se quedó hundida, por supuesto. Me pongo enferma solo de pensarlo. Ese hombre y mi pequeña.

Lo cierto era que a Denise no le hacía ninguna gracia lo que había pasado y sí que quería ver a Tucker castigado. Por otro lado, creía que a veces los hijos tenían que aprender de sus errores y asumir las consecuencias, pero Tucker había ido demasiado lejos.

Ethan asintió.

—Me ocuparé de ello, mamá. No te preocupes.

—Sabía que podía contar contigo. Siempre has estado a mi lado y al lado de toda la familia.

Se levantó y Ethan hizo lo mismo para acompañarla hasta la puerta.

—No te preocupes —repitió y la besó.

—Gracias.

Aliviada y, en absoluto, sintiéndose culpable, Denise salió del despacho. Habría quien no aceptara lo que había hecho, pero no le importaba. ¡Nadie se metía con su familia!

Jo Trellis miraba las cajas apiladas en la parte trasera de su todoterreno, preguntándose si tal vez se habría dejado llevar demasiado. Suponía que parte del problema era que estaba emocionada con la idea de que sus amigas fueran a tener bebés y que ella podría ver a esos niños crecer. No tenía hijos y tampoco era probable que fuera a tenerlos, así que viviría la experiencia indirectamente a través de sus amigas y sería «la tía Jo» para la nueva generación de Fool's Gold.

En cuestión de meses, la hija de Charity estaría gateando y unos meses después, los gemelos de Pia se unirían a ella. La hija de Dakota ya tenía casi nueve meses y Dakota estaba embarazada de su segundo hijo, lo cual explicaba la cantidad de juguetes que Jo había comprado.

Ya había decidido que la esquina del fondo de la sala principal del local sería la zona de juegos. Ethan había enviado a uno de sus chicos allí para instalar paneles movibles. Había comprado vallas de protección infantil para evitar que los niños salieran de la zona y que los clientes entraran en ella. Con un poco de remodelación, podría colocar mesas junto a la zona de juegos para que sus madres pudieran verlos mientras los niños jugaban y, así, todos contentos.

Levantó la caja más pequeña y la llevó dentro sin problema, aunque la caja con la cocina de juguete sí que iba a resultar complicada.

–¿Necesitas ayuda?

Miró hacia atrás y vio a un hombre alto yendo hacia ella. Cojeaba levemente, pero tenía unos brazos y unos hombros fuertes. Su cabello rubio rojizo tenía el largo justo y sus oscuros ojos azules se iluminaron con diversión.

–¡Pero si esa caja es casi tan grande como tú!

Su primer instinto fue decirle que estaba bien, ya que seguía la política de no mantener conversación con hombres extraños. En realidad, habría dicho «con todos los hombres», pero eso no era una opción teniendo en cuenta su trabajo. Por eso había aprendido a ser amable sin dejar que nadie sobrepasara los límites. Por otro lado, llevaba en Fool's Gold el tiempo suficiente como para saber que la vida se basaba en la comunidad y, a lo largo de los años, había aprendido a confiar en la gente y, sobre todo, en sí misma.

El hombre se detuvo junto a su coche.

–Will Falk.

–Jo Trellis –se fijó en sus vaqueros desgastados y su camisa de batista–. Estás con Construcciones Janack.

–Ese soy yo –agarró la caja grande y la levantó con facilidad.

Ella recordó lo mucho que le había costado meterla en el coche y tuvo que aceptar la realidad: que los hombres, por naturaleza, tenían más fuerza física que las mujeres.

–¿Dónde quieres que lo ponga?

Ella lo guió a través del almacén y hasta llegar a la sala principal del bar. Señaló la esquina que había despejado.

–Allí.

Will dejó la caja y se puso derecho.

–¿Juguetes de niños en un bar?

–Muchas de mis clientas van a tener bebés o ya los tienen.

–¿Y los traen al bar? –parecía impactado.

Ella sonrió.

–Aquí la gente viene a comer y a relacionarse más que a emborracharse. Guardaré los juguetes antes de que lleguen los clientes de la noche. No te preocupes. Nadie de Fool's Gold va a corromper a los niños.

Pero Will no estaba escuchando, sino que estaba girando sobre sí mismo lentamente mientras se fijaba en las paredes color malva, en las grandes pantallas de televisión emitiendo una maratón de Súper Modelo, y en las cómodas sillas con respaldo y ganchos para colgar los bolsos que recorrían la barra.

–¿Qué es este lugar?

–Es un bar.

–He estado en muchos bares.

–Los hombres tenéis una sala en la parte trasera. Es muy tradicional. Colores oscuros, una mesa de billar y mucho deporte.

Él seguía pareciendo perdido.

–Fool's Gold cuenta con una gran población femenina –explicó ella–. La mayoría de los negocios van dirigidos a las mujeres, incluyendo el mío.

–Ya veo –dijo lentamente.

Ella se rio.

–Si vas a estar aquí un tiempo, tendrás que acostumbrarte a esto.

Jo volvió al coche y él la siguió.

–No me malinterpretes. Me gustan las mujeres. Nunca había estado en un bar dirigido especialmente a ellas, pero me parece muy bien.

A Jo se le pasó por la cabeza advertirlo de que, aunque hubiera muchas mujeres por allí, eso no significaba que él lo fuera a tener más fácil para ligarse a alguna. La mayoría de sus clientas iban allí para estar un rato con sus amigas y charlar de sus problemas. No les preocupaba conocer a hombres, pero eso ya lo descubriría por él mismo.

Will la ayudó a llevar el resto de las cajas y, justo cuando Jo estaba a punto de darle las gracias y sugerirle que ya se podía ir, comenzó a abrirlas.

–Eres director de obra, ¿verdad?

Él se rio.

–¿Por qué?

–Porque estás tomando el mando.

–¿Quieres que lo deje?

–Te agradezco la ayuda –admitió ella, consciente de que no le daría tiempo a desembalarlo todo antes de que llegaran los clientes a la hora del almuerzo.

–Y yo me alegro de poder dártela –sacó una nevera de plástico de vivos colores–. Qué mona.

–Me ha parecido graciosa.

Después sacó el horno en miniatura.

–¿Cuánto llevas viviendo aquí?

–Desde hace unos años. Es un buen sitio, la gente es muy amable –gente que la había aceptado sin hacer muchas preguntas. Sabía que sentían curiosidad, pero nadie la presionó y ella lo agradeció.

–Bien. Nosotros vamos a estar aquí un par de años con el nuevo proyecto. Un lugar como este es mejor que la construcción de un puente en mitad de África. Me encanta estar al aire libre como al que más, pero de vez en cuando también me apetece poder tomarme una hamburguesa.

–¿Te mueves mucho?

–Eso va con la profesión. Construcciones Janack es una multinacional y llevo trabajando con ellos desde que me gradué en el instituto. Conozco a Tucker desde que era un crío –se puso con la siguiente caja, que contenía un triciclo–. Y ahora él es el que está al mando de lo que vamos a hacer aquí. ¡Cómo pasa el tiempo!

Jo supuso que Will tendría cuarenta y pocos años.

–¿Y qué piensa tu familia sobre que pases tanto tiempo fuera? –lanzó la pregunta sin pensar, pero en cuanto las palabras salieron de su boca, se dio cuenta de cómo podían interpretarse.

Will se puso derecho y la miró.

–Solo estoy yo.

Ella asintió y desvió la mirada. Un nerviosismo algo familiar la recorrió y en cuanto reconoció esa sensación, quiso alzar las manos y formar una «T» con ellas, como para pedir tiempo muerto.

«¡No!», se dijo rotundamente. Nada de sonreír, ni de charlas, ni de encariñarse. Ya había pasado por todo eso y solo la había conducido al desastre por el que ahora seguía pagando. Las relaciones eran peligrosas y, para algunas personas, incluso letales.

–Eso hará que viajar sea más sencillo –dijo dando un paso atrás–. Te agradezco tu ayuda, pero ahora si me disculpas, tengo que prepararme para abrir.

Se metió detrás de la barra y la larga extensión de madera la hizo sentirse un poco más segura. A veces algo tan sencillo como una barrera física ayudaba a recordarle que ahora tenía control sobre su propia vida.

Will terminó rápidamente de desembalar los juguetes. Partió las cajas, las metió en la más grande y la sacó al cubo de reciclaje. Después volvió y se situó junto a la barra.

–Gracias por tu ayuda.

–De nada. Estaba pensando que podría almorzar aquí.

Ese hombre la atraía y no podía negarlo. Tenía una mirada noble y hacía tiempo que había aprendido que esa virtud estaba infravalorada en las personas.

–Pareces un hombre encantador, pero la respuesta es «no».

Él enarcó una ceja.

–Estás dando mucho por hecho.

–Tal vez, pero no voy a cambiar de opinión.

Él seguía allí sin moverse, tan alto y con esa cordial actitud. Era muy agradable, pero nada más. Will Falk era un tipo amable. La había ayudado y ella estaba evitándolo, intentaba darle esquinazo. Tenía razones para ello, aunque él no lo sabía. Suspiró.

–No es nada personal, pero no salgo con hombres.

–¿Es que juegas con el otro equipo?

A pesar de la incómoda situación, Jo sonrió.

–No, no soy lesbiana.

Esperaba que él dijera que no tenían por qué salir juntos, que podría ser solo sexo, porque sabía que en el fondo una oferta de ese estilo la tentaría y es que hacía mucho tiempo que no estaba con un hombre.

La puerta se abrió y varias mujeres del Ayuntamiento entraron. Saludaron a Jo antes de sentarse en una mesa junto a la ventana. Al minuto llegaron doce clientes más, incluyendo a un par de hombres que no reconoció, pero que parecían venir de la obra. Saludaron a Will, pero se sentaron en un banco.

–Veo que estás ocupada. Ya seguiremos con esto más tarde.

–No hay necesidad de hacerlo.

–No estoy tan seguro.

La puerta volvió a abrirse y Ethan Hendrix entró. Miró a su alrededor y se acercó a la mesa donde se habían sentado los obreros. Uno de ellos se levantó. Antes de que Jo se diera cuenta de lo que estaba pasando, Ethan echó el brazo atrás y le lanzó un puñetazo en la mandíbula al hombre.

Jo miró el reloj. ¡Ni siquiera era mediodía! Todo apuntaba a que iba a ser un día muy largo.

Capítulo 4

Tucker se colocó la bolsa de hielo en la mandíbula mientras la dueña del bar, Jo había dicho Ethan que se llamaba, lo observaba con cautela.

–Ya he dicho que no voy a devolvérselo –dijo sabiendo que se había merecido ese puñetazo y alguno más.

–Perdóname si no te creo –le contestó ella antes de mirar a Ethan–. Y tú, hazlo otra vez y tendrás la entrada prohibida a este bar.

–No he roto nada.

–Ya sabes lo que pienso sobre que haya peleas en mi bar. ¿Quieres que hable con Liz?

–No –respondió Ethan al instante algo asustado–. No se lo digas a mi mujer. No volveré a hacerlo.

–Más te vale –y con eso Jo se marchó para atender a un cliente.

–Qué bar más raro –murmuró Tucker mientras se palpaba la mandíbula. No le dolía mucho y esperaba que el hielo controlara la hinchazón y el moretón. A lo largo de los siguientes días llegarían dos cuadrillas más de hombres y no quería tener que dar explicaciones sobre el hematoma ni tener que escuchar sus especulaciones sobre por qué lo habían golpeado.

A su lado, Ethan abría y cerraba la mano derecha.

—Me ha dolido.

—No esperes compasión por mi parte —le dijo Tucker—. ¿En qué demonios estabas pensando?

—¿Quieres que te haga la misma pregunta?

—No. Si tuviera una hermana, yo habría hecho lo mismo.

—Y tanto que lo habrías hecho —Ethan lo miraba—. Esperaba que la protegieras, no que te acostaras con ella.

—Te das cuenta de que eso sucedió hace diez años.

—¿Crees que importa?

Tucker dejó la bolsa de hielo sobre la barra.

—Probablemente no. Si sirve de algo, diré que no pretendía que sucediera. Estaba borracho.

La mirada de Ethan se volvió gélida de nuevo.

—¿Quieres contarme los detalles?

—Eh, no. Tienes razón.

Ethan le dio un golpe en el brazo.

—Confiaba en ti.

—Lo sé.

—Y me traicionaste.

Tucker se vio invadido por un sentimiento de culpabilidad.

—Lo siento. No sé qué decir —ya era terrible que Ethan supiera lo de aquella noche, y mucho peor sería si conociera las circunstancias en que sucedió todo.

—Mi madre cree que fue la primera vez para Nevada.

Tucker contuvo el aliento mientras la potencial verdad lo golpeaba con fuerza por dentro.

¿Virgen? No, no era posible. No solo había estado borracho, sino que además le había susurrado el nombre de Cat a una chica virgen...

—Mátame directamente —murmuró apoyando los codos sobre la barra y la cabeza sobre las manos—. Espera —se puso derecho—. ¿Tu madre lo sabe?

—Está muy unida a sus hijas.

—Eso parece... ¿Quién más...? —sacudió la cabeza—. No me lo digas.

¿Nevada era virgen? Tenía dieciocho años... Era posible y, con la suerte que él tenía, más que probable.

No podía recordar mucho sobre aquella noche excepto que había sido rápido y un desastre. ¿Cómo iba a disculparse por eso? ¿Qué iba a decir? Se había visto arrollado por el amor que sentía por Cat y todo lo demás estaba borroso. Pero, sin duda, había aprendido una lección: nunca hagas el tonto por amor. Pero eso no justificaba nada, y menos su actitud para con Nevada.

Jo dejó una cerveza delante de cada uno.

—Mejor. Parece que habéis hecho las paces. ¿Vais a comer algo?

—No me vendría mal almorzar —dijo Tucker débilmente.

Ethan agarró las dos cervezas.

—Vamos a sentarnos en una mesa al fondo. Dos hamburguesas, ¿vale?

Tucker asintió y siguió a su amigo hasta un espacio que le recordaba más a los bares a los que estaba acostumbrado a ir. Ahí, las pantallas de televisión estaban emitiendo deportes, había sillas sin acolchar y una gran mesa de billar en el centro.

—Un lugar interesante —dijo Tucker cuando se sentaron uno frente al otro.

—Es mi hogar —dijo Ethan—. Exceptuando la universidad, no he estado en ninguna otra parte —le dio una cerveza a Tucker—. Debes de estar cansado de estar viajando todo el tiempo.

Tucker dio un trago.

—Es lo único que conozco. Dime por qué esto es mejor.

Ethan le lanzó una lenta sonrisa de satisfacción, se metió la mano en el bolsillo trasero del vaquero y sacó su cartera. Le pasó una fotografía en la que aparecía con una preciosa pelirroja que estaba mirándolo como los hombres desean que se los mire, con una combinación de amor, orgullo y felicidad.

—No te la mereces.

Ethan se rio.

—¡Y qué lo digas! Liz es increíble. Muy sexy, inteligente y una madre fantástica. Adora todo lo que tiene. No sé por qué me eligió a mí, pero lo hizo y no pienso dejarla escapar.

Esas simples palabras pronunciadas con honestidad hicieron que Tucker se sintiera incómodo, como si accidentalmente se hubiera colado en algo íntimo, algo que no tenía que ver. No podía imaginar sentimientos de ese tipo, amar a alguien y ser amado. En su mundo, el amor era una trampa. Un hombre podía perderse en el amor y a veces escapar de eso significaba acabar despertándose con alguien inesperado.

—Y luego están estas tres personas.

Ethan le pasó una segunda foto en la que aparecían dos niñas y un niño. Las niñas eran pelirrojas, la mayor parecía tener unos catorce años y seguro que ya estaba robando corazones en el instituto. La pequeña era adorable y tenía pecas. El niño, que tenía aproximadamente la misma edad que la pequeña, era igual que Ethan.

—Has estado muy ocupado —dijo Tucker devolviéndole la foto—. No sabía que llevaras tanto tiempo casado.

—Liz y yo nos casamos el verano pasado. Tyler es mío y es una larga historia, pero las niñas son sobrinas de Liz. Su madre murió y su padre está en la cárcel, así que ahora están con nosotros —volvió a guardar las fotos—. Si me hubieran hablado hace un año sobre adoptar a dos niñas, habría dicho que si no son hijos tuyos no puedes quererlos tanto —sacudió la cabeza—. Pero no podía haberme equivocado más. Esas niñas me quitan el sueño tanto como

Tyler. Melissa quiere empezar a salir con chicos y yo quiero encerrarla en su cuarto hasta que tenga cuarenta años —sonrió—. Estamos buscando un acuerdo.

—Se te ve muy feliz.

—Lo soy —Ethan levantó su cerveza—. No podría estar mejor —miró a Tucker—. ¿Tú tienes pensado formar una familia?

—No soy de esa clase. Me muevo demasiado.

—Cuando tomes la dirección de la empresa, viajarás menos.

—Tal vez, pero no estoy seguro de querer cambiar eso. Me gusta vivir por el mundo y ver cosas nuevas.

—¿No te sientes solo?

Tucker se recostó en su silla.

—Hay mujeres preciosas por todas partes, ¿o es que estás tan casado que lo has olvidado?

—Simplemente, no me interesa. ¿Por qué buscar por ahí cuando tienes lo mejor del mundo esperándote en casa?

«El fervor del recién converso», pensó Tucker. Ya lo había visto antes, los tipos recién casados o recién enamorados querían que todos los demás tuvieran lo que ellos tenían. El problema era que no veían que el amor los haría a todos volverse idiotas hasta que fuera demasiado tarde. Cat se lo había hecho a él y las mujeres de su padre se lo habían hecho a su progenitor de manera regular. Por todo ello, él ya había aprendido la lección.

Con la diferencia de que ahora, mientras hablaba con Ethan, sentía algo que podía acercarse un poco a la envidia. Echar raíces y sentar cabeza podría estar bien, tener un lugar al que llamar «hogar» y a alguien que estuviera esperándote.

«De ninguna manera», se recordó. Eso ya lo había intentado una vez y Cat casi lo había destruido. Y no por nada que hubiera hecho, sino por cómo él había reaccionado ante ella. Había permitido que se convirtiera en su todo y había sido poco más que su esclavo. Para cuando había logrado escapar, apenas se reconocía a sí mismo. No. El amor era para los idiotas que no habían aprendido la lección.

—¿Cuánto tiempo vas a estar por aquí? ¿Un año?

—Más o menos. No me quedaré hasta que finalicen las obras, pero querré asegurarme de que lo principal está en su sitio.

—¿Habías pasado una buena temporada en un pueblo pequeño alguna vez?

—No.

Ethan se rio.

—Pues prepárate. No es lo que crees. Dentro de un mes, todo el mundo sabrá quién eres, qué haces durante el día y con quién. No podrás dar un paso sin toparte con alguien que conozcas. Mantente alejado de las mujeres de por aquí. Te comerán vivo… y no en el buen sentido.

—Suena peor que realizar obras de construcción en una selva tropical. ¿Por qué sigues aquí entonces?

—Porque no hay ningún otro lugar donde me gustaría estar. Crecí aquí. Es el lugar al que pertenezco. Quiero conocer a mis vecinos y saber cuándo un amigo tiene problemas. Ellos me tienen a mí y yo los tengo a ellos.

—No puedo imaginarme lo que es eso —admitió Tucker.

—Ya lo verás. Pero asegúrate de venir al centro del pueblo todos los fines de semana. Fool's Gold es famoso por sus muchos festivales, se celebran con regularidad. La comida siempre es buena y cuando llega el invierno podemos subir a la montaña y esquiar.

—Eso me gustaría. Hace años que no esquío.

—Bien. Si crees que puedes soportarlo, te invitaremos a cenar. ¿O te parece una escena demasiado hogareña?

—Podré sobrevivir unas horas.

Ethan sonrió.

—Incluso podríamos invitar a un par de solteras del pueblo para que se peleen por ti.

—Me has dicho que me mantenga alejado de las mujeres.

—Pero tal vez quieras un desafío. Siempre que no sea mi hermana…

Tucker pensó en Nevada.

—Manos quietas. Te doy mi palabra.

—Más te vale.

Dio un trago de cerveza. Treinta minutos antes, habría pensado en Nevada como una tentación, pero ahora no tanto. Aunque seguía encontrándola atractiva e intrigante, ya había sobrepasado los límites en una ocasión y no era ningún cretino. Sabía cuándo mantenerse al margen y, con ella, lo haría desde ya.

Nevada estaba tan emocionada que, a pesar de no haber dormido, no necesitó un café para estar completamente espabilada en su primer día de trabajo. Llegó a la obra casi una hora antes de lo previsto y estuvo en el tráiler principal abriendo y cerrando los cajones vacíos de su nuevo escritorio y repasando la agenda de la semana.

Lo primero que tenía que hacer era llevar el equipo al lugar de la obra y empezar a limpiar el terreno. Una parte de esa labor incluiría la voladura de una sección de la colina este. Hojeó los formularios y documentación requeridos por el Ayuntamiento, por el condado y por el estado. Vio que había que notificar al Departamento de Bomberos de Fool's Gold sobre la voladura y que un miembro del departamento tenía que estar presente en la zona. Al menos eso era algo en lo que podía ayudar porque conocía a todos los bomberos.

Una vez la tierra estuviera despejada, comenzaría la instalación de cañerías. Agua dentro, alcantarillas fuera. Gracias a unas planificaciones a largo plazo que había realizado el pueblo hacía unos cincuenta años, el resort podría conectarse con el alcantarillado y sistema de aguas ya instalados, lo que supondría un enorme ahorro de dinero y esfuerzos para Construcciones Janack. El aspecto negativo era que para ello necesitaban muchas más autorizaciones, pero merecía la pena.

Había empezado a leer un estudio sobre el impacto medioambiental de las obras cuando oyó pisadas. Will Falk entró.

—Alguien ha sido muy madrugadora —dijo antes de dar un largo trago de café.

—Es mi primer día, no he podido evitarlo.

—El entusiasmo es algo bueno. Me hace sentir viejo, pero sigue siendo bueno aun así —sostuvo la puerta—. Vamos, te presentaré a los chicos con los que vas a trabajar.

Se levantó, agarró su casco y lo siguió afuera.

Mientras había estado familiarizándose con el proyecto, un puñado de obreros habían llegado a la obra y ahora varias camionetas ocupaban la zona contigua al tráiler. Todos esos hombres estaban juntos y vestían vaqueros, botas y camisetas. A medida que se acercaban, se quedaron en silencio observándola. Ella mantuvo la cabeza bien alta y los hombros echados hacia atrás. «Proyecta seguridad en ti misma», se dijo. Nadie tenía por qué darse cuenta de las mariposas que parecían estar haciendo kickboxing en su estómago.

—Buenos días —dijo Will—. Me gustaría que conocierais a nuestra nueva directora de obra, Nevada Hendrix. Es de aquí, así que si tenéis algún problema en el pueblo, tenéis que recurrir a ella. Si dais algún problema en el pueblo, ella os pateará el trasero —la miró—. ¿Te parece bien?

—Puedo patear traseros —respondió con firmeza.

La edad de los obreros oscilaba entre los veinte y los cuarenta y muchos. Los veteranos eran los primeros a los que se tenía que ganar, pensó, porque les importaría menos que ella fuera mujer y estarían más interesados en sus aptitudes. Los más jóvenes tendrían el inconveniente de unos egos más altos.

Will hizo las presentaciones, ella les estrechó la mano a todos e hizo lo posible por recordar sus nombres. Le llevaría un poco más de tiempo conocer sus personalidades, pero disponía de ese tiempo.

El equipo de topografía llegaría en una hora y Will propuso a los chicos que echaran una mano con eso. Ella se mostró de acuerdo y puso a los demás a trabajar en el desmonte del terreno. Durante un segundo, miró con envidia la maquinaria, pero supo que tenía mucho tiempo para poder usar la excavadora.

La mañana pasó volando y Nevada solo dejó de trabajar el tiempo necesario para dirigirse a los aseos portátiles, donde vio que a uno le habían puesto un lazo rojo. Miró dentro, se aseguró de que estaba libre de roedores y bichos, y después lo utilizó. Tras lavarse las manos, volvió a la oficina, hizo un cartel que decía «Solo chicas», y lo pegó en la puerta del aseo. A continuación, fue a unirse con el equipo de topografía.

Will llegó al mediodía para decirles que podían parar a almorzar. Nevada había pensado en comer con los chicos, pero Will la llevó a un lado antes de que pudiera sentarse.

—¿Lo llevas bien? —le preguntó mientras se dirigían al tráiler.

—Claro.

—Me gusta lo que has hecho con el aseo.

—Gracias. Me gusta el rosa.

Él se rio. Entraron en el tráiler y sacaron el almuerzo de la pequeña nevera. Will se sentó en el borde del escritorio.

—¿Qué sabes sobre Jo Trellis?

Nevada se quedó mirándolo.

—Vas directo al grano. ¿He de dar por hecho que te interesa?

—Podría ser.

Nevada pensó en la pregunta. Jo había llegado a Fool's Gold hacía unos años y había comprado el bar. Era una persona simpática que participaba de manera habitual en «la noche solo para chicas» y que siempre estaba ahí cuando alguien tenía un problema. Pero desde que la conocía, nunca había visto a Jo tener una cita ni la había oído hablar sobre ningún hombre.

—Jo es amiga mía.

—No me interesa acostarme con ella y luego largarme. Ya soy demasiado viejo para eso. Me gustaría llegar a conocerla bien, pero ella parece resistirse.

Nevada sonrió.

—No me sorprende. Jo es muy reservada. Es mi amiga, pero ni siquiera yo sé nada sobre su pasado. Nunca habla de ello.

—¿Hay algún hombre?

—No. Ha tenido ofertas, pero siempre los rechaza.

—¿Sabes por qué?

Nevada negó con la cabeza.

—Hay decenas de teorías, desde que Jo es una princesa de la Mafia que ha huido de su padre hasta que ha escapado de un marido maltratador. Dudo que alguna sea verdad.

La alcaldesa Marsha seguramente lo sabía todo sobre el pasado de Jo, al igual que parecía saberlo todo sobre todo el mundo. Nevada nunca había llegado a descubrir de dónde sacaba la información, pero incluso aunque la alcaldesa lo supiera, ella sabía que jamás compartiría la información con Will.

—No puedo darte ningún consejo en lo que respecta a

Jo, pero sí que te advertiré que no le hagas daño. Es una de nosotras y nosotras nos protegemos entre sí —Will era un buen tipo y le caía bien, pero la familia era lo primero.

—Me alegra que tenga amigas que cuidan de ella.

—Es una de las ventajas de vivir en un pueblo pequeño. ¿Vas a pasarlo bien aquí o se te van a caer las paredes encima?

—Me gusta. He oído que pronto celebrareis un festival y lo estoy deseando.

—No te preocupes. Si te pierdes este, habrá otro en las semanas siguientes. Somos famosos por nuestros festivales.

Oyó pisadas en los escalones del tráiler y al instante la puerta se abrió. Se esperaba que fuera uno de los chicos, pero fue Tucker el que cruzó el umbral.

Will miró el reloj.

—Ya es casi mediodía.

—Estaba haciendo papeleo en el Ayuntamiento. Fool's Gold no se ha acogido a la era digital —miró a Nevada—. Lo siento. Tenía intención de haber estado aquí esta mañana a primera hora. ¿Ya te ha puesto al día Will?

—Sí, todo va bien. No te preocupes.

Logró responder y actuar con normalidad, pero su mirada no pudo evitar posarse en el ligero moretón de su mandíbula.

La noticia de que Ethan había golpeado a Tucker había corrido como la pólvora y ya que solo su familia más cercana conocía el motivo, la gente había empezado a especular.

Will se disculpó diciendo que tenía que hablar con el topógrafo y, durante un segundo, Nevada pensó en ir con él, pero sabía que tarde o temprano tendría que hablar con Tucker.

—Siento lo que ha pasado con mi hermano —dijo en cuanto Will cerró la puerta al salir.

Tucker se tocó la mandíbula.

—Él está bien.

Nevada hizo lo posible por recordarse que no había motivos para sentirse avergonzada, que su hermano solo había querido protegerla y que no había nada de malo en ello, pero era la idea de imaginarlos pegándose en público lo que hacía que se retorciera por dentro. Eso… y el hecho de que todo el mundo se enterara de los motivos.

—No debería haberte pegado.

—Si hubiera sido al revés, yo habría hecho lo mismo.

Ella puso los ojos en blanco.

—¿Y todo porque no podíais simplemente mantener una conversación? No lamento que me haya defendido, pero había modos mucho mejores de hacerlo.

—No opino lo mismo, pero de acuerdo —fue hacia la pequeña nevera y sacó una botella de agua—. Ethan ha dicho algo interesante —le dijo antes de pararse a beber.

A ella la invadió el pánico y eso hizo que se le encogiera el pecho. Esperaba que no fuera algo como «Nevada no te ha olvidado nunca» o «Es curioso lo muy enamorada que estaba de ti mientras que tú solo tenías ojos para Cat». Aunque no era muy probable, ya que Ethan no sabía nada de eso, pero aun así tuvo miedo…

Tucker bajó la botella y la miró.

—Me ha dicho que fue tu primera vez.

Sintió cómo un rubor ardía en sus mejillas e intentó ignorar esa sensación agarrando su sándwich y alzándolo como si fuera un escudo protector.

—No te lo creas tanto, tuve un novio en el instituto.

Tucker la miró un segundo mientras el alivio se debatía con la preocupación.

—¿Seguro?

—Es algo que recordaría —le dio un mordisco al sándwich y se forzó a masticar. Después de tragar, soltó una ligera carcajada—. No fuiste mi primera vez, no sufras.

—Bien, porque eso habría cambiado mucho las cosas.

—Estabas muy borracho, así que no creo que esa información hubiera podido cambiar anda.

—Probablemente no —sacudió la cabeza—. Entonces, ¿ya hemos zanjado el tema?

—Eres tú el que lo ha sacado, pero sí, podemos darlo por zanjado.

—¿Amigos?

—Por supuesto. Eso siempre.

Nunca se había visto como amiga de Tucker, ella era la chica en la que no se había fijado, a pesar de amarlo. ¿Amigos? Tal vez valía la pena intentarlo. Después de todo, iban a trabajar juntos y no era tan estúpida de volverse a enamorar de él una segunda vez.

Después de almorzar, Nevada salió y fue a ver al equipo de topografía. Cien acres eran muchos, así que trabajaban sobre una cuadrícula. Mientras, ella dividía su atención entre eso y el punto donde los chicos estaban utilizando el equipo de verdad para desmontar el terreno.

Una empresa maderera ya había arrancado los árboles más grandes mientras que la vegetación más espesa se dejaría intacta y a través de ella se extendería el paseo.

Uno de los chicos, Brad, creía que se llamaba, se acercó a ella sujetándose una mano.

–Me he cortado. ¿Tienes vendas en tu camioneta?

–Claro, pero hay un kit de primeros auxilios en la oficina.

Él sacudió la cabeza.

–Si lo utilizo tengo que rellenar unos papeles.

Ella vaciló. Lo último que quería alguien eran más papeles, así que si el corte era pequeño, le haría caso a su petición. Más tarde hablaría con Will y descubriría si había hecho lo correcto o si los chicos querían meterla en problemas. Después de todo, era nueva en el equipo y, sobre todo, era una mujer.

Corrió a su camioneta y abrió la puerta del copiloto. Mientras alcanzaba la caja de guantes, vio algo moverse en el asiento. ¡Había una serpiente enroscada en el asiento del conductor!

Nevada se controló para no empezar a dar saltos, más por una cuestión de autoprotección que por valentía. Observó el color marrón oscuro, las franjas claras que se extendían por su costado y supo que era una culebra de jaretas. Inofensiva, y no demasiado vieja, a juzgar por su longitud.

Y entonces lo entendió todo. La prueba no se basaba en romper reglas, sino en tener «huevos». Apostaría lo que fuera a que Brad no se había cortado, sino que los chicos habían querido que abriera la puerta de la camioneta y viera la serpiente.

Esas criaturas no eran de sus favoritas, pero había crecido con tres hermanos y, como dirían los texanos, «ese no era su primer rodeo».

Respiró hondo, alargó el brazo y agarró a la culebra. Por lo que recordaba, mordía, aunque no era venenosa para los humanos. No obstante, la agarró por detrás del cuello para evitar que le mordiera.

El pobre animal prácticamente gimoteó mientras intentaba alejarse. Su cuerpo se enroscó alrededor de su brazo, pero lo soltó de inmediato. Nevada se puso derecha y se apartó de la camioneta. Al girarse, vio a todo su equipo tras ella.

—¿Alguno estáis echando en falta a vuestra novia? —preguntó.

Los chicos se miraron y comenzaron a reírse. Ella fue hasta la maleza más espesa y soltó al animal.

—¿Cuánto habéis tardado en atraparla?

—Casi toda la mañana —le respondió Brad—. Pensamos que te pondrías a gritar.

–Pues siento decepcionaros.

Uno de los obreros mayores sonrió ampliamente.

–No estamos nada decepcionados.

–Me alegra oírlo. Ahora, vamos a trabajar.

El viernes por la tarde, Nevada se vio paseando por Fool's Gold con Tucker. Había ido con él a rellenar unos papeles y ahora se dirigían a su camioneta para volver a la obra.

–Bueno, ¿y cuándo es el próximo festival? No dejo de oír cosas sobre ellos.

–El próximo fin de semana, aunque mañana pasarán muchas cosas. Las animadoras de Fool's Gold vuelven del campamento y harán una demostración de todo lo que han aprendido. Eso siempre es divertido.

–¿El pueblo tiene animadoras?

–Son del instituto. Aquí nos gustan mucho las celebraciones, así que nos sirve cualquier excusa.

–Ya lo he oído.

Doblaron una esquina y fueron hacia el aparcamiento.

–¿Estás divirtiéndote en el trabajo?

Ella asintió, consciente de lo cerca que estaba de él. Los días seguían siendo cálidos, así que llevaba una camiseta… y por eso sus brazos se rozaban. Se dijo que no debía hacerle caso a ese detalle, que el calor que sentía no tenía nada que ver con ese hombre y sí mucho con…

Suspiró. Tendría que buscarse varias excusas a las que poder recurrir cuando las necesitara.

Trabajar con Tucker era más fácil y también más complicado de lo que había creído. Era un jefe justo que confiaba en su equipo, y eso era bueno. Pero además era un hombre muy guapo con el que compartía un espacio de oficina relativamente pequeño. Tanto en el tráiler, como ahí en las estrechas aceras, era difícil ignorarlo.

–Pensé que los chicos me meterían una serpiente más grande en la camioneta, pero supongo que he superado la prueba –lo miró–. A menos que tú les hayas dicho que no me hagan nada.

–No. Si quieres el trabajo, tienes que ser capaz de apañártelas con los chicos. Pensé que me pegarías más fuerte de lo que me pegó Ethan si te enteraras de que estoy protegiéndote.

–Bien, porque es verdad. Lo haría.

Él sonrió.

–Para eso primero tendrías que atraparme.

Un grupo de chicas caminaba hacia ellos, y los dos se movieron a la derecha para dejarlas pasar. El espacio era pequeño y Nevada se vio pegada a él, con su trasero contra su cadera. Se dijo que tenía que ignorar el calor y cómo sus manos se habían rozado.

–¡Ey, Nevada!

Tardó un segundo en darse cuenta de que una de las chicas era Melissa.

–Ah, hola. ¿Qué tal?

–Vamos a por un helado –la chica miró a Tucker y enarcó las cejas.

–Es mi nuevo jefe. Tucker Janack, Melissa Sutton. Es mi sobrina.

Melissa sonrió.

–Más o menos. Supongo que explicar nuestra relación sería demasiado complicado –la chica se despidió y mientras corría hacia sus amigas, añadió–; ¡Encantada de conocerte!

–Es una de las chicas de Ethan, ¿verdad? –dijo Tucker cuando retomaron el paseo.

–Sí.

–La vi en una foto cuando almorzamos.

Ya habían llegado a la camioneta y él abrió la puerta del copiloto.

–Explícame eso –dijo ella sin subirse–. ¿Cómo puede golpearte y que luego almorcéis juntos?

–Ya lo habíamos arreglado todo. ¿Por qué no íbamos a almorzar y a ponernos al día de lo que pasa en nuestras vidas?

–Los hombres sois muy raros.

Él se rio.

Nevada subió a la camioneta, pero se le resbaló la bota sobre el metal y comenzó a caer hacia delante. Tucker la rodeó por la cintura y tiró de ella hacia atrás y, por segunda vez en pocos minutos, se vio contra él en un espacio reducido.

Su cuerpo disfrutó de ese momento y le recorrió un cosquilleo, pero sabía que era potencialmente peligroso, por no decir estúpido, así que se dijo que tenía que actuar como si no hubiera pasado nada y todo estuviera bien.

–Estoy bien.

–No quiero que mi nueva empleada se haga daño en el trabajo y demande a la empresa –le dijo al soltarla.

–Yo no haría eso.

Iba a subir a la camioneta, pero se giró hacia él sin poder evitarlo. Sus cuerpos seguían estando cerca, y él estaba mirándola con intensidad.

Sin previo aviso, se vio retrocediendo en el tiempo y, en lugar de estar en un aparcamiento de Fool's Gold, estaba en el salón de una mansión en Hollywood Hills.

Solo había ido a la fiesta porque era una oportunidad de volver a pasar un rato con Tucker. Había sabido que la noche sería deprimente, pero no había podido evitarlo.

En mitad de un mar de gente a la que no conocía, se dio cuenta de que debería haberse quedado en la residencia de estudiantes porque, a pesar de todos los famosos que pululaban por allí, solo tenía ojos para Tucker y él solo podía ver a Cat.

Tucker la seguía como un perrillo y, prácticamente, con

la lengua fuera, pero Nevada, incluso a pesar de su falta de experiencia en el terreno amoroso, sabía que Cat no sentía el mismo deseo por Tucker.

–¿Te conozco?

Nevada miró al alto y guapo hombre que caminaba hacia ella y al instante cayó en la cuenta de que era un actor cuyo gran éxito del verano había recaudado millones y que había sido la portada de la revista *People*.

–No lo creo.

–Pues tú podrías… llegar a conocerme.

Obviamente, estaba borracho y tal vez un poco colocado, si sus dilatadas pupilas no mentían.

–No, gracias.

–Puedo hacerte cambiar de idea.

Él le había agarrado del brazo y tiraba de ella; Nevada estaba a punto de empezar a utilizar los trucos que le habían enseñado sus hermanos cuando Tucker apareció a su lado.

–No tan deprisa –había dicho apartando las manos del hombre de su brazo–. Viene conmigo.

–Oh, lo siento tío, no lo sabía.

El otro hombre se marchó y Tucker acercó a Nevada a su cuerpo.

–Veo que no me puedo fiar de dejarte sola. Te comerán viva en un sitio como este. Mantente cerca de mí, niña. Te sacaré de aquí de una pieza.

Y después la había besado. Un leve y amistoso beso que probablemente no había significado nada para él, pero que a ella le había desbaratado su mundo.

Y entonces Cat había aparecido y fue como si Nevada no existiera. Tucker no se había movido de allí, pero ella pudo ver un gran cambio en él. En su mundo, solo existía Cat, nada más. Nadie más importaba.

–¿Nevada?

Volvió al presente bruscamente y vio que estaba pegada a Tucker.

–¿Estás bien?

–Bien –respondió y subió a la camioneta.

–¿Lista para volver? –le preguntó Tucker una vez estuvo detrás del volante.

Nevada sabía que se refería a la zona de obras, así que asintió. Pero lo que en realidad estaba pensando era que jamás volvería al lugar donde había estado antes porque desear a alguien a quien nunca podría tener había sido una de las peores experiencias de su vida.

Capítulo 5

El lunes por la mañana, Nevada vio un coche y un pequeño todoterreno en un lado de la carretera. Iba de camino a la obra, al norte del pueblo, y no había mucho tráfico. Había dos mujeres junto al coche y Nevada se acercó para preguntarles si podía ayudarlas.

Al bajar de la camioneta, reconoció a la guapa y alta rubia, Heidi Simpson. Su abuelo y ella acababan de mudarse a la zona y habían comprado Castle Ranch, justo al oeste de la zona de obras. Años antes, el rancho había sido un negocio viable, con ganado y caballos. Recordaba haber ido al rancho de niña a montar en pony.

El propietario había muerto y el rancho había estado abandonado hasta que Heidi y su abuelo lo habían comprado. En lugar de criar ganado, Heidi tenía cabras y elaboraba queso artesanal.

–¡Hola! –gritó Nevada mientras se acercaba a las mujeres–. ¿Va todo bien?

Heidi se acercó a ella sacudiendo la cabeza.

–Tenemos una rueda pinchada –señaló a la bajita pelirroja–. Es Annabelle Weiss.

–La nueva bibliotecaria –respondió Annabelle–. Llegué ayer y estaba dando una vuelta para conocer el lugar, pero el plan me ha salido mal –señaló el neumático pinchado.

–Puedo llamar a alguien para que venga a ayudarte –dijo Nevada sacándose el móvil del bolsillo.

–No hay cobertura –respondió Heidi–. Y tampoco tenemos en el rancho. Pero tengo una línea fija, así que iba a llevar a Annabelle allí. ¿Tienes el nombre de alguien con quien podríamos contactar?

–Claro. Hay un par de buenos talleres. El hijo adolescente de Donna siempre está buscando una excusa para conducir la grúa, así que os aconsejo que la llaméis a ella. El chico estará aquí en un santiamén.

–¿Donna? –preguntó Annabelle frunciendo el ceño.

Nevada se rio.

–Es algo a lo que te acostumbrarás en Fool's Gold. Somos un pueblo de mujeres. Durante años no hubo suficientes hombres, así que muchos de los trabajos desempeñados tradicionalmente por ellos, aquí los realizan las mujeres. La jefa de policía es una mujer, como la jefa de bomberos, la mayoría de los empleados de la oficina del sheriff y casi todos los del Ayuntamiento –extendió la mano–. Yo soy Nevada Hendrix.

Heidi suspiró.

–Lo siento. Debería haberos presentado. Estoy un poco dispersa. Unas vacas salvajes han entrado en el establo de las cabras esta mañana y nos han dado un buen susto.

–¿Vacas salvajes? –preguntó Nevada.

–Las vacas que parecían venir con la tierra. Son silvestres, suponiendo que las vacas puedan serlo. Llevan años viviendo solas, pastando. El rebaño es de un tamaño considerable y creo que están intentando convencer a las cabras para que se rebelen y se vayan a vivir con ellas.

Nevada miró a Annabelle, que enarcó las cejas.

–¿Te preocupa que corrompan a las cabras?

Heidi se rio.

–Dicho así, suena estúpido, pero te juro que cada vez que aparece una vaca, las cabras se ponen como locas.

–A lo mejor son territoriales –apuntó Annabelle–. A lo mejor no les gusta compartir.

–No había pensado en eso. Nunca antes había tenido que lidiar con vacas salvajes.

Nevada sonrió.

–Deberías buscarte un guapo vaquero para que se ocupara del problema. Tendrías que importarlo, porque por aquí no tenemos, pero podría ser divertido.

–Tal vez… –Heidi parecía dudosa. Se encogió de hombros y miró a Annabelle–. Bueno, vamos al rancho para que puedas hacer esa llamada –se giró hacia Nevada–. Gracias por parar.

–De nada. Es lo que hacemos por aquí.

–Lo sé. Es una de las razones por las que me alegra tanto que mi abuelo y yo nos hayamos instalado aquí. La gente es muy agradable y cordial, y les encanta el queso, lo cual es muy bueno para el negocio.

–Encantada de conocerte –le dijo Annabelle.

–Avísame si puedo ayudarte en algo mientras estás instalándote.

–Lo haré.

Comenzaron a dirigirse hacia sus coches cuando una gran camioneta se detuvo a su lado y Charlie asomó la cabeza por la ventanilla.

–Un lugar interesante para tener una reunión –gritó la mujer antes de ver el neumático–. ¡No puede ser! No me digáis que ninguna sois capaces de ocuparos de eso.

–Departamento de bomberos –murmuró Nevada mientras Charlie aparcaba delante de la hilera de vehículos.

–Seguro que nos grita –susurró Heidi.

Charlie salió de su camioneta y fue hacia ellas. Medía casi metro ochenta y tenía pinta de poder con las tres. Sus rasgos eran bonitos, pero nunca llevaba maquillaje y la ropa que vestía era de lo más práctica. Incluso Nevada, que solía preferir vaqueros y una camiseta antes que algo estiloso, se ponía un poco de brillo de labios de vez en cuando. Sin embargo, tenía la sensación de que Charlie preferiría hacerse una endodoncia antes que ponerse pintalabios.

–Es una rueda pinchada.

Nevada señaló a las otras mujeres.

–Annabelle Weiss, la nueva bibliotecaria, y Heidi Simpson. Heidi y su abuelo han comprado Castle Ranch.

–La cabrera. He oído hablar de ti. Haces un queso fantástico.

–Gracias.

–Y ella es Chantal Dixon.

Charlie miró a Nevada.

–No me creo que hayas pronunciado ese nombre.

–Es que es muy bonito –dijo Nevada sonriendo.

–No me obligues a hacerte daño –se giró hacia las otras dos mujeres–. Llamadme «Charlie» y todas nos llevaremos bien.

–¿Por qué no te gusta tu nombre? –preguntó Heidi.

–¿Tengo pinta de llamarme «Chantal»? Mi madre tenía delirios de grandeza en lo que respectaba a mí. Esperaba que fuera a ser pequeña y delicada como ella, pero salí a mi padre. ¡Gracias a Dios! –caminó hacia el coche–. Esto parece muy sencillo.

–Íbamos a llamar a la grúa para que nos echaran una mano –murmuró Annabelle, que apenas le llegaba a Charlie a la altura del hombro.

Charlie sacudió la cabeza.

–Es una rueda pinchada, chicas, no el fin del mundo.

Todas se miraron.

–Se me da muy bien reparar graneros –dijo Heidi.

–Pero eso no sirve de nada si quieres conducir –Charlie se giró hacia Nevada–. Tú deberías saber cómo hacerlo, tienes tres hermanos.

–Mis tres hermanos son la razón de que nunca haya tenido que preocuparme por mi coche –dijo alegremente Nevada antes de reírse por el gesto tan serio que puso Charlie–. Sí, podría haber aprendido a cambiar una rueda, pero preferí no hacerlo. Si te sirve de algo, soy genial con las excavadoras.

–Estáis dándole a las mujeres una mala reputación –dijo Charlie–. Tengo que daros clases sobre cómo ser autosuficientes. Seguro que tampoco sabéis arreglar un grifo que gotea.

–Yo sí que puedo hacer eso –dijo Nevada–. Se me dan mucho mejor las reparaciones domésticas que los coches.

–Pero eso ahora mismo no sirve de nada.

Nevada se inclinó hacia Annabelle y Heidi, y dijo:

–No suele ser tan gruñona.

–Sí, sí que lo soy –contestó bruscamente Charlie mientras abría el maletero–. Por lo menos tienes un neumático de repuesto. Vale, a ver vosotras tres, vamos a hacer esto juntas. Os iré diciendo lo que tenéis que hacer.

–Yo ya llego tarde al trabajo –dijo Nevada yendo hacia su coche–, así que no voy a poder quedarme.

Charlie sacudió la cabeza.

–Ni lo sueñes. Hoy todas vais a aprender algo.

–Los chicos de la obra me han metido una serpiente en el coche y no me ha importado. ¿Eso cuenta?

–¿Era venenosa?

–No.

–Entonces no cuenta. Vamos. Poneos a mi alrededor –sacó una herramienta con forma de «X»–. ¿Alguien sabe lo que es esto?

Jo terminó de cargar las botellas de vodka, aplastó la caja y la dobló antes de meterla en el cubo de reciclaje. Era una cálida y soleada tarde de verano, esa clase de día en el que a casi todos les apetecería estar en la calle y no metidos en un bar. A casi todos menos a ella. Dejó atrás el brillante cielo azul y se metió en la tranquilidad de su negocio.

Todo iba bien, pensó contenta. Tenía una buena y constante clientela que hacía que su cuenta bancaria gozara de buena salud y que le permitía ahorrar un poco cada mes para emergencias, para la jubilación y cosas así. Tenía un gato al que adoraba y muchas amigas. Una buena vida, pensó con un leve sentimiento de culpabilidad.

Había oído que la gente que tenía mucho éxito a veces se sentían como impostores. Les preocupaba que les dijeran que su buena fortuna no era más que un error, que no tenían talento, y a veces ella se sentía así. No en lo que concernía a su trabajo, sino en lo que respectaba a su vida.

Nunca se había imaginado que pudiera estar tan tranquila, tan feliz. No se había esperado encontrarse una cálida y hospitalaria comunidad, ni tener amigas y una bonita casa. La verdad era que no se lo merecía, pero no había forma de evitarlo.

Fue hacia la cocina donde Marisol, su cocinera a tiempo parcial, estaba metiendo aguacate en un cuenco para preparar guacamole.

–¿Lo tienes todo?

La diminuta mujer, que tendría unos cincuenta y tantos años, le sonrió.

–Siempre me lo preguntas y siempre te digo que todo va bien. Los proveedores son gente buena. Hacen los repartos cuando lo dicen.

–Me gusta asegurarme.

–Te gusta mantenerlo todo bajo control –Marisol arrugó la nariz–. Necesitas un hombre.

–Eso llevas diciéndomelo años.

–Y sigo teniendo razón –comenzó a hablar en español y probablemente lo que estaba diciéndole era que todos sus problemas podrían resolverse con el amor de un hombre.

–Pero tú no eres nada objetiva. ¿Con cuántos años te casaste? ¿Con doce?

–Dieciséis. Hace casi cuarenta años y ya tenemos ocho nietos. Tú deberías tener la misma suerte.

–Debería, pero no la tengo. Y, además, así estoy bien.

–«Bien» no significa «feliz».

A ella «bien» le parecía suficiente, pensó mientras se dirigía a la barra. Estar «bien» la hacía sentirse segura y le permitía dormir. Si tuviera mucha felicidad en su vida, le preocuparía que alguna fuerza equilibrante quisiera castigarla arrebatándole algo de esa felicidad. Por eso prefería estar «bien», sin más. Así estaba segura.

Escribió el especial de la hora feliz del día en la pizarra y encendió la televisión. En la pausa entre el almuerzo y la hora feliz disfrutaba de ese momento de tranquilidad, pero pronto los clientes empezarían a llegar.

La puerta se abrió y un hombre entró. Jo reconoció a Will Falk y no supo si eso la agradó o la molestó.

–¿Qué tal? –preguntó él yendo hacia ella.

–Bien –Jo puso una servilleta sobre la barra–. ¿Qué te sirvo?

–He venido para ver si podía ayudarte a montar los juguetes.

–Ya lo he hecho. Hoy han venido dos niños a la hora del almuerzo y lo han pasado genial.

–Me alegra oírlo –se sentó en un taburete–. Me tomaré una cerveza, de la que tengas en el barril. ¿Quieres acompañarme?

–No bebo mientras trabajo.

–Yo no soy mucho trabajo.

–Lo siento, pero no –le respondió con una leve sonrisa.

Era un buen tipo, probablemente uno de esos hombres a los que le gustaban los deportes, una buena comida casera y que se conformaba con tener sexo dos veces por semana. Había aprendido a hacer juicios rápidos y acertados sobre la gente, y suponía que él no engañaba ni jugando a las cartas, ni a las mujeres, que tenía muchos amigos y que se regía por un fuerte código moral.

No era alguien con quien pudiera tener una relación, definitivamente no.

Dejó el vaso de cerveza frente a él y fue hacia el otro lado de la barra.

—¿Es por la cojera?

La pregunta la hizo detenerse en seco. Se giró lentamente y volvió a situarse frente a él.

—No.

Will se encogió de hombros.

—A algunas mujeres no les gusta, les va más la perfección.

—Pues yo no soy así. No me atrae la perfección.

—De acuerdo. ¿Entonces por qué es?

Le parecía un hombre atractivo, a pesar de ser muy normal. Sus amigas se habían enamorado de hombres normales y agradables, de buenos tipos, y las envidiaba por ello.

—¿Qué te pasó? —le preguntó ignorando su pregunta.

—Un accidente en una obra. Me caí por un puente y casi me rompí todos los huesos del cuerpo. Me llevó mucho tiempo recuperarme.

Jo sentía que había algo más en esa historia; seguro que pasó semanas o meses en el hospital y cientos de horas haciendo rehabilitación.

—¿Tienes mucho dolor ahora?

—Sé cuándo va a llover, pero estoy bien —esbozó una sexy sonrisa—. ¿Quieres ver mis cicatrices?

Ella se vio queriendo decir «sí» para seguirle la broma, pero también para permitirse bajar la guardia aunque solo fuera por un momento, para recordar cómo era ser como todos los demás.

–Tal vez en otra ocasión.

–Estaré aquí un par de años. Tengo mucho tiempo.

–Pero luego te irás a hacer otro proyecto.

Él asintió.

–Es la naturaleza del negocio. He visto gran parte del mundo y viajar es emocionante.

–Yo prefiero quedarme en un mismo sitio –dijo ella admitiendo una verdad–. Me costó mucho encontrar este pueblo.

–¿Qué te gusta de él?

–La gente. Son muy amables y cálidos, como el clima. Es una ubicación genial.

Lo que no le dijo fue que ahí podía fingir que todo era verdad, que ella era como todos los demás, que su pasado nunca había sucedido. Ahí era simplemente Jo, la propietaria de un bar.

–Pues muéstramelo. Soy el nuevo, ¿no me merezco, al menos, una vuelta por el pueblo?

Ella lo miró y se vio tentada a flirtear, a acariciarlo y dejarse acariciar. Hacía años que no estaba con un hombre, años desde la última vez que se había permitido ser tan vulnerable. La última vez las consecuencias habían destruido a gente y por su gran deseo de amar y ser amada un hombre había muerto.

–No puedo –respondió con brusquedad–. No es por ti... no es nada personal. Lo siento, pero así tiene que ser.

Will asintió lentamente y se levantó del taburete lanzando un billete de diez sobre la barra.

–La cerveza corre por cuenta de la casa.

–No, gracias. Solo acepto invitaciones de mis amigos.

Y con eso se marchó. Ella lo vio alejarse cojeando y, cuando la puerta se cerró tras él, le dio un vuelco el estómago y se preguntó si acabaría vomitando.

Le había hecho daño, y lo sabía. Pero también se había hecho daño a sí misma, aunque no había tenido elección.

No podía arriesgarse. En esa ocasión, habría demasiado que perder.

–Me encanta este pueblo –dijo Tucker al cerrar el correo electrónico–. Nos han aprobado los permisos antes de lo previsto –miró a Nevada–. ¿Has tenido algo que ver con esto?

–Aunque me encantaría llevarme el mérito, no. Ya te lo he dicho. Todo el mundo está emocionado con el proyecto porque traerá mucho empleo y turistas a la zona. Estas obras no tienen nada negativo.

Sus palabras tenían sentido, pero la facilidad con que estaba marchando todo le hacía tener cierta aprensión. Cada obra en la que había trabajado había tenido problemas y prefería enfrentarse a ellos directamente y lo antes posible para así poder solucionarlos y seguir adelante con el proyecto.

–No te preocupes.

–Preocuparme me hace bueno en mi trabajo –se levantó y fue hacia la cafetera–. ¿Quieres?

–Claro.

Ella se levantó y acercó su taza. Tucker se movió hacia ella. Ella se echó a la izquierda y él a la derecha, de modo que los dos fueron en la misma dirección y casi se chocaron. Nevada retrocedió con una velocidad cómica.

–Lo siento –susurró.

–Estás un poco nerviosa.

–No lo estoy –respondió a la defensiva, más que indignada.

–Es un tráiler muy pequeño, así que vamos a chocarnos mucho.

–Soy consciente de eso y no tengo ningún problema.

–Pues estás actuando como si lo tuvieras.

Ahora se mostró furiosa.

—Estás viendo más de lo que hay.

—¿Ah, sí?

Alzó la barbilla.

—Sí —acercó su taza—. ¿Podría tomarme mi café, por favor?

—Creo que te sientes atraída por mí y no sabes cómo sobrellevarlo.

Ella abrió la boca y volvió a cerrarla.

—¿Estás loco?

—Nunca me ha evaluado ningún profesional, pero creo que no.

—Todo esto es por lo que pasó y estábamos de acuerdo en olvidarlo.

Le llenó la taza, dejó la cafetera en su sitio y se apoyó contra el escritorio de Will. Hacerla de rabiar era mucho más divertido de lo que se había esperado.

—No soy yo el que ha sacado el tema.

—Estabas pensando en ello.

—Yo no, pero tú sí. Y mucho.

Un rubor tiñó sus mejillas.

—No del modo qué crees. Estás intentando demostrar algo. Pues bien, no puedes. Te he olvidado y...

Dejó de hablar y apretó los labios.

—¿Que me has olvidado?

—Cierra la boca.

—¿Que me has olvidado?

—Te juro, Tucker, que te achucharé a Ethan.

—Esto se pone cada vez más interesante —le gustaban los derroteros que estaba tomando su conversación—. Con eso estás diciendo que te sentías atraída por mí.

Ella soltó la taza y se cruzó de brazos. Sus marrones ojos brillaban de furia.

—Me acosté contigo. ¿Qué creías?

—Que soy irresistible.

—Hoy no.

–Sigues sintiéndote atraída por mí.

Ella puso los ojos en blanco.

–¿Qué pasa contigo? Trabajamos juntos y es un proyecto a largo plazo. ¿Por qué intentas ponerlo difícil?

–Es algo natural en mí.

–No me siento atraída por ti.

–Venga, no pasa nada, puedes decírmelo. Te guardaré el secreto. Me deseas.

–Solo deseo poder pasarte por encima con el coche.

Tucker sentía curiosidad sobre si ese enfado era real o era una forma de autoprotección. Ella se mostraba cauta y recelosa a su lado y eso era algo que él no se habría esperado. ¿También sentía la química que existía entre los dos?

Hizo todo lo que pudo por recordarse que trabajarían juntos y que una relación supondría una complicación que ninguno de los dos necesitaba, pero aun así, Nevada era inteligente, divertida y sexy, y eso era algo que no podía ignorar de ningún modo.

–Adelante –dijo con voz suave–. Bésame. Vamos, sácatelo de la cabeza de una vez y así podrás concentrarte.

–Puedo concentrarme muy bien –le respondió Nevada apretando los dientes–. Tienes un ego del tamaño de Marte.

–También tengo las manos grandes.

–¡Lárgate!

–Gallina.

–No soy gallina, soy sensata.

Intentar no perder el control estaba suponiendo un desafío mayor del que había imaginado. Por razones que no podía explicar, Tucker pulsaba unos botones que ella no sabía que tuviera y, por mucho que quería golpearlo, también quería besarlo. O tal vez más, incluso.

Y lo más inexplicable de todo era que no había pensado en besarlo hasta que él lo había mencionado. Ahora esa idea ocupaba su cabeza, hacía que se le encogieran los dedos de los pies y que todo su ser temblara de excitación. ¡Qué locura!

Tucker comenzó a cacarear.

–¡Para!

–Oblígame.

Ese hombre sí que sabía cómo jugar, pensó Nevada mientras lo agarraba por los hombros, se ponía de puntillas y se echaba hacia él… hasta que sus labios rozaron los suyos. En ese segundo de contacto, se sintió como si se hubiera transportado, como si hubiera salido del tráiler climatizado y hubiera caído en mitad de Misisipi en pleno agosto. Había calor por todas partes. Un calor intenso y sofocante, de ese que se te pega a la piel y no se va en tres días.

El aire parecía pesar, igual que su cuerpo. Su sangre se había espesado aunque aún se movía con rapidez, transportando un intenso deseo a cada parte de su ser.

Se echó atrás y lo miró. Era difícil interpretar la mirada en los oscuros ojos de Tucker.

–¿Es todo lo que quieres? –le preguntó él en voz baja.

–No.

Volvió a acercarse y ladeó la cabeza ligeramente antes de posar la boca sobre la de él. El calor volvió y deseó poder arrancarse la ropa. No solo para refrescar su cuerpo, sino para que Tucker también pudiera tocarla.

Sintió también un cosquilleo en lugares de lo más interesantes. Quería rodearlo con sus brazos, llevarlo hacia ella con fuerza. Quería deslizar los dedos por su torso e ir descendiendo para descubrir si él estaba sintiendo lo que ella sentía.

Pero no lo hizo y, por el contrario, se quedó quieta y callada sin intentar profundizar el contacto. Su intención había sido darle un beso que él jamás olvidaría, pero no había podido porque había temido demasiado su propia reacción.

Se puso derecha y se apartó, consciente de que, probablemente, él volvería a burlarse. Y en esa ocasión no sabía cómo iba a defenderse, porque besarlo no era una opción. No, cuando un simple y platónico besito la había dejado temblando. ¿Qué pasaría si él hiciera algún esfuerzo?

—¿Contento? —le preguntó mientras volvía a su escritorio.

—Mucho.

Ella respiró hondo y se dijo que tenía que mantenerse fuerte.

—Todo esto es por tu ego, ¿verdad?

Tucker parecía estar divirtiéndose aunque, también, un poco asombrado por la pregunta.

—Eso era antes. Ahora es diferente.

Se quedaron mirándose, pero ella no preguntó por qué, ya que temía tanto la respuesta como volver a besarlo. Si él también lo había sentido, si había estado a punto de perder el control, entonces estaban metidos en un buen lío. Mejor no arriesgarse a provocar de nuevo esa situación.

La última vez…

«No», se dijo firmemente. Ya había recordado bastante y no iba a hacerlo más.

—Tenemos que repasar el programa y la agenda —dijo eligiendo al azar un papel del escritorio y esperando que fuera algo relevante—. Hay que coordinarse con distintas agencias, incluyendo el Departamento de Bomberos de Fool's Gold. Si te parece bien, yo me encargaré de eso.

—Claro. Sería genial.

—Es mi primera vez —dijo y contuvo un gemido—. Quiero decir, nunca antes he realizado una voladura en una obra.

—Pues vas a alucinar.

A pesar de sentirse incómoda y más que un poco asustada, se rio.

—No estoy segura de querer alucinar.

–Pruébalo, puede que te guste.

Él la miraba fijamente y ella quiso tomar la iniciativa y besarlo de nuevo. Quería saber cuánto más podría sentir en sus brazos y qué más podría él hacerle a su cuerpo.

El problema era que eso sería una absoluta estupidez. El trabajo era lo primero y las fantasías lo segundo, se dijo al dejarse caer en su silla y centrar la atención en el ordenador. Pero en lugar del informe de la pantalla, lo que vio fueron los fuegos artificiales que había experimentado y la nube negra que amenazaba si se atrevía a rendirse y entregarse.

El problema no era Tucker. El problema era ella. No había sido capaz de resistirse a él diez años atrás y eso que por entonces él ni siquiera lo había intentado. ¿Qué iba a hacer si Tucker decidía que quería más que solo jugar?

Ese hombre se marcharía al cabo de un año, se recordó. Y lo más importante, le había dejado claro que no le interesaba echar raíces. Para ella, su hogar lo era todo y Tucker ya le había roto el corazón una vez. ¿De verdad necesitaba una segunda lección de Tucker Janack? Lógicamente, era una mala elección y se preguntó cuánto tiempo tendría que seguir diciéndose eso antes de empezar a creérselo.

Capítulo 6

Después de una larga semana en la obra, Nevada estaba más que preparada para pasar una tranquila noche sin pensar en Tucker. Desde «el beso» había estado invadiendo sus pensamientos mucho más de lo que era razonable. Así que, cuando su madre la había invitado a una cena familiar, le había parecido la escapada perfecta.

Llegó alrededor de las seis, como le habían pedido, y se encontró a Dakota, Finn y Hannah.

—¿Quién es mi chica favorita? —preguntó quitándole el bebé a su hermana y abrazándola con fuerza.

—¡*Na-na-na!* —gritaba Hannah encantada mientras agitaba sus regordetes brazos.

—Nevada. ¡Eso es! ¿Quién es mi chica lista? —la acunó y sonrió a su hermana y a su futuro cuñado—. Hola a vosotros también. ¿Cómo va todo?

—Genial —Finn rodeó a Dakota con un brazo—. Está creciendo, como puedes ver, y gatea por todas partes. Ya intenta caminar.

Parecía feliz y orgulloso, pensó Nevada, contenta de que su hermana hubiera encontrado a un tipo tan genial.

Solo unos meses antes, Finn había llegado al pueblo a rescatar a sus hermanos gemelos del reality show *Amor verdadero o Fool's Gold*. Los chicos tenían veintiún años y eran más que capaces de tomar sus propias decisiones, pero Finn no lo había visto así.

Dakota había dado por hecho que nunca encontraría un amor para siempre y ya había contactado con una agencia de adopciones. Mientras se enamoraba de Finn, le habían comunicado que la habían aprobado para adoptar a Hannah, que por entonces tenía seis meses. Pero la situación se había complicado cuando se había quedado embarazada y el resultado había sido unos meses muy ajetreados.

Ahora Finn se había trasladado a Fool's Gold, había comprado una empresa aérea de transporte de mercancías y pasajeros y estaban planeando la boda.

–¿Ya habéis fijado la fecha? –preguntó Nevada cuando los tres caminaban hacia la puerta principal.

Dakota miró a Finn y después a Nevada.

–No. Seguimos hablando.

Finn abrió la puerta y se sumergieron en el bullicio.

El resto de la familia ya estaba allí, junto con una perra cruce de golden retriever y labrador llamada Fluffly que hizo lo que pudo por saludar a todo el mundo lamiéndolos hasta que tuvieron que rendirse.

–Parece que somos los últimos en llegar –le dijo Nevada a Hannah cuando el bebé miró a su alrededor y se rio al ver a toda la gente que quería.

Ethan y su esposa, Liz, estaban junto a sus tres niños. Kent y su hijo, Reese, estaban intentando acorralar a una nada colaboradora Fluffy, mientras Montana, la otra trilliza, les ofrecía consejo. Su prometido, Simon, se mantuvo al margen y callado, como siempre hacía, pero esos días parecía mucho más feliz y más relajado. Tucker estaba charlando con Denise y... Nevada volvió a mirar. ¿Tucker?

–¡Estás aquí! –Denise le dio una palmadita en el brazo y corrió hacia la puerta–. Ahí estás, Hannah. Ven con la abuelita, cariño.

Hannah extendió los brazos hacia su abuela y se dejó abrazar por ella. Nevada dio un paso atrás.

—Finn, ¿conoces a Tucker? —preguntó Denise—. Es un viejo amigo de Ethan y ahora Nevada trabaja para él. Su empresa es la que va a construir el resort y el casino a las afueras del pueblo.

Los hombres se dieron un apretón de manos.

—¿Qué está haciendo aquí? —le preguntó Nevada a su madre susurrando la pregunta para que nadie la oyera.

—Está solo y he pensado que le gustaría compartir una cena en familia.

—Le contaste a Ethan que me había acostado con Tucker y Ethan lo golpeó.

Su madre no parecía sentirse culpable en absoluto.

—Tenía que hacer algo. Ahora ya está avisado y podemos seguir adelante.

Muy típico de su madre, pensó Nevada diciéndose que no tenía por qué sorprenderse.

—¿Qué eres? ¿Un miembro de la mafia? ¿No se te ha ocurrido pensar que esto podría resultarme incómodo?

—¿Cómo podría resultarte incómodo? Trabajas con él.

Cierto. Porque ahora no tenían una relación personal... si se dejaba a un lado lo del beso.

—Bien —dijo Nevada suspirando.

—Me alegra que te parezca bien porque te he sentado a su lado en la mesa.

Denise llevó a Hannah a la cocina y Nevada se quedó allí, no muy segura de si debería seguirlas o subir al piso de arriba y esconderse. Antes de poder decidirse, Tucker se acercó con una copa de vino y se la pasó.

—Había olvidado cómo era estar con tu familia.

—Ha pasado mucho tiempo.

—Desde aquel verano en el que Ethan y yo fuimos al campamento de ciclismo con Josh Golden. Teníamos dieciséis años.

Y ella tenía diez y no se había fijado en él por entonces porque para ella no era más que uno de los aburridos amigos de su hermano.

–Ahora somos más ruidosos –le dijo.

–Y habéis aumentado. Aún no me creo lo de la familia de Ethan.

Ella miró a los adolescentes, que estaban riéndose juntos.

–Me gusta que estén en la habitación con nosotros en lugar de desaparecer en el salón para jugar con la Wii que mamá les compró.

–Y Montana y Dakota están comprometidas.

–Así es. Simon es cirujano y Finn es piloto de transporte de mercancías y de pasajeros en vuelos privados. Es de Alaska.

–Nosotros hicimos una obra allí.

–¿Hay algún lugar donde no hayáis hecho una obra?

–La verdad es que no –miró a su alrededor–. Nunca tuve algo así que me esperara en casa. Mi madre murió cuando yo era un bebé y mi padre contrató a una niñera y nos llevó a los dos con él.

–No puedo imaginarme viviendo sin mi familia. Lo son todo para mí.

Tucker se tocó la mandíbula.

–No hay duda de que tu hermano cuida de ti.

–Te lo merecías.

Él la sorprendió echándose a reír.

–Tienes razón. Me lo merecía. ¿Me he disculpado?

–Sí, y no tienes por qué volver a hacerlo.

Ethan se acercó.

–¿Va todo bien por aquí?

–Deja de librar mis batallas. Puedo hacerlo sola.

–A veces un hombre tiene que intervenir y ocuparse de los suyos. Tucker lo entiende.

Tucker asintió.

Ethan preguntó si Tucker tenía pensado ver los partidos de la pretemporada ese domingo y, mientras los chicos hablaban de rugby, Nevada se preguntó dónde pasaría las tardes habitualmente Tucker. Siempre había estado solo, y no solo se había visto en un colegio distinto cada un par de años, sino que había tenido que verse en un país distinto y una cultura distinta, eso sin mencionar las barreras del idioma. No podía imaginarse lo que sería no tener raíces.

—Ten cuidado —estaba diciendo Ethan—. Hay un millón de mujeres solteras en el pueblo.

—Estás exagerando —Tucker dio un sorbo de vino—. No me preocupa.

Nevada sonrió.

—Pues deberías preocuparte. Hasta hace poco hemos tenido escasez de hombres, así que te rodearán las mujeres. Un fuerte y rico constructor —parpadeó varias veces.

Tucker se rio.

—Puedo apañármelas solo.

Nevada se giró hacia su hermano.

—En un par de semanas, acabarás diciéndole: «Te lo dije».

—Estoy deseándolo —se rio Ethan.

Tucker cambió de postura, incómodo.

—No puede ser tan malo.

—Sigue diciéndote eso —dijo Nevada antes de dirigirse a la cocina para ayudar a su madre.

—Me conozco el camino a casa —dijo cuatro horas después, tras una enorme cena.

—No voy a acompañarte a casa —le respondió Tucker—. Tú me vas a acompañar a mí. Si lo que Ethan y tú me habéis dicho es verdad, necesito protección.

—Oh, ¡por favor! Creo que puedes con unas cuantas mujeres hambrientas de amor.

–No al mismo tiempo –se inclinó hacia ella y bajó la voz–. Nunca me han ido los grupos. Después de las primeras cinco o seis veces, no es tan divertido.

–No estás impresionándome con historias como esa.

–¿Y qué clase de historias te impresionan?

–Viaja a través del tiempo como Kyle Reese en la primera película de *Terminator*. Eso sí que llamaría mi atención.

–Trabajaré en ello.

La noche era cálida y clara y el cielo estaba moteado de estrellas. Aún había mucha gente paseando, así que pasear al lado de Tucker no habría resultado nada íntimo. Aun así, no podía ignorar su presencia, la anchura de sus hombros y el sonido de su voz.

–Tu familia es genial y tu madre lo tiene todo bajo control.

–Se le da muy bien dirigir a una multitud.

–Lleva sola mucho tiempo. ¿Sale con alguien?

–Ha empezado este año. No puedo creerme que ya hayan pasado diez años desde que mi padre se fue. Ha estado sola mucho tiempo –miró a Tucker–. Tu padre no ha vuelto a casarse.

–Es verdad, pero no estaba solo. Cree firmemente en el concepto de «una chica en cada puerto». O, en su caso, de una mujer en cada obra. Ese hombre ha hecho el tonto con más mujeres de las que puedo contar.

–¿Y eso te molesta?

Tucker se encogió de hombros.

–Nunca se toma un respiro. Se acerca a los sesenta, pero se comporta como un chaval de diecisiete. Como he dicho, está actuando como un tonto. Pero eso hace el amor.

–El amor no hace tonta a la gente.

–Puede hacerlo.

Ella sabía en quién estaba pensando.

–Solo si eliges a artistas locas.

–No fue ella quien cambió mi opinión.

Doblaron una esquina y Nevada se dio cuenta de que estaban en su calle.

–Pensé que yo iba a acompañarte a tu casa.

–Me ocultaré entre las sombras.

Cruzaron la calle y se dirigieron hacia su puerta. Había luz en los dos apartamentos, pero no había ruido.

–Quien fuera que inventara los auriculares se merece que lo hagan santo –dijo ella–. Mis dos inquilinos son universitarios y no dan un solo paso sin estar escuchando algo, pero yo no tengo que oírlo.

–Qué suerte tienes.

Estaban en el porche. La luna acababa de salir y podía verla sobre el hombro de Tucker. Cualquiera podría pensar que un gran objeto blanco pendiendo del cielo capturaría su atención, pero ella solo parecía estar viendo al hombre que tenía delante.

–Gracias por el paseo –le dijo preparada para darse la vuelta y entrar. «Rápidamente», pensó. Porque si no lo hacía, corría el peligro de querer algo que no era sensato.

–De nada.

La mirada de él era intensa y buscaba algo en su rostro. Ella lo miraba también, no segura de en qué estaría pensando Tucker ni de cuál sería el mejor modo de protegerse. En realidad sí que sabía cómo, pero lo cierto era que no quería.

Él rodeó su mandíbula con una mano y puso la otra sobre su cintura antes de besarla.

Nevada había visto el beso venir y podría haberse apartado, pero no lo hizo y entonces la boca de él se había posado sobre la suya y ya nada más había importado.

El calor había vuelto, igual de pegajoso y dulce, y cuando la devoró, se rindió. Lo rodeó por el cuello y se acercó dejándose llevar por la locura de un mal juicio y una fantástica manera de besar.

Él reclamó sus labios con una seguridad en sí mismo que la hizo estremecerse. Lo único de lo que era consciente era de que ese hombre estaba abrazándola y de cómo estaba haciéndola sentir.

Bajó las manos hasta su cintura y deslizó la lengua sobre su labio inferior. Ella separó los labios instintivamente, dándole la bienvenida a su delicada invasión.

Tucker sabía ligeramente al brandy que habían tomado después de cenar y cada caricia que le daba la fue excitando más y más hasta perder la poca fuerza de voluntad que le quedaba. Cuando él se acercó más, Nevada no se apartó.

Sus pechos parecían sentirse cómodos contra su torso y su ombligo pareció acurrucarse contra la dureza de su erección. Tucker se apartó lo justo para besarla por el cuello y le mordisqueó el lóbulo de la oreja antes de lamer la sensible piel situada bajo ese punto.

Al instante, ya estaban besándose otra vez y Tucker estaba excitándola con su lengua. Ella deslizaba las manos sobre su espalda y sus pechos querían recibir su atención. Entre las piernas, sintió sus zonas más íntimas inflamadas y hambrientas de deseo.

En algún punto en la distancia, Nevada oyó el motor de un coche y el chirrido de los grillos y ello la hizo volver a la realidad y entender que estaba en el porche delantero de su casa besando al hombre para el que trabajaba.

Invitarlo a pasar sería la elección más sencilla, pensó consciente del deseo que brillaba en la mirada de Tucker. Pero en esta ocasión, él la elegiría a ella en lugar de tomar lo que le estaba ofreciendo. Además, tener sexo con Tucker no demostraría mucho y ella ya estaba cansada de tener que arrepentirse de cosas en la vida.

—Me gusta mucho mi trabajo —dijo en voz baja y después se aclaró la voz—. Y no quiero estropearlo acostándome con el jefe.

Tucker asintió una vez y después maldijo.

—Nevada… —comenzó a decir.

Ello lo interrumpió sacudiendo la cabeza.

—¿Aquella vez? No fuiste tú solo el que metió la pata. Yo sabía que estabas enamorado de Cat, ella me dijo que había acabado y quise creerla, pero sabía que te llevaría mucho tiempo olvidarla.

—No. No fue culpa tuya ni tampoco fue mía. Cat creía en la manipulación como forma de entretenimiento. Nosotros no éramos más que simples mortales y no tuvimos oportunidad.

Nevada se preguntó si eso era verdad.

—Era preciosa.

—Era una droga —apuntó él rotundamente—. Y yo era su bufón. Pensé que perderla me mataría, pero fue lo mejor que pudo pasarme.

Nevada no estaba segura de cómo habían terminado las cosas con Cat y decidió que tampoco necesitaba saberlo.

—En cuanto a lo de esta noche…

Él le rodeó la cara con las manos.

—Lo entiendo. Trabajamos juntos y seguiremos haciéndolo durante un tiempo. Yo solo estaré en la obra un año, así que haremos como si no hubiera sucedido nunca —su boca se curvó en una pícara sonrisa—. Hasta que me marche. Será un fin de semana terrible.

Sus palabras la hicieron derretirse por dentro.

—Estás dando por sentado que yo seguiré interesada.

—Lo estarás —contestó él con confianza y la besó suavemente. Bajó las manos y dio un paso atrás.

—¿Y si cambio de opinión?

—Te convenceré de lo contrario.

Y eso era algo que estaría deseando, pensó Nevada mientras se despedía de él. Entró en casa, aún atrapada por esos besos y por el pasado. Tucker era una complicación, pero una que podía manejar. Ahora que había reglas, sería más fácil trabajar juntos y no estaría pensando en él todo el tiempo.

Subió las escaleras hasta su apartamento y abrió la puerta con la llave. Al entrar, alargó el brazo hacia la derecha y encendió las luces, pero en lugar de ver su salón, vio otro lugar y otro momento. Cat estaba en la puerta de la habitación de su residencia.

—Ha terminado —le había dicho la otra mujer con su oscura mirada encendida—. Tucker y yo hemos terminado. Ya está hecho. Sé que estás enamorada de él y esta noche te necesita, Nevada. Deberías ir a verlo.

Estar al lado de Cat era como estar mirando al sol: era difícil ver cualquier otra cosa, centrar la mirada. Todo lo demás estaba borroso. Por ello, Nevada tardó un segundo en procesar lo que estaba oyendo y poco a poco la vergüenza fue invadiéndola mientras se preguntaba desesperadamente quién más habría descubierto su secreto. ¿Lo sabía Tucker? ¿Se compadecía de ella? Porque eso sería lo peor.

—No lo entiendo —susurró.

Cat le agarró los brazos y la zarandeó.

—Te necesita. Ve con él. Está solo en casa ahora mismo.

—Yo...

Antes de poder decir nada más, Cat se había ido dejando tras de sí una estela de exótico perfume.

Nevada pasó los siguientes veinte minutos intentando descifrar qué hacer. ¿Debería ir con Tucker? ¿Podía hacerlo? Él amaba a Cat y no podía ver ni a nadie más ni nada más, pero si habían roto, entonces estaba disponible. Y dolido.

Al final, su corazón había ganado la batalla y había agarrado las llaves de su coche y había bajado corriendo las escaleras para dirigirse al aparcamiento. Y así, antes de lo que había creído posible, ya estaba en casa de Tucker llamando a la puerta.

Él abrió casi de inmediato, como si hubiera estado esperándola, pero cuando la vio, su expresión pasó de la expectación a la decepción.

–Creía que eras Cat –dijo pronunciando con dificultad.

–Me he enterado de lo que ha pasado –lo siguió adentro.

–Me ha dejado.

Se dejó caer en el sofá, apoyó los codos sobre las rodillas y la cabeza sobre las manos.

–Me ha dejado –repitió como si no pudiera creérselo.

Nevada nunca había estado en su casa; sabía dónde vivía, ya que había ido a recogerlo un par de veces, pero no había pasado del aparcamiento.

Ahora, rápidamente, se fijó en los sofás de piel y en las mesas talladas; era una habitación elegante, que parecía sacada de una revista más que pertenecer a un soltero. Los cuadros parecían originales y caros. Había una escultura de metal en una esquina y le daba la sensación de que la había hecho Cat.

De hecho, todo el apartamento parecía estar gritando el nombre de esa mujer y no solo en las paredes color gris pálido o en las cortinas, sino en las montañas de libros en francés e italiano. El *London Times* descansaba sobre la mesita de café.

Los celos le revolvieron el estómago. ¿Había vivido ahí? No quería creer que fuera cierto, pero tampoco podía negar la evidencia. Si Cat no había vivido allí de manera permanente, sí que había pasado el tiempo suficiente para dejar su huella.

–No puedo hacer esto –murmuró Tucker.

Nevada fue hacia el sofá y se sentó a su lado.

–No puedo vivir sin ella –se giró para mirar a Nevada con los ojos inyectados en sangre–. Es mi mundo. Sin ella… –el dolor tensaba sus rasgos–. No quiero volver a sentirme así. El amor es una mierda, pero no he podido resistirme. No con ella.

—No pasa nada —le dijo Nevada tocándole el hombro tímidamente—. Sé que ahora duele, pero encontrarás a otra persona.

—No. Jamás. Solo está ella.

Su dolor llegó hasta lo más hondo de Nevada y le hizo desear desesperadamente poder hacerle sentir mejor. Ignoró su propio dolor mientras oía al hombre al que amaba declarar sus sentimientos por otra mujer.

—No —le giró la cara hacia ella—. No está solo ella —respiró hondo, se armó de valor y dijo—: Estoy yo.

Él juntó las cejas en un gesto de clara confusión.

—Te quiero —se apresuró a decir antes de perder el valor—. Te quiero desde hace tiempo. A Cat no le importas. A ella no le importa nadie. Pero a mí sí me importas, Tucker. Mucho.

Lo besó, aunque sus bocas se toparon torpemente. Él no respondió y tampoco se apartó, pero no le devolvió el beso. Se quedó sentado, inmóvil. Ella ignoró esa humillación y la voz que le gritaba que saliera corriendo mientras aún le quedara algo de orgullo.

—Tucker, por favor —susurró contra sus labios antes de agarrarle la mano y posarla sobre uno de sus pechos.

Era la primera vez en su vida que hacía algo así, y en parte se debía a que nunca había tenido una relación sexual. Aunque había salido con chicos en el instituto, lo más lejos que había llegado había sido que un chico le tocara suavemente los pechos por encima de la ropa.

Pero eso era diferente. Era Tucker y Tucker era su mundo. Por mucho que él creía que quería a Cat, ella lo amaba a él mucho más. Su amor era mayor y más fuerte y sobreviviría ante cualquier cosa.

De pronto, él comenzó a devolverle el beso y cerró la mano alrededor de su pecho, apretándolo con tanta fuerza que le dolió. Deslizó la lengua dentro de su boca y le subió la camisa para intentar desabrocharle el sujetador.

Un sujetador que no llegó a desabrochar. En lugar de eso, le sacó un pecho por la copa y le frotó el pezón.

Todo era muy extraño, pensó ella intentando averiguar a qué debía prestar atención. Él sabía y olía a whisky, y eso no era algo a lo que estuviera acostumbrada. Y aunque la mano que tenía sobre el pecho ya no le hacía daño, no tuvo tiempo de decidir si le gustaba o no, porque justo cuando pensó que podría sentir un cosquilleo, él estaba agarrándola por la cintura y tendiéndola en el sofá. Coló sus manos entre los dos cuerpos.

Nevada sintió unos dedos sobre su vientre y al momento notó cómo le estaba bajando los vaqueros y la ropa interior. Tucker le sacó una pierna por el pantalón, pero la otra la dejó metida.

Era todo lo que ella quería, pero estaba sucediendo demasiado deprisa. Una voz dentro de su cabeza le susurró que no se había imaginado que fuera a ser así. No, en un sofá con él borracho y ella…

–Tucker, yo…

Mientras intentaba averiguar qué quería decir, él se agachó entre sus piernas y acercó la boca. ¡Tucker estaba besándola «ahí abajo»!

Había leído algo sobre el tema, había oído a amigas hablar de ello, pero nada la había preparado para ese profundo y lento beso. Sus labios eran muy suaves y, cuando movió la lengua hacia delante y hacia atrás, pensó que se iba a morir.

Era perfecto, pensó hundiéndose en el sofá y entregándose a la extraña sensación de cosquilleo que la recorría. Era mejor que perfecto y eso tenía que demostrar que Tucker sentía algo por ella. No podía hacerle eso si no la amaba.

La acarició con la lengua una y otra vez mientras ella

se contoneaba sin saber muy bien qué pasaría a continuación. Lo único que sabía era que quería más. Separó las piernas todo lo que pudo e hizo lo posible por controlar sus gemidos de placer.

Él se puso derecho y la miró a los ojos.

–Te deseo. ¿Tú también me deseas?

–Sí –le respondió con la voz entrecortada–, más que nada.

A Nevada le recorrió una ráfaga de deseo y lo acercó a sí. Tucker se situó entre sus piernas y el primer movimiento de sus caderas la pilló por sorpresa. Pasó de la excitación a sentirse incómoda en un segundo, y tuvo que morderse el labio para evitar gritar.

Él seguía moviéndose hacia dentro y hacia fuera, despacio al principio y después más deprisa. Nevada acababa de empezar a sentir las primeras oleadas de placer cuando él gritó:

–Siempre has sido tú, Cat. Solo tú. ¡Oh, sí! Así.

Se quedó tan impactada, tan rota, que no pudo decir nada.

¡Él ni siquiera sabía quién era!

Se quedó inmóvil mientras Tucker se hundía en su interior un par de veces más antes de emitir un gemido y parar.

Cuando terminó, se apartó y ella apretó los dientes ante la extraña sensación. Tucker se levantó y se abrochó los vaqueros y Nevada se quedó tendida un segundo esperando a que él se diera cuenta de lo que había pasado.

–Ahora mismo vuelvo –le dijo con una sonrisa torcida y fue hacia el cuarto de baño.

Nevada se quedó allí tumbada, con una pierna del pantalón puesta y la otra quitada, mientras las lágrimas comenzaban a humedecerle el pelo. Al final, se levantó y se vistió.

Todas sus esperanzas y sueños y todo su amor se derrumbaron a su alrededor y se sentó en el sofá sollozando. Todo lo que había imaginado se había desvanecido, había quedado roto por la realidad. A Tucker no le había importado en un sentido romántico porque estaba enamorado de Cat. Para él, ella no era nada más que la hermana pequeña de su amigo. Ella había malinterpretado su amabilidad, la había considerado afecto y se había construido una fantasía apoyándose en nada más sustancial que la arena.

Aún conteniendo las lágrimas, se levantó y volvió a su residencia. Tras pasar una hora en la ducha, seguía sintiéndose fatal. Peor aún, se sentía estúpida. Había sido una idiota y no podía culpar a nadie más que a sí misma.

Había pasado la noche despierta, regodeándose en la autocompasión y preguntándose cuándo tardaría en olvidar a su primer amor.

A la mañana siguiente había ido a clase como si nada hubiera pasado. Había hablado con sus amigos, se había reído cuando había tenido que hacerlo y había actuado como si se encontrara bien.

Pero no había servido de nada.

Dos días más tarde, Cat la había llamado.

—¿Fue maravillosa? —le preguntó la otra mujer.

—¿Qué?

—Tu noche con Tucker. Estabas enamorada de él así que quise que lo tuvieras.

—No lo entiendo. Me dijiste que habías roto con él.

—Eso es lo que le dije también a él porque, de lo contrario, no se habría acostado contigo. Ha sido mi regalo para ti, Nevada. Somos amigas y eso es lo que hacen las amigas.

Comenzó a pensar en aquella noche, en lo borracho que había estado él y en el hecho de que ni siquiera había sabido quién era ella. Al menos, no al final.

—¿Acaso se acuerda de lo que pasó? —preguntó odiándose por querer saberlo.

–Recuerda algunas cosas –Cat se rio–. Tenía una buena resaca cuando hablé con él. Me lo confesó todo esperando que me enfadara, pero claro, yo no estaba enfadada. Que estuvieras con él había sido idea mía y ahora está agradecido de que haya vuelto con él.

–¿Que vas a volver con él?

–Sí, ya te lo he dicho. Te regalé una noche con él. Así que, vamos, cuéntamelo todo. ¿Fue maravillosa?

Nevada sacudió la cabeza y volvió al presente, al salón que había remodelado y decorado ella misma. A la vida que se había creado.

Diez años atrás le había colgado el teléfono a Cat y no había vuelto a hablar con ella, al igual que tampoco había vuelto a hablar con Tucker. Había logrado seguir adelante con su vida, recuperarse, pero nunca había olvidado ni aquella noche ni la humillación que le causó. A cualquiera que le hubiera preguntado le habría dicho que ya había olvidado a Tucker y ahora tenía la oportunidad de demostrarse a sí misma que no estaba mintiendo al decirlo.

Denise Hendrix estaba sentada en el salón con el periódico extendido sobre la mesita de café y sabiendo que estaba flirteando con el desastre. A su edad, saltarse su clase de yoga no era algo que pudiera permitirse hacer. Corría el riesgo de que todo el cuerpo le empezara a chirriar o, peor, que le sucediera eso de lo que hablaban en esos anuncios de la tele tan espantosos sobre la rotura de huesos y las operaciones de cadera.

Pero la idea de pasar una hora intentando perfeccionar la postura del perro cabeza abajo no la atraía nada. Como tampoco la atraían ninguna de sus actividades cotidianas. Se sentía inquieta, como una niña sabiendo que solo faltaban unos días para Navidad, y esa expectación hacía imposible que pudiera centrarse en nada. Ahora la diferencia era que no sabía qué estaba esperando.

Todos sus hijos eran felices y habían tenido éxito. Sus amigos estaban sanos y sus inversiones marchaban muy bien. Ya había revisado la caldera, había mandado limpiar los canalones del tejado y tenía mucha comida en la nevera. Así que, ¿a qué estaba esperando? Tenía que seguir adelante con su vida.

El timbre de la puerta sonó salvándola de más introspección. Aunque era excelente a la hora de comprender las vidas de los demás, nunca se le había dado bien reflexionar sobre la suya propia.

Cruzó el salón y, al abrir la puerta, allí se encontró a un hombre con el que hacía más de treinta y cinco años que no hablaba.

Ahora comprendía el motivo de su inquietud: era el aniversario de la última vez que había visto a Max.

Max Thurman había sido su primer amor, su primer amante, su primer todo. Había creído que lo amaría para siempre hasta que había conocido a Ralph Hendrix. Los dos hombres no podían haber sido más distintos. Max siempre había sido salvaje, conducía una moto y era algo problemático. Ralph había sido responsable y ya con planes de meterse en el negocio de su padre.

Movida por un impulso, había aceptado una cita con Ralph durante una de sus frecuentes peleas con Max y, aunque había esperado aburrirse, había quedado encantada.

Max se había marchado del pueblo unas semanas después y nadie sabía adónde había ido. Hacía aproximadamente un año había reaparecido, y ella se había mantenido apartada de su camino al no saber bien qué sentía por el hecho de que su antiguo novio hubiera vuelto a la escena del crimen.

Tenía buen aspecto, pensó distraídamente. Su cabello

rubio se había vuelto gris, pero le sentaba bien. Sus ojos azules seguían siendo tan penetrantes como recordaba, la sonrisa igual de natural y el cuerpo igual de musculoso.

–Hola, Max.

–Denise.

Ella dio un paso atrás para dejarlo pasar y cuando Max pasó por su lado, sintió una emoción que recordaba, como si no hubiera pasado el tiempo. Resultaba reconfortante saber que ahora podía ser tan tonta como cuando había tenido diecinueve años.

Se miraron.

–Ha pasado mucho tiempo. ¿Cómo estás?

–Bien. Me mudé aquí el año pasado.

–Eso había oído.

–Te he visto por el pueblo un par de veces.

Ella asintió y miró a otro lado.

–Yo te he evitado.

–Ya me he fijado. Suponía que necesitabas tiempo.

Denise se rio.

–Han pasado treinta y cinco años. ¿Cuánto tiempo más ibas a darme?

Él sonrió y fue como si no hubiera pasado el tiempo entre los dos. Las rodillas le flaquearon y su corazón dio un brinco.

–Hasta hoy.

No sabía ni qué quería ni qué esperaba de ella, pero eso no importaba. Era Max. Su Max.

–Ralph murió hace casi once años.

–Lo sé. Lo siento.

–Lo quería mucho. Tuvimos una vida maravillosa juntos y me dio seis hijos preciosos.

Max asintió lentamente.

–Vi lo que estaba pasando después de tu primera cita con él. Por eso me marché. Sabía que no podía competir con él. Podría haberte seducido para llevarte de nuevo a mi cama, pero no habría podido retenerte por mucho tiempo. Y tampoco me lo merecía.

Se quedaron mirándose.

–Bueno, y ahora que eso lo hemos superado, ¿qué pasa?

–Creía que podríamos empezar con una taza de café. Tenemos mucho que contarnos.

Capítulo 7

Tucker estaba a un lado del camino de tierra y parecía asombrado. Tenía un recipiente de comida entre las manos.

Nevada suspiró.

–¿No decías que podías apañártelas solo? ¿No fue lo que dijiste? ¿Que unas cuantas mujeres solteras no podían asustarte?

–Están por todas partes.

Un poco exagerado, pensó ella divertida.

–Solo hay tres.

–En una mañana.

Nevada sabía que no era solo por la comida, ya que Tucker también había recibido dos invitaciones para cenar y una para tomar un café.

–Te lo advertí, pero no quisiste escucharme.

–Me equivoqué –se giró hacia ella–. ¿Qué hago?

Ella sonrió.

–¿Me equivoco al asumir que no estás interesado en tener ninguna aventura amorosa con una de las encantadoras chicas de este pueblo?

–No, no me interesa. Pero tampoco quiero que se enfaden conmigo. Tienes que ayudarme.

–Técnicamente no puedo.

Tal vez estaba mal disfrutar viéndolo pasar ese mal rato, pero estaba más que dispuesta a vivir con esa culpa.

—Admítelo, Tucker. Este pueblo tiene escasez de hombres y tú eres un hombre.

«Un hombre que sabe besar», pensó antes de apartar esos recuerdos de la noche anterior. Había sido mucho más fácil no pensar en Tucker cuando no tenía que verlo todos los días y cuando el último recuerdo del tiempo que habían pasado juntos había sido tan terrible. Ahora sabía lo que era besarlo cuando estaba sobrio y con tanto interés como tenía ella.

—Tienes que hacer que paren —le dijo.

—¿Qué me darás si lo hago?

La pregunta fue automática y fruto de la costumbre por el hecho de tener cinco hermanos. Antes de que él pudiera decir nada, alzó las manos.

—No importa. No respondas a eso. Te ayudaré porque soy una buena persona y eso hará que mi madre se sienta orgullosa. No hay otra razón. Vamos.

Comenzó a dirigirse a su camioneta.

—¿Adónde vamos?

—Al pueblo.

Estuvieron allí en menos de quince minutos. Aparcó junto al lago y apagó el motor.

—Vamos a pasear por el pueblo y vas a fingir que estás coladito por mí. Para cuando hayamos vuelto a la obra, se habrá extendido el rumor y tu problema estará solucionado.

—Eso puedo hacerlo.

Agradeció que él no insistiera en el porqué de su ayuda. Sí, claro, en parte lo hacía por su madre, pero aunque era cierto que había disfrutado viendo a Tucker pasándolo mal, no le gustaba que otras mujeres se acercaran a él.

Por mucho que Tucker y ella hubieran acordado que se iban a centrar solo en el trabajo todo el tiempo, eso no hacía que pudiera ignorarlo.

–Iremos al supermercado y a la librería de Morgan. Después, daremos un rápido paseo por Frank Lane y entonces ya serás intocable.

–Te debo una –dijo al salir de la camioneta.

Y en más sentidos de lo que él se creía, pensó Nevada.

Comenzaron a caminar hacia el centro y, cuando llegaron a una esquina y pararon en un semáforo, Tucker le agarró la mano. Ella tardó un segundo en recordar que eso formaba parte del plan, que había sido su propia idea. Mientras que su cerebro estaba ocupado procesando la información, su cuerpo hervía bajo un estallido de calor y sus partes más femeninas despertaron.

No, de ningún modo, se dijo. No podía permitirse reaccionar así ante Tucker, pero aleccionarse de ese modo no ayudaría mucho, no cuando él estaba entrelazando sus dedos con los suyos y apretándole fuerte.

Pasaron por el supermercado mientras ella le ofrecía una chispeante conversación e intentaba no fijarse en cómo se rozaban sus hombros y en cómo él le sonreía.

De nuevo en la calle, se sintió aliviada al ver a Pia y a Raúl, que empujaba un carrito de bebé doble, yendo hacia ellos.

–Hola –dijo soltándole la mano a Tucker y corriendo hacia sus amigos–. Habéis salido.

–¡Por fin! –exclamó Pia–. Pensamos que ya era hora de presentarle a las niñas su pueblo. Además, hoy empiezan a trabajar en el Festival del Otoño y quiero ver cómo van las cosas. Luego vendrán las jornadas de artistas con un invitado especial y también tengo que comprobar el inventario para la decoración de Halloween.

Nevada les presentó a Tucker y los dos hombres se dieron la mano.

–Son preciosas –dijo él sorprendiéndola.

Pia asintió.

–No puedo llevarme el mérito, así que lo único que puedo decir es que estoy de acuerdo contigo. Además, son muy buenas. He estado leyendo toneladas de artículos en Internet sobre cólicos y noches sin dormir, así que tenemos suerte. ¿Qué hacéis por aquí?

–Estoy protegiendo a Tucker de las mujeres solteras del pueblo.

Tucker la miró.

–¿Tenías que decir eso?

Nevada le sonrió.

–Lo siento. ¿Era un secreto?

Raúl sacudió la cabeza.

–Las mujeres de este pueblo son decididas y resueltas –rodeó a Pia con un brazo–. Mira cómo me cazaste tú.

–Fuiste tú el que me suplicó que me casara contigo y me diste lástima.

–Sigue diciendo eso y puede que algún día sea verdad.

Nevada sabía que se habían enamorado de un modo inesperado mientras Pia estaba embarazada de los embriones de su amiga.

–Si la cosa se pone fea, podéis salir con nosotros –dijo Pia acercándose a Raúl.

–Gracias.

Dejaron a la joven familia y siguieron con su paseo por el pueblo.

En la esquina de la librería de Morgan, Nevada estaba a punto de sugerir que podían parar a comprar un dulce antes de entrar cuando Tucker la sorprendió llevándola hacia él.

–¿Qué? –preguntó ella.

En lugar de responder, la besó.

Sentir su boca fue algo delicioso y su ya alertado cuerpo reaccionó. Consciente de que estaban en mitad de la calle y de que cualquiera podía verlos, quiso echarse atrás, pero no pudo. Había algo en él que hacía imposible que se moviera, imposible que hiciera nada más que perderse en la sensación de sus labios contra los suyos.

La rodeó con los brazos y tanto sus hombros como sus muslos se tocaron. Ella deseó devolverle el abrazo, pero justo cuando estaba a punto de separar los labios para poder intensificar el beso, él se apartó.

–¿Qué ha sido eso?

Tucker le sonrió y volvió a tomarle la mano.

–Solo he hecho lo que me has dicho. Que parezca que estoy loco por ti.

¡Oh, claro! El plan para protegerlo.

–Ah… eh… vale –se aclaró la voz–. Lo has hecho bien.

Tucker le guiñó un ojo.

–A mí también me ha gustado.

¿Y esas reglas de «solo trabajo»? ¿Y eso de ser solo amigos? La verdad era que Tucker Janack siempre lograba encandilarla y siempre lo haría. El truco sería descubrir cómo lograr controlar sus reacciones ante él y no perder la cordura al mismo tiempo.

Al cabo de un par de días esquivando a Tucker, haciendo su trabajo y sin querer nada más que escapar de la desmoralizante tensión sexual que sentía cada vez que estaba cerca de ese hombre, Nevada quedó aliviada cuando recibió una llamada de Montana. Dakota y ella querían una reunión de mellizas. Quedaron en una hora y sugirieron reunirse en casa de su madre.

Nevada llegó pronto; había sido una gran excusa para marcharse de la obra. Esperaba que después de que sus hermanas hablaran de lo que tuvieran que hablar, pudiera pedirles consejo sobre cómo aclararse la mente en cuanto a Tucker porque, por sí sola, no encontraba ninguna idea.

Centrarse en el pasado y odiarlo no era una opción de

verdad. Habían pasado diez años, ella había tenido tanta culpa como él y prefería mirar hacia delante que mirar atrás. Además, le encantaba su trabajo y quería seguir trabajando con él. Que Tucker se pusiera una máscara de gorila cada día la ayudaría mucho, pero no estaba segura de cómo pedirle que lo hiciera.

Llamó a la puerta, como siempre hacía, antes de abrirla.

–¡Soy yo! –gritó–. ¿He llegado la primera?

No obtuvo respuesta. Oyó un ruido procedente de la cocina y recorrió el pasillo preguntándose de qué querrían hablar. Tal vez Montana estaba embarazada. Eso sí que sería divertido. Simon era un tipo genial. Tal vez iban a anunciar su compromiso, lo cual significaría que sus dos hermanas estaban felizmente enamoradas.

Bien por ellas, pensó diciéndose que no debía dejarse afectar por ello porque, con el tiempo, ella también encontraría a su chico. Tenía que ser positiva.

Perdida en sus propios pensamientos, apenas se fijó en que volvió a oír ese extraño sonido, y a la vez que se daba cuenta de que era más un gemido que una palabra, entró en la cocina y se encontró a su madre con Max Thurman.

Desnudos.

Sobre la mesa de la cocina.

Teniendo sexo.

Fue uno de esos momentos que hizo que el tiempo se ralentizara. Se sintió como si estuviera bajo el agua, incapaz de moverse con rapidez o de respirar. La imagen pareció quemarle el cerebro. Gritó y se cubrió los ojos, pero ya era demasiado tarde.

–¡Nevada!

–¡Lo siento! –gritó antes de salir corriendo todo lo deprisa que pudo. Salió afuera y se quedó en mitad del jardín intentando recuperar el aliento.

–¡No, no, no!

Cerrar los ojos no la ayudó en nada, como tampoco lo hizo canturrear. Hiciera lo que hiciera, seguía viéndolos desnudos y haciéndolo.

–¿Qué está pasando?

Vio a sus hermanas correr hacia ella y salió corriendo en la otra dirección. La persiguieron por la calle.

–¡Para! –gritó Montana–. Dakota está embarazada y no puede correr detrás de ti.

Eso la hizo detenerse, pero no podía mirarlas.

–¡Oh, Dios, es horrible! Voy a tener que necesitar terapia psicológica el resto de mi vida.

Sus hermanas la rodearon, parecían preocupadas.

–¿Qué ha pasado? –preguntó Dakota agarrándole el brazo–. ¿Estás enferma?

Nevada señaló a la casa.

–Ahí dentro. Encima de la mesa.

Montana se quedó pálida.

–¿Le ha pasado algo a mamá?

Nevada sacudió los brazos.

–Está bien. No puedo… No me hagáis decirlo.

Pensó en gatitos, en chocolate y en barcos y se preguntó si había alienígenas en Marte antes de ceder ante lo inevitable y dejar que la sintonía de la atracción de Disney «El pequeño mundo» le llenara la cabeza, pero eso tampoco ayudó.

Dakota la zarandeó.

–¿Puedes decirnos qué está pasando?

–He visto a mamá practicando sexo con Max. ¡Encima de la mesa de la cocina! –gritó y volvió a cubrirse la cara–. No puedo sacármelo de la cabeza.

Bajó las manos y vio a sus hermanas mirándose. Montana hizo ademán de reír.

–No tiene gracia –insistió Nevada–. Hemos desayunado en esa mesa. Hemos decorado galletas y hecho los deberes ahí. ¿Cómo voy a poder volver a mirar a mamá a la cara?

–Creo que eso va a ser más un problema para ella que para ti –le dijo Dakota–. ¡Vaya! No me puedo creer que mamá estuviera teniendo sexo con Max. Supongo que es el tipo del tatuaje.

Su madre tenía el nombre de Max tatuado en la cadera.

–Pues yo voy a tener más problemas con Max que con mamá –admitió Montana–. Es mi jefe y podría ser algo complicado.

–¡No quiero volver nunca! –gimoteó Nevada–. Crecí en esa casa, adoro esa casa, pero no quiero volver a entrar ni hablar con mamá.

–Lo superarás –le dijo Dakota, demasiado calmada y con voz de estar divirtiéndose demasiado.

–Eso no lo sabes. Solo es una suposición.

–Soy una profesional. Confía en mí. Seguro que te pondrás bien.

–Me pregunto si funcionaría la terapia de electroshock –murmuró Nevada pensando en si merecería la pena el dolor que ese procedimiento conllevaba. No era que no quisiera a su madre ni quisiera que fuera feliz, pero ¿tenía que hacerlo en la mesa de la cocina?

–Son viejos, ¿no deberían preocuparles sus articulaciones y esas cosas? ¿No sería mejor una cama? En una cama no habría sido tan impactante.

–Creo que es impresionante –anunció Montana–. ¿Cuándo ha sido la última vez que has practicado sexo encima de una mesa de la cocina?

–No puedo recordar ni la última vez que he practicado sexo –dijo Nevada suspirando. Tendría que aceptar simplemente que estaba emocionalmente herida.

Echó a andar hacia el centro del pueblo, pero sus hermanas se interpusieron en su camino.

–¿Creéis que un café con leche me ayudará a olvidarme de esto más que un helado?

–¿Y qué tal un Frappuccino de moca? –Dakota le dio una palmadita en el hombro–. Es lo mejor del mundo.

–Perfecto.

–Es muy dulce –comenzó a decir Dakota.

Nevada se detuvo y la miró.

–No vayas por ahí. No eres tú la que lo ha visto. Hasta que no hayas visto a tu madre practicando sexo sobre la mesa de la cocina, no te permito que des ninguna opinión. ¿Entendido?

–Sí, y tanto.

–Apuesto a que Max tiene un buen trasero –dijo Montana–. No es que quiera pensar mucho en ello, pero se cuida mucho.

Dakota sonrió.

–Seguro que sí.

–Os odio a las dos.

Sus hermanas la abrazaron.

–No puedes odiarnos –dijo Montana besándola en la mejilla–. Tenemos tu ADN.

–Pues quiero que me lo devolváis.

Sus hermanas se rieron y ella, si bien algo reticente, se unió a ellas. Siempre había sabido que tener una gran familia conllevaba altibajos en las relaciones, tenía sus más y sus menos, y ese en concreto era un gran menos al que tendría que reponerse.

Agarró a sus hermanas del brazo.

–De acuerdo. Ya basta de mi trauma emocional. ¿De qué queríais hablar conmigo?

Sus hermanas se detuvieron en seco, obligándola a ella a parar también. La miraron con una mezcla de preocupación y algo más que parecía culpabilidad.

–¿Qué? No quiero jueguecitos, he tenido un día muy duro.

Aunque haber visto a su madre con Max había puesto sus problemas con Tucker en perspectiva.

—Estamos planificando una boda —dijo Dakota.

—La tuya. Lo sé —Nevada miró a Montana—. A menos que Simon y tú lo hayáis hecho oficial. Por cierto, todos sabemos que estáis enamorados y que pensáis casaros, así que ¿qué le pasa a ese tipo para no haberte puesto ya el anillo?

Montana se rio y alzó su mano izquierda, donde un gigantesco diamante resplandecía bajo el sol de la mañana.

Nevada gritó.

—¡El tipo sí que tiene buen gusto!

Las tres se abrazaron y, cuando comenzaron a caminar de nuevo, Dakota respiró hondo.

—Hemos estado hablando…

—¿Qué? —preguntó Nevada extrañada porque su hermana siempre sabía qué decir.

—Hemos estado pensando que nos gustaría mucho una boda doble, pero luego hemos pensado que podrías sentirte mal por ello, así que hemos decidido no hacerlo, aunque por otro lado, económicamente estaría muy bien, pero si te hace daño o es mezquino por nuestra parte, no lo haremos.

Dakota se quedó quieta y callada.

—Te queremos —añadió Montana.

—Lo sé —respondió ella atónita por lo que acababa de oír. Una boda doble. Claro. Estaban comprometidas, eran hermanas y además Dakota estaba embarazada, así que casarse tenía sentido. En cuanto a lo de hacerlo al mismo tiempo… las tres lo habían compartido todo, así que ¿por qué no también una boda?

Con la diferencia de que en esta, ella se quedaría fuera porque ni siquiera estaba saliendo con nadie.

—Me parece una idea genial —dijo sonriendo y esperando sonar emocionada y feliz–. ¿Habéis elegido alguna fecha?

–Estábamos pensando en el fin de semana de Acción de Gracias –respondió Dakota–. Mamá cree que Ford vendrá a casa para las fiestas.

Ford era el más pequeño de sus hermanos aunque, aun así, era mayor que ellas. Estaba en la Marina.

–Querréis que Ford esté aquí, así que creo que ese fin de semana sería el momento perfecto.

Las dos la miraron como si estuvieran buscando la verdad en su expresión y Nevada contuvo un suspiro. ¿Qué tenía que decir? ¿Que se sentía sola y abandonada? ¿Que aunque estaba emocionada porque sus hermanas hubieran encontrado la felicidad, ella también quería un poco? Por otro lado, por mucho que lo quisiera, jamás se interpondría en las bodas de sus hermanas.

–Más vale que os decidáis pronto, porque no hay muchos sitios donde quepan la familia entera y medio pueblo –les sonrió–. Estoy segura de que es lo correcto.

–Gracias –susurró Dakota.

–No sé por qué estabais preocupadas. Ahora, venga, id corriendo a planear vuestra boda. Yo voy a buscar algo que tenga la misma parte de azúcar que de grasas para intentar despejarme la cabeza.

Dejó a sus hermanas hablando sobre lo que hablaban las futuras novias y echó a correr hacia el Starbucks más cercano. Una vez allí, pidió un Frappuccino de moca con nata y se dijo que era una buena noticia que sus hermanas fueran a casarse. Se merecían ser felices y estar enamoradas... Y el hecho de que ella también se lo mereciera era algo con lo que ya se pelearía en otro momento.

El sábado por la tarde, con la cabeza aún dándole vueltas porque el recuerdo de la aventura de su madre seguía grabado en ella y algo aturdida por el anuncio de la boda de sus hermanas, Nevada se vio sin nada que hacer ni ningún sitio adonde ir. Entró en el bar de Jo pensando que allí podría encontrarse a alguna amiga, y así fue: Heidi, Charlie y Annabelle estaban en una mesa del centro y le hicieron gestos para que se acercara.

—Estamos huyendo de la alegría del Festival del Otoño —anunció Charlie acercándole un cuenco de patatas fritas—. Me encantan los festivales, pero todos esos niños… —se estremeció.

Heidi se rio.

—¿No te gustan los niños?

—De manera individual están bien, pero ¿en grupo? No, creo que no. ¿Habéis leído el *Señor de las moscas*?

Annabelle ladeó la cabeza.

—No trata de niños. Es una alegoría de…

Charlie gruñó.

—Tú sí que eres una buena bibliotecaria.

—¿Porque miento sobre ello?

Se rieron.

Nevada se relajó por primera vez en días. Ahí sí que podía escapar de las complicaciones de su vida y entretenerse un poco. ¿Por eso le gustaban tanto los bares a los hombres?

Observó a las tres mujeres sentadas a la mesa. Heidi llevaba unos vaqueros y una camiseta muy acordes con su estatus de cabrera. Su larga melena rubia caía en una gruesa trenza y tenía una belleza fresca y limpia. Annabelle, por otro lado, era una chica pequeña con gusto por los estampados delicados y que llevaba vestidos con mangas abullonadas. Un poco recargados para el gusto de Nevada, pero le sentaban bien. Charlie se encontraba en el otro extremo absoluto. Nevada siempre se había considerado muy informal en estilo, pero comparada con Charlie, prácticamente podía decirse que vestía alta costura. El uniforme de Charlie cuando no estaba de servicio consistía en unos pantalones anchos de bolsillos y una gran camisa abierta sobre una camiseta de tirantes. Además, parecía que ella misma se cortaba el pelo porque era más sencillo que ir a una peluquería.

Jo se acercó a la mesa.

—¿Hoy vas a beber? —le preguntó a Nevada.

—No, tomaré una Coca-Cola Light —miró a sus amigas—. ¿Queréis compartir una ración de nachos? Estas patatas me han abierto el apetito.

Annabelle gruñó.

—Me encantan los nachos y a ellos les encantan mis caderas. ¡Claro, yo comparto!

Heidi y Charlie asintieron.

Jo miró a Heidi.

—¿Quieres que utilice un poco de aquel queso que me trajiste?

—Claro —Heidi sonrió—. Voy a traer muestras a todos los locales del pueblo para despertar el interés. Un gran rancho supone una gran hipoteca.

—Creo que no quiero saber cómo van a utilizar el queso en la tintorería —murmuró Charlie.

—Tú nunca vas a la tintorería —le recordó Nevada.

—Y me enorgullezco de ello —respondió Charlie sonriendo.

Jo miró a Nevada.

—¿Es verdad? ¿Estaba tu madre montándoselo con Max en la mesa de la cocina?

Nevada se estremeció.

—¿Cuál de mis hermanas te lo ha contado?

—Las dos.

¡Muy típico! En ese pueblo nadie guardaba secretos.

—Tengo que decir —continuó Jo— que siempre me ha caído bien tu madre, pero ahora siento un absoluto respeto hacia ella. Ha criado a seis hijos, ha superado la muerte de su marido y ahora esto. Espero ser como ella cuando tenga su edad –guiñó un ojo–. Tienes buenos genes. Espero que sepas estar agradecida por ello.

–Sí, pero también estoy algo traumatizada por haber visto a mi madre practicando sexo.

Jo se rio y volvió a la barra.

–¿De verdad viste así a Denise? –preguntó Charlie.

–¿Por qué está todo el mundo a su favor?

–Porque yo no puedo contar aún que haya hecho el amor encima de la mesa de la cocina –admitió Heidi–. ¿No será frío e incómodo?

–Depende de la superficie –respondió Annabelle–. Puede que el cristal te deje helada, pero la madera no es... –se aclaró la voz–. Teóricamente, claro.

Charlie enarcó las cejas.

–Alguien tiene un pasado.

Jo volvió con el refresco y después se dirigió de nuevo a la barra.

–¿Cómo van las cosas por el rancho? –le preguntó Nevada a Heidi.

–Bien. Ya casi hemos terminado de reparar el granero y las cabras están genial. Elaborar el queso lleva tiempo, así que ahora estoy vendiendo lo que hice antes de mudarnos aquí. El año que viene nos irá mucho mejor con el queso, pero hasta que eso pase andaremos algo justos de dinero. Estamos pensando en dar alojamiento a algunos caballos. ¿Creéis que hay mercado para eso?

–Yo estoy buscando un lugar donde dejar al mío –dijo Charlie.

Las tres se miraron.

–¿Tienes un caballo? –preguntó Nevada intentando imaginarse a Charlie montando.

–Claro. Me gustan los caballos y me gusta estar al aire libre.

–Jamás te he visto montada a caballo.

–Lo tengo en un lugar que está a unos cincuenta kilómetros de aquí y me gustaría tenerlo más cerca. Y no soy la única. Morgan acaba de comprarle un pony a su nieta y lo tienen en el mismo lugar.

Heidi sonrió.

–Gracias por decírmelo. El granero está listo. En serio, ¿por qué no vienes y le echas un vistazo?

–Lo haré.

Fijaron una hora para la tarde siguiente y Jo llegó con los nachos. Después, la conversación pasó a centrarse en el Festival del Otoño y en lo que estaba pasando por el pueblo.

–Tengo los papeles de los permisos para la voladura en la obra –le dijo Charlie a Nevada.

–Bien. ¿Vas a ser nuestra representante del Departamento de Bomberos?

Charlie agarró una patata cubierta de queso.

–Estaré allí manteniéndoos a raya.

–No tengo pensado pasarme de la raya, créeme. Queremos hacerlo todo bien.

–¡Oh, mirad! –Annabelle se giró en su asiento y señaló hacia la puerta.

Nevada se giró y vio a Will entrar, ir hacia la barra y esperar a que Jo se percatara de su presencia.

–La otra noche estaban discutiendo en el callejón –dijo la bibliotecaria–. Bueno, no peleando exactamente, pero sí que parecía una discusión acalorada –bajó la voz–. Quiere salir con ella y ella no deja de decirle que no. No estoy segura de por qué. Es muy mono y parece simpático.

–Sí que lo es –dijo Nevada viendo a Jo sacudir la cabeza, ignorando lo que fuera que Will estaba diciéndole–. Trabajo con él. Es un encanto.

–No lo entiendo –dijo Charlie–. No hay muchos buenos tipos por ahí, así que si alguien como él está interesado, debería lanzarse.

Nevada miró a Charlie, que parecía hablar casi con tono nostálgico.

–A Jo le han hecho daño –les dijo Heidi–. Tiene esa mirada. Confiad en mí. Algún tipo le ha roto el corazón y no quiere que se lo vuelvan a hacer.

–Nadie lo sabe con seguridad –dijo Charlie–. En el caso de Jo, todo son rumores.

Unos minutos después, Will se marchó y Jo fue a la mesa de las chicas para preguntar si necesitaban algo.

–¿Qué tal vais las cuatro?

–¿Qué pasa con el tipo ese? –preguntó Charlie, tan delicada como siempre.

Nevada creía que Jo le respondería que no era asunto suyo, pero en lugar de eso se encogió de hombros y dijo:

–Está interesado, pero yo no. Fin de la historia.

–Sabes que es un tipo genial, ¿verdad? –apuntó Nevada antes de alzar las manos y añadir–: Lo siento. No puedo evitarlo. Trabajo con él.

–Pues entonces querrás lo mejor para él –le contestó Jo–. Y esa no soy yo.

Se alejó y las chicas se quedaron mirándola. Annabelle agarró una patata.

–Me encanta este pueblo. Es mejor que la televisión.

–¿No has podido venir en coche? –gritó Tucker al bajar de la camioneta y dirigirse hacia el hombre que bajaba del avión privado que acababa de aterrizar en el aeropuerto de Fool's Gold.

Nevada se quedó atrás, no muy segura de por qué Tucker le había pedido que lo acompañara a recoger a su padre. Los dos hombres se dieron la mano y se abrazaron. Eran aproximadamente de la misma estatura, con el cabello oscuro y la misma sonrisa fácil. Nevada vaciló un instante antes de ir hacia ellos.

–Señor Janack –dijo extendiendo la mano.

–Elliot, por favor. Me alegro de volver a verte, Nevada. ¿Estás manteniendo a mi hijo a raya?

–Hago lo que puedo.

Subieron a la camioneta de Tucker y Nevada ocupó el asiento trasero. Elliot se giró hacia ella.

–Me alegra que estés en el equipo. Tener a alguien del pueblo es una gran ventaja. Recuerdo cuando estábamos trabajando en Sudamérica y cabreé a uno de los granjeros de la zona. Me cortó el suministro de agua hasta que me disculpé y compré bolsos de diseño para sus ocho hijas –se rio–. No quiero volver a cometer ese error.

–Te alegrará saber que nuestro Ayuntamiento no es tan difícil de tratar.

–Me alegra oírlo –Elliot volvió a mirar al frente–. ¿Vamos dentro de la agenda programada? –le preguntó a su hijo.

Tucker le puso al día, le explicó el tema de los permisos para el suministro de agua y de alcantarillado y le dijo que iban a comenzar con las voladuras. Para cuando llegaron a la zona de obras, Elliot ya sabía tanto como ellos.

Después de que Tucker hubiera aparcado, Nevada bajó de la camioneta con la idea de despedirse de Elliot y volver al trabajo, pero el hombre le indicó que se quedara con él.

–Tucker tiene que hacer unas llamadas –dijo mientras su hijo se dirigía al tráiler–. Enséñame lo que tenemos por aquí.

Sonó más como una orden que como una petición, pero a ella no le importó. Los equipos estaban haciendo un trabajo fantástico y estaba orgullosa de enseñarlo y presumir de ello.

Señaló las zonas donde se estaban llevando a cabo las obras de desmonte y le explicó que estaban conservando los árboles más grandes.

–A la gente le gusta eso –dijo Elliot–. Es bueno para el

medioambiente y a nosotros no nos supone mucho trabajo, así que salimos ganando. ¿Te gusta trabajar con Tucker?

—Es un buen jefe —respondió no muy segura de que esa fuera la información que quería oír el hombre. Se apostaba lo que fuera a que Elliot no sabía nada de su pasado con Tucker, así que probablemente la pregunta fuera más general que específica.

—Me sustituirá dentro de un año aproximadamente.

—No lo sabía.

Elliot le sonrió.

—Dice que no estoy preparado para jubilarme, pero podría empezar a ir apartándome poco a poco. Dice que este proyecto es su última prueba, su oportunidad de demostrar que tiene lo que hace falta.

Aunque Nevada sabía que Tucker estaba asumiendo cada vez más responsabilidad, no se lo había imaginado dirigiendo una empresa multimillonaria.

—Lo hará bien.

—Estoy de acuerdo.

—Entonces, tendrá que ubicarse ahí donde esté la sede principal de la empresa, ¿verdad?

—Sí. En Chicago. Yo tengo pensado pasar parte del año en el Caribe.

Dijo algo sobre comprar un velero, pero ella ya no escuchaba. Tucker se marchaba. Siempre había sabido que lo haría, que su trabajo era temporal, pero ahora entendía que ese proyecto era simplemente un trampolín para algo más grande: dirigir la empresa familiar. Por supuesto querría hacerlo, así que no podía decir que se hubiera esperado que él se quedara en Fool's Gold.

La ubicación no era exactamente el mayor problema, admitió, sino la actitud de Tucker sobre las relaciones. Estar enamorado no significaba ser un tonto, por mucho que él lo creyera. Y no es que tuvieran una relación que no fuera otra cosa que amistad, porque sabía muy bien que no debía volver a enamorarse de él.

Uno de los chicos corrió hacia ella.

–Siento interrumpir, jefe –dijo asintiendo hacia Elliot–. Tenemos un problema.

Enarcó las cejas esperando a oír los detalles.

–Cabras. Tenemos cabras.

Capítulo 8

–Esto sí que no me había pasado nunca –admitió Tucker arreando a las dos cabras por la carretera. Al menos no eran hostiles.

–Pobre Heidi –dijo Nevada ocupándose de sus dos cabras–. Creo que daba por hecho que la valla era segura. Sé que va a culpar a las vacas.

–¿También tiene vacas?

–Más o menos. Son salvajes.

Tucker se rio.

–¿Vacas salvajes? ¿Eso es posible?

–Según ella, sí. Venían con el rancho, pero llevan años correteando libres. El antiguo propietario de Castle Ranch murió hace mucho tiempo. Apenas puedo recordar cuándo vivió aquí. Ha estado abandonado cerca de veinte años.

¡Y a él que le preocupaba que construir un hotel y un casino en Fool's Gold fuera a ser aburrido!

–Ya sabes cómo son esas vacas –dijo con una carcajada–. Pueden causar toda clase de problemas como saltarse las clases y fumar detrás del gimnasio.

Ella le sonrió.

–¿Es aquí cuando te recuerdo que tienes cabras en tu zona de obras? No te burles de las vacas, pueden venir a por ti.

Él se rio.

—Puedo con unas vacas salvajes.

—Eso lo dices ahora. Me he fijado en que tu padre no se ha presentado voluntario para devolvérselas a Heidi.

—Él es más un hombre de hotel. Ha pasado demasiados años detrás de un escritorio.

—Supongo que desde que tú empezaste a dirigir los grandes proyectos.

Él asintió. Después de que su desastrosa relación con Cat hubiera terminado, se había volcado en el trabajo y al cabo de un año había estado dirigiendo la construcción de un edificio de diez pisos en Tailandia. Al año siguiente había construido un puente en la India y su padre había empezado a pasar más tiempo en la oficina.

—No creo que pudiera vivir con eso –dijo ella–. Eso de ir de un sitio a otro. Me gusta tener un hogar.

—Pues yo lo único que conozco es estar moviéndome.

La miró. El sol iluminaba los distintos matices de su melena rubia y su perfil era perfecto, junto con su carnosa boca.

Apartó la mirada al preferir no ahondar demasiado en ello. Resultaba tentador, pero era peligroso. Mejor era pensar en el día, en el brillante cielo azul, en los árboles, en el rítmico sonido de las pisadas de las cabras.

—Háblame de Fool's Gold –dijo él.

Ella sonrió.

—No estoy segura de que tengamos tanto tiempo. Tiene una historia muy distinguida.

—Estoy seguro. Por aquí seguro que no hubo ni piratas ni villanos.

—Puede que unos cuantos, pero yo soy descendiente directa de una de las familias fundadoras. Aunque los primeros en vivir aquí fueron tus parientes, la tribu Máa-zib.

—Fuertes mujeres guerreras que utilizaban a los hombres para el sexo y después los abandonaban. Es algo que tú respetarás.

–«Apreciar» sería una palabra más apropiada. O se marcharon o se extinguieron. La historia no se pone de acuerdo en eso. En el siglo XIX, una joven llamada Ciara O'Farrell estaba a punto de casarse con un hombre muy rico mayor que ella mediante un matrimonio concertado. Se fugó de su barco en San Francisco para buscar oro y ganar una fortuna para no tener que estar jamás a merced de un hombre.

–Este lugar provoca algo en las mujeres, así que tendré que advertir a mis chicos.

–Pueden cuidarse solos. ¿Quieres oír la historia o no?

–Sí. Cuenta.

–El capitán del barco, Ronan Kane, siguió a Ciara.

–Ronan, ¿como el tipo que construyó el hotel en el que me alojo?

–Por entonces no era un hotel. Fue tras ella y se enamoraron y encontraron oro. Él le construyó una preciosa mansión para demostrarle a todo el mundo su amor por ella –lo miró–. Ese es tu hotel.

–De acuerdo, eso me gusta. Dramatismo, persecución, un final feliz.

–Nos complace mucho que apruebes nuestra historia.

–¿Sigue habiendo oro en las montañas?

–Probablemente, pero ya nadie lo busca. Los niños a veces juegan a buscar oro, pero hace años que nadie ha descubierto nada.

–Tal vez Heidi podría entrenar a las cabras para olfatear oro.

–Se lo diré.

Doblaron una esquina y al fondo vieron una vieja granja. Se había construido en los años treinta, por lo que Tucker suponía. El tejado no estaba en mal estado, pero a toda la casa le hacía falta una buena mano de pintura. Se preguntó si aún perduraría la carpintería original. Le gustaba la artesanía en cualquier forma.

Una mujer salió corriendo por el portón hacia ellos.

—Heidi —supuso.

—Está buscando a las cabras.

—A lo mejor debería comprarme una cabra.

Nevada se rio.

—Empieza por algo pequeño, como un pez. Si puedes mantenerlo con vida, ya hablaremos.

—Me has hecho daño.

—¡Lo siento! —gritó Heidi—. Es todo culpa mía. No estaba prestando atención y he dejado el portón abierto.

—No te preocupes —le dijo Nevada—. Han llegado hasta la zona de obras y han asustado a los chicos, así que me lo he pasado muy bien.

Heidi le dirigió una triste sonrisa.

—Nos ha distraído una mala noticia —la sonrisa se desvaneció—. Un amigo de mi abuelo nos ha dicho que está enfermo y que necesita una operación y medicamentos, pero no tiene seguro médico. Es una situación terrible —miró las cuerdas con que llevaban a las cabras—. Gracias por traérmelas.

—De nada —Nevada le acarició un brazo—. ¿Qué puedo hacer para ayudar a vuestro amigo?

Tucker se fijó en que no dijo: «¿Puedo hacer algo?», sino «¿Qué puedo hacer?». Había diferencia e implicaba una intención de implicarse. ¿Una característica de la vida en un pueblo pequeño?

—Ahora mismo nada, pero te avisaré si la situación cambia.

—Por favor, hazlo. Ahora eres uno de los nuestros y nosotros nos cuidamos.

Los ojos azules de Heidi se llenaron de lágrimas.

—Gracias —dijo y abrazó a Nevada antes de volver al rancho con las cabras.

—Has sido muy amable —le dijo Tucker cuando caminaban en dirección a la zona de construcción.

–Lo he dicho en serio. Si necesita ayuda, estaremos aquí para ayudarla. Podemos organizar una recaudación de fondos o hablar con el hospital local para ver si pueden darle un respiro al hombre con los gastos de la operación. Iré luego y les expondré el caso. Tal vez hable incluso con la alcaldesa.

–¿Y por qué iba a implicarse la alcaldesa?

–Ahí está la belleza de un pueblo pequeño. O, al menos, de Fool's Gold. Si alguien intenta ponérselo difícil a Heidi o a su abuelo, tendrá que vérselas con todo el pueblo.

–Deberíais poner carteles de advertencia.

–Preferimos la emoción del factor sorpresa.

El hotel Gold Rush Ski descansaba sobre la montaña a más de mil doscientos metros. Había mucha nieve en el invierno para el esquí y el snowboarding y las frías temperaturas eran también una gran excusa para los que simplemente deseaban estar frente a la chimenea. El elegante hotel albergaba el único restaurante de cinco estrellas de Fool's Gold y tenía una cena mensual elaborada por un chef que atraía a gente de lugares tan dispares como Nueva York y Japón. Era la clase de lugar al que cualquiera que disfrutara con la comida estaría deseando ir. Eso significaba que Nevada tendría que estar emocionada de estar allí, pero no era el caso.

La invitación había surgido cuando su madre le había dejado un mensaje en el buzón de voz:

Cena familiar a las siete. Conoceréis a Max.

Ya que Nevada ya había visto a Max desnudo, no estaba segura de que una presentación fuera a ser necesaria. Por otro lado, no era una invitación especialmente bien recibida. ¿Qué iba a decir? ¿Adónde tendría que mirar? Había docenas de riesgos potenciales y no confiaba en su habilidad para evitarlos. Aunque, por otro lado, quedarse en casa no era una opción.

Por un instante había pensado en llevarse a Tucker a modo de distracción, pero si se lo pedía tendría que darle explicaciones y no quería tener que revivir el momento hablando de ello. En lugar de eso, llegó tarde unos minutos deliberadamente esperando que la multitud formada por sus hermanos y hermanas y sus respectivas familias le sirvieran de escudo.

Vio a Simon, el prometido de Montana, hablando por el móvil en el vestíbulo. Su expresión era intensa, así que ella esperó a que terminara la llamada y después fue hacia él.

–Hola, Simon.

Se guardó el teléfono en el bolsillo de su chaqueta, le sonrió y le agarró las manos.

–Nevada. ¿Cómo estás?

Después de besarla en la mejilla, la agarró del brazo y la condujo hacia el salón privado situado junto al vestíbulo.

Ella se detuvo obligándolo a él a hacer lo mismo.

–Tengo que hacerte una pregunta médica.

–Por supuesto, ¿cómo puedo ayudarte?

Posiblemente, Simon era el hombre más guapo que Nevada había visto en su vida. Poseía una belleza en el rostro que lo distinguía claramente de otros hombres guapos o atractivos. Pero eso era solo la mitad de la fotografía. La otra mitad era un conjunto de cicatrices de quemaduras que parecían devorar sus rasgos.

Era el bello y la bestia al mismo tiempo. Por lo que Nevada sabía de él, era un gran médico que lo sacrificaba todo por sus pacientes y que amaba a su hermana con una devoción que haría sentir envidia a la mujer más feliz.

–¿Hay algún modo de borrar un recuerdo específico? ¿Hipnosis o tal vez alguna sonda eléctrica en mi lóbulo frontal?

El lado perfecto de la boca de Simon se elevó ligeramente.

—Esto no es divertido.

—Sí que es un poco divertido.

—Vale —suspiró ella—. Diviértete, pero sigo queriendo una respuesta.

—¿Qué sabes de tu lóbulo frontal?

—No mucho.

—Confía en mí. No es un lugar en el que querrías ahondar mucho —volvió a besarla en la mejilla—. Tu madre es una mujer increíble y vital. Deberías estar feliz por ella.

—Lo estoy, pero es que no quería ver su lado más «vital». Es mi madre. No es natural.

Él se rio.

—Lo siento. No puedo ayudarte, pero si te sirve de algo, el recuerdo se desvanecerá con el tiempo.

—Pues no me sirve de mucho.

—Es lo mejor que puedo ofrecerte.

—¡Y yo que creía que eras un médico genial!

Él seguía riéndose cuando entraron en el salón y Nevada se quedó en la puerta viendo cómo se dirigía hacia Montana. Se fijó en el resto de la familia y vio a Kent con su hijo y a Ethan con Liz. Sus hijos estaban riéndose y charlando. Dakota estaba con Finn, que tenía en brazos a Hannah. Nevada se preparó para que volviera a asaltarla el recuerdo y miró a su madre y al alto y bien vestido hombre que estaba a su lado.

«Aquí está otra vez», pensó intentando no estremecerse cuando el recuerdo la golpeó con fuerza y le hizo querer taparse los ojos y chillar. Por el contrario, agarró una copa de champán de la mesa que había junto a la ventana y se tragó la mitad de un sorbo. Como dijo ese alemán ya fallecido: «lo que no me mata, me hace más fuerte».

Hizo la ronda de saludos entre sus hermanos y sobrinos, esposos y prometidos y, finalmente, cuando ya no le quedó nada más por hacer, fue al encuentro de su madre y Max.

Denise la vio acercarse y le susurró algo a Max antes de reunirse con Nevada en el centro del salón junto a la elegantemente vestida mesa.

–¿Cómo estás? –preguntó Denise–. No estaba segura de si debía llamarte o ir a verte.

–Estoy bien, mamá.

–Pues no es lo que he oído.

Nevada contuvo el aliento.

–Me alegra que Max y tú seáis felices. De verdad. Es genial. No me malinterpretes, pero no quiero volver a encontrarme jamás con los dos haciendo el amor… y mucho menos en la mesa de la cocina.

Denise sonrió.

–¿No crees que te impresionó demasiado?

–No. Eres mi madre y he comido cereales en esa mesa. Fue demasiado retorcido para mí.

–Lo sé. Lo siento. Me aseguraré de cerrar la puerta con llave cuando… ya sabes… cuando lo hagamos.

–Por favor, no digas «lo hagamos». Te lo suplico. Vamos a llamarlo «armadillo». Cerrarás la puerta con llave cuando vosotros «armadillo» y así nadie os sorprenderá. ¿Qué te parece?

Su madre se rio y la abrazó.

–Estoy deseando que tengas tus propios hijos.

–Vale, pero no creo que eso pueda llegar a pasar en un futuro inmediato.

–¿Estamos bien?

Nevada asintió.

–Estamos bien.

–Genial, ahora ven a conocer a Max. Te va a caer muy bien. Es genial.

–Seguro que sí y, oye, ¡vaya trasero tiene!

Denise comenzó a reírse y Nevada se unió a ella pensando que tal vez, después de todo, todo marcharía bien entre las dos.

Después de la cena, Nevada condujo hasta casa, pero se sintió demasiado inquieta como para quedarse dentro. Se puso unos vaqueros y unas deportivas, agarró las llaves y una chaqueta de capucha y salió a la calle. Eran casi las diez y el cielo estaba claro. Prácticamente podía tocar las estrellas mientras paseaba y hacía un poco de frío, pero aunque se acurrucó contra su chaqueta, no se subió la cremallera.

Era finales de septiembre. Cualquier mañana se despertaría y las hojas ya habrían cambiado, y entonces después llegaría el invierno y las montañas estarían cubiertas de blanco. Durante gran parte del tiempo en Fool's Gold solo había una pequeña porción de nieve que se acumulaba en los puntos más altos, pero que podía ser suficiente para ralentizar las obras. Se anotó en la cabeza que tenía que repasar la agenda para asegurarse de que contaban con las contingencias ocasionadas por el mal tiempo.

Una vez llegó al centro del pueblo, se detuvo al no saber qué camino elegir. El bar de Jo era siempre una opción, pero los viernes y los sábados por la noche era más un lugar para ligar que un lugar para reuniones de amigas. Algo positivo para el negocio de Jo, pero no tan divertido para las mujeres solteras que se sentían inquietas y agobiadas.

—¿Qué tal ha ido la cena?

Se giró y vio a Tucker yendo hacia ella.

—Hola. Ha ido bien. He aguantado todo el rato sin chillar.

Él sonrió.

—Seguro que eso ha complacido a todo el mundo. ¿Estáis bien tu madre y tú?

–Siempre hemos estado bien. No estaba enfadada con ella, solo un poco impactada. ¿Te gustaría encontrarte a tu padre practicando sexo con una mujer?

–Depende de la mujer.

Ella le dio un golpecito en el brazo.

–Estás mintiendo. Te pondrías como un loco, igual que me pasó a mí.

Él enarcó las cejas.

–¿Has visto a mi padre practicando sexo? ¿Cuándo?

–Déjalo ya. Ya sabes a lo que me refiero.

–Sí, sí que lo sé. Venga, vamos a mi hotel. Te invitaré a una copa y así podrás contármelo todo.

–¿Lo del sexo o lo de la cena?

–Lo de la cena.

Ella asintió por mucho que la vocecilla dentro de su cabeza le advirtió de que no era un buen plan. Salir con Tucker de manera social era meterse en problemas. No podían estar juntos sin que surgiera alguna clase de reacción física, al menos por parte de ella. ¿De verdad quería correr ese riesgo?

Pero entonces, él le agarró la mano y tiró de ella, que no pudo más que seguirlo porque echarse atrás sería como darle demasiada importancia al asunto… y tal vez, solo tal vez, quería que sucediera algo porque él era Tucker y ella no había podido olvidarlo del todo.

Respiró hondo.

–¿Qué has hecho esta noche?

–He cenado pronto y después he visto una película.

–¿Te sigue gustando el pueblo?

–Claro. Todo el mundo es muy simpático. Todos saben quién soy, lo cual asusta un poco, pero lo llevo bien.

Ella sonrió.

–¿Algún encuentro más con las señoritas?

–No. Eres una protección excelente y esa es la razón por la que hoy yo invito a las copas.

El bar del vestíbulo del Ronan solo estaba medio lleno y se sentaron en un pequeño banco en una esquina al fondo donde pidieron dos copas de coñac.

—¿A todo el mundo le ha caído bien Max?

Ella asintió.

—Es el jefe de Montana, así que no es que sea un extraño. Es básicamente un buen tipo. Por lo que sé, conoció a mi madre cuando eran adolescentes y fue un romance muy ardiente. Después mi madre conoció a mi padre y supo que era el hombre de su vida. Así que Max se marchó del pueblo.

—¿Y no luchó por la chica?

—Supongo que sabía que iba a perder. Dakota ha hablado con mamá de ello y le dijo que Max no estaba preparado para echar raíces y asentarse, pero que mamá quería un marido y una familia.

—Ha pasado mucho tiempo desde que tu padre murió, así que me alegro de que haya encontrado a alguien.

—Yo también. Siempre que no tenga que volver a presenciar una escenita de sexo ardiente.

El coñac llegó y ella dio un sorbo que fue quemándole la garganta.

—Sube a la habitación conmigo.

Las palabras la pillaron desprevenida y miró a Tucker aunque no supo qué decir. Comenzaron a temblarle las manos y por eso las metió debajo de la mesa.

—Tucker, yo…

Apretó los labios, más que nada para controlarse y no acceder a su petición. Sabía lo que significaba subir a su habitación: que se acariciarían y acabarían haciendo el amor. Que sentiría su terso cuerpo contra el suyo, sus manos dándole placer. Quería saber cómo sería tenerlo dentro esta vez, cuando ella estaba preparada y deseosa.

Los oscuros ojos de Tucker ardían de pasión y ella estaba segura de que los suyos reflejaban lo mismo.

—Te deseo —murmuró él antes de acariciarle la cara.

Sus dedos eran cálidos y ella ya estaba derritiéndose por dentro, así que qué pasaría si se entregaba a él.

–Me gusta mucho mi trabajo –le susurró.

–Esto no tiene nada que ver con eso.

Sabía lo que quería decir, que entregarse al momento o negarse no afectaría en nada a su empleo. Tucker no iba a despedirla por decirle que no, pero hacer el amor con él lo cambiaría todo.

Se acercó para besarla, y ella se esperó un intenso, sensual y apasionado beso. Por el contrario, Tucker apenas le rozó los labios, pero el ligero roce de esa sensible piel contra la de su temblorosa boca la excitó más que nada que pudiera imaginar. Sus pechos ansiaban sus caricias y entre sus muslos ya estaba preparada. Y solo intentar no pensar en cómo sería que la tocara hacía que la imagen quedara incluso más clara.

Quería entregarse, ceder.

–No puedo –susurró contra su boca antes de levantarse del banco–. No puedo.

Se quedó junto a la mesa, frustrada, al borde de las lágrimas y, aun así, decidida.

–Esto tiene que limitarse estrictamente al trabajo.

–Ya es demasiado tarde.

Tal vez, pero por el momento podía fingir. Abrió la boca, la cerró, se giró y salió corriendo del bar. Llegó a casa sin mirar atrás, sin admitir que esperaba que él la siguiera, pero no lo hizo. Cuando llegó a su casa, lo hizo sola y, así, se vio ante una cama muy fría y muy vacía.

A Tucker no le gustaba perder ni en el trabajo ni en su vida personal. Había pasado una noche terriblemente larga deseando lo que no podía tener. Estaba enfadado y no le importaba que Nevada hubiera tomado la decisión correcta y la más sensata.

Lo que había comenzado provocado por tener algo que demostrar se había convertido en algo más, algo más importante, y eso no ayudaba a que el dolor y el deseo cesaran. A veces la vida era una mierda.

Fue a su tráiler pensando que el café le animaría, y al entrar no solo se encontró con una cafetera vacía, sino con una mujer de cabello blanco y bien vestida sentada en la silla que había junto a su escritorio.

—Señor Janack —dijo levantándose—. Soy la alcaldesa Marsha Tilson.

—Alcaldesa Tilson —le estrechó la mano.

—Llámame «alcaldesa Marsha». Casi todo el mundo lo hace.

—De acuerdo, alcaldesa Marsha. ¿En qué puedo ayudarla?

—Quería hablar con usted sobre el proyecto, sobre lo que están haciendo y cómo está yendo.

Las visitas oficiales no solían llevar buenas noticias, pensó. Fue hacia la cafetera, cambió el filtro, la cargó de café y la encendió antes de girarse hacia la mujer.

—Vamos dentro de la agenda programada, aunque, claro, eso podría cambiar esta misma tarde. Tenemos todos los permisos en regla y empezaremos a excavar para meter el alcantarillado y las tuberías en una semana o dos.

Se apoyó contra la encimera y se cruzó de brazos. Ahora era la mujer la que tenía que hablar.

La alcaldesa se levantó y se acercó. Su traje azul claro y la recargada blusa quedaban fuera de contexto dentro del tráiler de construcción, pero lo raro era que ella no resultaba fuera de lugar. Había conocido a gente como ella, gente que encajaba en cualquier lugar y ese era un importante don, sobre todo tratándose de un político.

—El pueblo está muy feliz con su trabajo. Prestan atención a las normativas locales y trabajan de manera óptima sin hacer recortes de calidad. Además, sus obreros son respetuosos –sonrió–. Y también dejan propinas muy generosas.

Él enarcó una ceja.

–Un dato interesante a tener en cuenta.

–Este es mi pueblo y me importa lo que pase aquí y pasa muy poco de lo que yo no me entere.

Se preguntó si iba a intentar recriminarlo por haber intentado acostarse con Nevada, aunque si fuera un hombre en lugar de una mujer que ya era abuela, estaría felicitándolo por su buen gusto y deseándole suerte.

–Agradecemos lo que el hotel traerá a Fool's Gold. Trabajo, turistas, negocios… Habrá complicaciones, claro, ya que algo de semejante tamaño necesitará de tiempo para asentarse, pero lo superaremos como siempre hacemos.

Él sentía que había algo más y esperó.

–Su empresa no dirigirá el hotel.

No estaba preguntando, pero él respondió de todos modos.

–No.

–Pero ustedes tienen algo que decir en cuanto a quién se contratará. Construcciones Janack es propietario de una parte.

–Aportaremos algo. ¿Por qué? ¿Es que tiene algún sobrino a quien quiera recomendar?

Ella sonrió.

–No, pero me gustaría que se me consultara cuando se tomaran las decisiones de dirección. La gente que vaya a trabajar aquí tiene que encajar y respetar al pueblo. No me interesa una mentalidad opuesta a la nuestra.

Por fuera parecía una de esas señoras mayores que iba a la peluquería una vez por semana, que hacía galletas y chasqueaba la lengua al ver a «los jóvenes de hoy en día», pero sabía que esa imagen no se correspondía con la realidad.

–Es usted muy dura, ¿verdad?

–Lo soy, cuando la situación lo requiere. ¿Hará lo que le pido?

–Claro, pero a cambio quiero saber por qué Jo Trellis no deja de darle calabazas a Will. Solo intenta conocerla.

–Está dando por hecho que tengo esa información.

–Y no me equivoco.

La alcaldesa sacudió la cabeza.

–No, no se equivoca. Hay una razón.

–¿Y va a decirme cuál es?

Ella recogió su bolso y fue hacia la puerta.

–No, no es mi secreto y no soy quien para compartirlo.

–Entonces, hay un secreto.

–Todo el mundo tiene secretos, señor Janack. Incluso usted.

Capítulo 9

Max se acercó y besó a Denise en la boca. Estaban tumbados en la cama, donde pasaban gran parte de su tiempo juntos. A ella le agradaba saber que, a pesar de su edad, sus hormonas seguían vivas y en condiciones. Estar junto a Max la hacía sentirse emocionada y feliz.

–A mis hijos les has caído muy bien –dijo mirando a sus ojos azules y sonriendo.

–¿Acaso tenían elección?

Ella se rio.

–Podrían habértelo puesto difícil, aunque no esperaba que lo hicieran. Ya te has ganado a Montana. Le encanta tu trabajo.

–Es genial trabajar con ella. Es responsable y tiene inventiva y esa es una combinación difícil de encontrar. Pero Nevada estuvo toda la noche evitando mirarme.

–¿Puedes culparla?

–No, pero tenemos que empezar a cerrar las puertas con llave.

–Estoy de acuerdo –se acurrucó contra él y entrelazó las piernas entre las suyas.

Había pasado los primeros años siguientes a la muerte de Ralph preguntándose cómo iba a sobrevivir y, aunque sus hijos ya eran mayores, se había mantenido ocupada.

Últimamente había empezado a pensar que estaría bien empezar a salir con alguien otra vez y había esperado encontrar a ese alguien en quien estuviera interesada. Jamás se habría imaginado que pudiera tener la suerte de enamorarse tan completamente de un hombre tan increíble como Max.

—Nunca he dejado de pensar en ti —le dijo él—. Ni de preguntarme dónde estarías o qué estarías haciendo.

—Yo también he pensado en ti —y lo había hecho, aunque de manera efímera. Después de todo, había estado ocupándose de Ralph y de sus seis hijos, así que no había tenido mucho tiempo para especular sobre él.

—No es lo mismo. Tú estabas casada con otra persona.

—¿Tú no te has casado nunca?

—No he querido, pero sí que ha habido mujeres en mi vida.

Ella sonrió.

—Decenas. Cientos.

—Por lo menos.

La besó.

Denise sintió una punzada de celos, pero prefirió ignorarla. No tenía ningún derecho. Ella había sido muy feliz y debería querer lo mismo para Max. Treinta y cinco años era mucho tiempo.

—Quise volver cuando me enteré de lo de Ralph, pero supe que sería un error.

—Tienes razón. Lo habría sido. No estaba preparada. Lo lloré mucho tiempo. Además, los niños…

Volvió a besarla.

—Yo tampoco estaba preparado. Sabía que tenía que cambiar, convertirme en el hombre que te merecías. Madurar, supongo. Pero ahora es distinto y ya puedo ser ese hombre.

Ella deslizó el dedo sobre la línea de su mandíbula y apoyó la mano sobre su hombro desnudo.

–Siempre has sido ese hombre.

–No, pero tenía potencial. Te quiero, Denise. Quiero casarme contigo.

Ella oyó las palabras y a continuación la habitación pareció ladearse y empezar a girar de manera descontrolada. Lo único en lo que podía pensar era en el día que se casó con Ralph y en lo orgulloso que se había sentido él cuando el sacerdote los había presentado como «los señores Hendrix», y en cómo ella había sentido entonces que lo amaría para siempre.

–No –dijo incorporándose y cubriéndose con la sábana. Salió de la cama envolviéndose en la sábana–. Lo siento, pero no –respiraba entrecortadamente.

Lo miró, tan fuerte, guapo y desnudo en su cama. ¡En su dormitorio! Pero, ¿en qué había estado pensando?

–Lo siento –repitió dejándose llevar por el pánico.

Max se levantó y se acercó.

–¿Qué pasa? ¿Por qué estás llorando?

Ella se tocó la cara y le sorprendió sentir sus propias lágrimas.

–Eres una buena persona. No, mejor dicho, una persona maravillosa, pero estaría mal –sabía que lo que decía no tenía sentido, pero no podía dejar de hablar–. Casarnos lo estropearía todo –dijo, apartándose de él–. Una relación es más que momentos de sexo genial. Un matrimonio es mucho más que eso. ¿Es que no te has dado cuenta? Nos estamos divirtiendo, solo somos dos personas divirtiéndonos.

Él parecía preocupado más que enfadado.

–¿Te encuentras bien?

–No.

Corrió a meterse en el baño y cerró la puerta.

–¡No me encuentro muy bien! –le gritó a través de la puerta–. Creo que deberías irte.

–Denise, esto no tiene sentido. Tenemos que hablar.

–No. Por favor, márchate.

Se dejó caer al suelo y comenzó a llorar a medida que comprendía que había traicionado al hombre al que verdaderamente había amado y la culpabilidad iba invadiéndola. Había engañado a Ralph y se había permitido creer que podía estar con otra persona.

Oyó ruidos desde el dormitorio seguidos por un silencio y, unos segundos después, la puerta principal se cerró. Max se había marchado.

Se agarró las rodillas contra el pecho y se abrazó a ellas. Tenía frío. Se sentía sola.

Nevada vio cómo descargaban todo el equipo.

–Hace que el corazón te lata un poco más deprisa, ¿verdad? –le dijo Charlie.

La ingeniera del Departamento de Bomberos estaba a su lado en la zona de obras.

Nevada sonrió.

–Oh, sí. Estoy deseando probarlo todo.

–Y que lo digas. Yo, técnicamente, no tendría por qué estar aquí, pero no he podido evitar venir a mirar. ¿Qué tal van las labores de agrimensura?

–Genial –Nevada se metió las manos en los bolsillos–. Estamos usando un GPS y es increíble lo que se puede medir con un satélite situado a treinta y dos mil kilómetros de distancia.

–Ojalá los satélites pudieran apagar fuegos –dijo Charlie mirando cómo apartaban una excavadora–. Eso sí que tiene que ser divertido de montar. No me extraña que los chicos no quieran dejársela a nadie.

No eran los únicos que estaban mirando cómo llegaba el equipo. Varios miembros de la cuadrilla de Nevada estaban allí, supuestamente para ayudar si pasaba algo, y Nevada vio a alguno mirando a Charlie con bastante interés.

–Creo que algunos de mis chicos van a pedirme tu número de teléfono –le dijo a su amiga.

–Pues no te molestes en dárselo –Charlie ni siquiera se molestó en mirar al grupo de hombres–. No me interesa.

–¿Seguro? Algunos son muy simpáticos y otros muy monos.

–Pero deja que adivine, no hay ninguno que sea simpático y mono al mismo tiempo.

Nevada sonrió.

–Se me ocurren uno o dos que pueden reunir esos criterios.

–No importa. No tengo mucho éxito con las relaciones. Es más sencillo evitarlas. Han aprobado los permisos para la voladura, así que podéis ir pidiendo la dinamita.

–Me pongo nerviosa solo de imaginármelo.

–Deberías. Va a ser un infierno de día –el teléfono de Charlie sonó–. No puedo creerme que tengáis una torre de señal para los móviles.

–La instalaron la semana pasada. Construcciones Janack tiene amigos por todas partes.

–Eso he oído. Espera que conteste y luego nos vamos al pueblo a comer.

Iban a reunirse con Annabelle y Heidi en el bar de Jo para tomar un almuerzo rápido, algo que habían estado haciendo semanalmente desde el incidente con la rueda pinchada.

Mientras Charlie hablaba por teléfono, Nevada volvió al tráiler a recoger las llaves del coche. Subió las escaleras y abrió la puerta, sintiéndose aliviada al comprobar que Tucker no estaba allí.

No era que estuviera evitándolo exactamente, pero había estado manteniéndose alejada de su camino desde aquella noche en su hotel.

Y no lamentaba la decisión. Suspiró. Bueno, tal vez sí que lo lamentaba un poco, pero sabía que había tomado la decisión correcta. Tener una relación con Tucker era una complicación que no necesitaba, así que mejor centrarse en lo que era importante que en lo que sentía. Aunque estar con Tucker la hacía sentirse realmente bien.

Dejó su casco sobre la mesa, recogió el bolso y salió a reunirse con Charlie.

Veinte minutos más tarde estaban sentadas en el bar de Jo con Annabelle y Heidi. Todas habían pedido ensalada con un plato de patatas fritas para compartir.

—No me dejéis tomar más de tres —estaba diciendo Annabelle—. No tengo la ventaja de ser alta como todas vosotras y cada kilo extra se nota mucho dado mi tamaño.

—Y ahora se quejará por ser demasiado rica también —farfulló Charlie, dándole un sorbo a su té helado.

Annabelle no parecía intimidada lo más mínimo.

—Prueba tú a ser del tamaño de una pulga y a ver cuánto te gusta.

—Prueba tú a ser más alta que el noventa por ciento de la población masculina.

—Al menos tú puedes patearle el trasero a alguien si te molesta —dijo la bibliotecaria con una sonrisa.

Charlie se la devolvió.

—En eso tienes razón.

Las mujeres se rieron y Nevada se sintió complacida de estar con sus nuevas amigas. Últimamente su vida social se había estancado un poco y básicamente había salido con sus hermanas. Aunque ahora que ellas estaban moviéndose en una dirección distinta a la suya por lo de casarse y, en el caso de Dakota, por estar creando una familia, era positivo que hubiera ampliado horizontes. Ser la única trilliza soltera significaría que sus hermanas no tendrían mucho tiempo libre para salir con ella.

«La realidad se entromete», se dijo feliz por ellas y un poco triste por sí misma. Aunque un cambio podía ser bueno, no siempre era sencillo ni resultaba cómodo.

Jo llegó con sus ensaladas y patatas fritas.

–¿Qué tal? –preguntó Annabelle–. Vi aquí a Will el otro día. Es una monada.

–No estamos saliendo –dijo Jo secamente–. No me importa lo que diga nadie. No voy a salir con él.

Las cuatro se miraron y Nevada se sintió mal por su compañero de trabajo.

–Pues es un hombre muy agradable –dijo en voz baja–. En la obra todos los chicos lo respetan, pero también lo aprecian mucho.

En lugar de parecer aliviada, Jo frunció el ceño.

–¿Crees que no sé que es agradable? ¿No se os ha ocurrido pensar que eso es precisamente el problema? No pienso salir con él y estropearlo todo.

Soltó los platos sobre la mesa y se marchó.

Nevada miró a Charlie; eran las que más conocían a Jo, ya que Charlie había llegado a Fool's Gold aproximadamente al mismo tiempo que Jo.

–Ni idea –dijo Charlie agarrando una patata–. Parece que esté enfrentándose a algo de su pasado.

–Todos lo hacemos –dijo Annabelle mirando con anhelo hacia el aliño que había pedido para su ensalada y que al final ignoró al pinchar un poco de lechuga–. Las relaciones con los hombres nunca son fáciles. Si tuviera que hacer una lista de todos los errores que he cometido y los pusiera en fila, podría llegar con ellos hasta China.

Heidi parecía intrigada.

–¿Alguno que quieras compartir con nosotras?

Annabelle negó con la cabeza.

–Digamos simplemente que no siempre he sido la tranquila bibliotecaria que soy ahora. Antes era… diferente.

–Los hombres pueden ser unos auténticos capullos –dijo Heidi con un suspiro.

–Tienes razón –murmuró Charlie tomando otra patata frita.

Nevada pensó en cómo le habían roto el corazón en una sola noche y, aunque podía culpar en gran parte a Tucker, sabía que ella también era culpable.

—Las relaciones nunca son fáciles.

—No, pero tu jefe está como un tren —dijo Heidi con una sonrisa—. Por favor, dime que estar cerca de él hace que te recorra un cosquilleo. No puedo recordar la última vez que sentí un cosquilleo.

—Solo trabajamos juntos —Nevada sabía que decir eso sonaba algo estirado, pero temía que llegaran a descubrir lo atraída que se sentía por él.

—No hace falta que pruebes la mercancía, pero sí que tienes que mirarla —Heidi enarcó las cejas—. ¿Has visto qué trasero tiene?

—Sí que tiene un buen trasero —le dijo Charlie—. Odio a casi todos los hombres y hasta yo me he fijado en eso.

Annabelle asintió.

—Estoy de acuerdo. Tu hermano Ethan también está muy bueno. Lo digo de manera respetuosa. Está casado y enamoradísimo de su mujer —suspiró—. A pesar de todo, estoy deseando encontrar al tipo adecuado. Todavía.

—Yo no —farfulló Charlie—. No existe el tipo adecuado.

—No es posible que de verdad creas eso —le dijo Heidi—. Aunque no me interesa encontrar el mío, puedo entender ese anhelo. Yo antes me sentía así. Hasta que vi aplastados todos mis sueños y esperanzas —pinchó más ensalada—. Ahora vivo con mi abuelo y crío cabras. ¿Quién dice que la vida no tiene sentido del humor?

—Aún quedan tipos geniales por ahí —dijo Nevada—. Mis dos hermanas están enamoradas y felices.

—Es verdad —admitió Heidi.

—Es irritante —Charlie elevó los ojos al techo—. Tus hermanas tienen suerte. Lo admito. Hay… —se detuvo—. ¿Es esa tu madre?

Nevada se giró y vio a su madre en el centro del bar. Cuando Denise la vio, se acercó corriendo.

–Siento molestarte.

Nevada ya estaba de pie. Su madre estaba pálida y tenía los ojos rojos; estaba claro que había estado llorando. Nevada le agarró la mano y la apartó de la mesa.

–¿Qué pasa? ¿Están todos bien? –un millón de posibilidades, cada una peor que la anterior, pasaron por su mente.

–No, no es eso –los ojos de su madre estaban llenos de lágrimas–. Quería que supieras que voy a vender la casa y marcharme del pueblo.

Nevada se quedó mirándola, no podía haberla oído bien.

–¿De qué estás hablando? ¿Qué estás diciendo?

–Tengo que marcharme ahora mismo.

–¿Por qué?

–Max quiere casarse conmigo.

–Debería haber sido huérfana –anunció Nevada.

Tucker levantó la mirada del ordenador.

–Quieres a tu familia.

–La mayor parte del tiempo sí, pero de vez en cuando creo que estaría bien estar sola –lo miró–. Mi madre está amenazando con vender la casa y marcharse del pueblo.

–¿Por qué?

–Está histérica. Max quiere casarse con ella. Supongo que ella no quiere casarse con él, aunque lograr que hable formando frases completas que tengan sentido es complicado. Lo único que no deja de decir es que tiene que marcharse de Fool's Gold y que no volverá jamás. He quedado luego con mis hermanas en casa para intentar aclarar esto.

Demasiada información, pensó él, preguntándose qué problema tratar primero.

–No quiere mudarse. Este es su pueblo –se quedó pensativo–. Creía que le gustaba Max.

–Y yo también. Están locos el uno por el otro. Nos pareció genial en la cena que tuvimos para conocerlo. Incluso a mí me lo pareció.

Tucker supuso que el «incluso a mí» era más por el hecho de que Nevada hubiera encontrado al hombre desnudo y haciendo el amor con su madre que por el hecho de tener que aceptar al nuevo novio de su madre.

–Creía que todas las mujeres quieren casarse.

–¿No es eso un cliché? –preguntó ella con brusquedad y plantando las manos sobre el escritorio con un golpe–. Lo siento. Estoy un poco irritable. Esto no es propio de mi madre y me resulta extraño verla así de inquieta. Siempre que pasaba algo cuando éramos niños, ella se mantenía firme como una roca. Cuando papá murió se quedó hundida, pero salió adelante. Así que, que se derrumbe así porque Max le declare su amor y quiera casarse con ella no tiene sentido.

–Vais a hablar con ella, seguro que lo solucionáis.

–Eso espero. A veces las relaciones son complicadas.

–Estoy de acuerdo –y esa era la razón principal por la que las evitaba.

–Fíjate en Jo y Will.

–¿Tengo que hacerlo? Trabajo con Will y no hablamos sobre temas personales.

–Muy típico de hombres. Pues hablar sobre ello ayuda.

–¿Cómo?

–Porque puedes encontrar solución a ciertos temas.

–Si no tienes ninguna relación con nadie, no tienes temas que resolver.

Ella entrecerró los ojos.

–Eso es como decir que no vas a volver a comer porque no quieres arriesgarte a envenenarte. ¿O es Cat a quien intentas evitar?

–No necesito evitar a Cat. Está fuera de mi vida.

Nevada giró la silla para quedar frente a él.

–¿Estás diciendo que no has tenido una relación seria desde Cat?

–No. ¿Tú querrías estar con alguien más después de haber estado con ella?

–Pero no era una persona normal. Era más como una… –se detuvo mientras buscaba la palabra adecuada.

–Droga –añadió él–. Se me metió en la cabeza e intentó succionarme la vida y no quiero volver a pasar por eso.

Con Cat había perdido su propia identidad. Había sido su esclavo, emocional y físicamente, lo cual demostraba que el amor convertía a la gente en idiotas. Pero él había tenido suerte de escapar.

–Eso no era amor, era una obsesión –le dijo Nevada–. Hay una diferencia.

–Tal vez, pero no estoy dispuesto a correr el riesgo.

–Una relación madura sería totalmente diferente.

Él sacudió la cabeza.

–Tu madre mantenía una relación madura y mira lo que ha pasado. Max quiere casarse con ella y ella quiere marcharse del pueblo. Confía en mí, amistad y sexo. Eso es bastante. ¿Es que tú quieres más que eso?

–Esa no es la cuestión. Que digas que no te interesa enamorarte… es muy triste.

–Creo en el amor en sí. La gente se quiere, pero desde el punto de vista romántico, hay más riesgos de los que merecen la pena.

Estaba compartiendo su opinión, pero también estaba advirtiéndola. Aunque la deseaba, había que aclarar las normas. Si estaba esperando más, él no era el hombre adecuado para ella.

Eso era algo en lo que no había pensado, se dijo. Sus dos hermanas estaban comprometidas y Dakota estaba embarazada y tenía una hija que había adoptado. ¡Eso sí que era cumplir el sueño de una familia y una casita con una valla blanca!

–Eres igual que ellas –dijo lentamente asumiendo la realidad, una realidad que no le gustaba–. Igual que tus hermanas.

–No sé qué quieres decir, pero claro que soy como ellas. Somos idénticas. Tenemos el mismo ADN.

Él maldijo en voz baja. Lo que hasta ese segundo había sido un juego al que había querido ganar, acababa de convertirse en algo mucho más serio.

–¿Qué? ¿Qué pasa?

La palabra «decepcionado» no podía empezar a describir la realidad de saber que jamás podría tenerla. Nevada era toda una tentación. Inteligente, divertida y habilidosa con una retroexcavadora. ¿Podía ser mejor que eso?

Los había imaginado en la cama, desnudos, deseosos. Había querido saber cómo era complacerla, hacerle gritar su nombre. Sí, ya, eso era demasiada dosis de ego masculino, pero no creía que querer complacerla fuera una ofensa. Aunque ahora ya todo era diferente.

–No soy esa clase de hombre.

Ella encogió los hombros.

–¿Qué hombre?

–Un hombre con una valla blanca, como Finn, o como Simon. Yo soy de los que no se implican en las relaciones. Ya lo hice una vez y no pienso volver a hacerlo. Es un infierno.

Ella puso los ojos blanco.

–Hoy estás un poco dramático. Lo que sentías por Cat no era amor. Era... –abrió los ojos de par en par–. Oh. No estás hablando de generalidades. Estás hablando de nosotros. Aunque no existe un «nosotros».

–Sí que existe un «nosotros».

–De acuerdo.

–No esperaba que te casaras conmigo solo porque nos acostamos. Aunque tampoco es que lo llegáramos a hacer.

–Pero íbamos a hacerlo.

Sus mejillas se colorearon.

–No lo había decidido.

Pero él sí y había estado seguro en su habilidad para convencerla de que era una buena idea. Aunque ya no. Le gustaba y la respetaba lo suficiente como para no jugar con ella.

–Tuviste razón al decir que nuestra relación laboral tenía que ser lo primero –le dijo él–, que no debíamos implicarnos personalmente, y yo me equivoqué al presionarte. Este proyecto es importante para mí y tú eres un miembro clave de nuestro equipo. No volveré a olvidarlo.

Una emoción cruzó el rostro de Nevada, pero él no pudo ni interpretarla ni identificarla. Que fuera una expresión de alivio era lo que tenía más sentido.

–De acuerdo –murmuró ella y miró el reloj–. Tengo que ir a ver a mis hermanas para planear una estrategia sobre nuestra reunión con mamá. Pasaré del café.

–Claro.

Recogió su bolso y sus llaves y se marchó.

Tucker la vio irse preguntándose si de verdad había quedado o si solo quería librarse de él. Al final, sabía que eso no importaba, porque por mucho que de vez en cuando pudiera ser un cretino, como cualquier tipo del planeta, estaba decidido a hacer lo correcto en lo que concernía a Nevada.

A la mañana siguiente, Nevada ya se había convencido de que Tucker había sido listo al insistir en que volvieran a una relación de «solo trabajo». La decisión era sensata y más sencilla a largo plazo. Si estaba un poco enfadada por el hecho de que él no la encontrara irresistible, eso era algo que tendría que superar. Si estaba triste de que no fuera a haber más besos increíbles, era un hecho que acabaría asumiendo al cabo del tiempo. ¡No era que se hubiera enamorado de él ni nada parecido!

Fue hasta el porche delantero de la casa de su madre y la puerta se abrió antes de llegar a abrirla.

—¿Cómo está? —preguntó Nevada.

—Sigue histérica e insistiendo en que se va a mudar —suspiró Dakota—. Y solo llevamos aquí unos tres minutos. No va a ser una conversación divertida.

—Ninguna pensamos que fuera a serlo.

Nevada siguió a sus hermanas hasta la cocina donde encontraron a su madre frotando frenéticamente una pila ya limpia.

—No quiero hablar de ello —anunció Denise cuando se giró hacia ellas con la esponja chorreando agua sobre el suelo—. No podéis hacerme cambiar de opinión. No voy a casarme con Max.

Las hermanas se miraron y la miraron a ella. Dakota fue la primera en hablar.

—No pasa nada, mamá. Ninguna íbamos a decirte que te casaras con Max.

Denise volvió a centrar la atención en la pila y, después de aclararla, atacó las encimeras.

—Bien porque no voy a hacerlo. Estuve casada con tu padre, él era mi marido y eso no va a cambiar.

—No lo entiendo —admitió Nevada—. ¿Por qué estás actuando como si todos estuviéramos insistiendo en que aceptaras la proposición de Max? ¿Por qué tiene que cambiar algo?

—Él no lo entenderá —dijo Denise, que estaba empezando a desmontar los quemadores de la cocina—. Se molestará.

—¿Max? —preguntó Montana.

—Sí. No quiero que eso pase.

–¿Y crees que le alegrará más que te mudes del pueblo? –preguntó Dakota en voz baja.

Denise soltó la esponja, volvió a la pila, se quitó sus guantes morados y empezó a llorar.

–No puedo hacer esto –sollozó–. Soy demasiado mayor para volver a enamorarme. O reenamorarme.

Sus hijas se acercaron y Nevada no estaba segura de si estaba siendo especialmente estúpida ese día, porque no comprendía el motivo de la crisis.

–Sé lo que estáis pensando –dijo Denise mientras se secaba la cara y se sonaba la nariz con un pañuelo de papel que había sacado del bolsillo de sus vaqueros–. Pensáis que no soy un buen ejemplo, que siempre os dije que fuerais fuertes y que os enfrentarais a vuestros problemas. ¿Creéis que no quiero ser así? A veces es duro, pero tenía que decir esas cosas porque eso es lo que hacen las madres.

–De acuerdo, has pasado de estar disgustada a decir locuras –le dijo Nevada tomándole la mano y llevándola hasta el salón. La dejó en el sofá y se sentó a su lado. Dakota ocupó el otro lado y Montana se sentó sobre la mesa de café frente a ella–. Mamá, te equivocas. No tienes que mudarte de tu casa solo porque un hombre te haya pedido matrimonio.

Los ojos de Denise se llenaron de más lágrimas.

–¿Qué se supone que debo decir?

–Yo empezaría por la verdad –le respondió Dakota–. Que te importa, pero que no quieres casarte. Quieres seguir viéndolo, ¿verdad?

Denise asintió.

–Díselo. Si no valora tu sinceridad, entonces que se mude él.

–¡Ey! –gritó Montana–. Es mi jefe, es mi trabajo.

–Lo siento.

Nevada acarició el brazo de su madre.

–Dakota tiene razón. Que te lo pida no significa que

tengas que acceder. Y que rechaces la proposición no significa que todo haya acabado. Tal vez cree que eres tú la que quiere casarse porque es verdad que tienes aspecto de ser de esa clase de mujer.

–¿Tradicional? Siempre lo he sido. Pero esto es diferente. Quiero a Max, pero no quiero volver a casarme. Me lo prometí cuando papá murió. Amo a Ralph y amo a Max. Max siempre será mi primer amor, pero quiero que Ralph sea mi marido para siempre.

–Pues díselo –dijo Montana–. Sé que Max se preocupa por ti, mamá. No quiere molestarte. Lo que estás describiendo es maravilloso. Quieres que los dos hombres que has amado tengan su lugar especial y eso es genial. Creo que Nevada tiene razón. ¿De verdad crees que se arriesgaría a perderte por un compromiso?

–Tal vez no –respondió lentamente Denise–. Pero me ha entrado el pánico.

–Tiene sentido –le dijo Dakota–. Habla con Max, explícale lo que sientes. Sospecho que lo que quiere es tu amor.

–De acuerdo, tienes razón. Nunca ha estado especialmente interesado en seguir las normas. Tal vez eso sea lo que más me ha sorprendido –volvió a sonarse la nariz y sonrió–. Sois unas hijas maravillosas y no es algo que os diga con suficiente frecuencia.

–Podrías bordarlo en una almohada.

Denise se rio y las abrazó.

–Gracias por rescatarme.

–Tú nos has rescatado muchas veces –le recordó Nevada–. Nos alegra ayudarte.

–Gracias. De acuerdo. ¡Ya basta de mi crisis! Hablaré con Max luego y si reacciona mal, tendré otra crisis nerviosa, pero por ahora estoy bien –sonrió–. No creo que ninguna quiera compartir algo que me distraiga de la preocupación.

Dakota y Montana se miraron.

—Podríamos hablar de la boda —propuso Dakota—. Ya hemos elegido fecha.

Denise se quedó sin aliento.

—¿Sí? ¿Cuándo?

—Para Nochevieja —respondió Montana con una sonrisa—. Cae en sábado, así que es perfecto. No sé por qué, pero en el Gold Rush han tenido una cancelación reciente de su salón de baile principal, así que está disponible.

Denise saltó del sofá.

—¿Sí? ¿Lo habéis reservado?

Dakota y Montana se rieron.

—Sí —admitió Dakota—, al momento. Es perfecto. Fuimos a verlo hace unos días y es precioso. Estamos pensando que sea por la noche con un montón de lucecitas.

Nevada se forzó a sonreír y asentir, como si estuviera emocionada con la noticia. Y no era que no se alegrara por sus hermanas, porque claro que quería que tuvieran una boda perfecta, pero por alguna razón saber que iban a casarse el mismo día la hacía sentirse extraña por dentro. Como si la hubieran excluido de algo grande.

Montana se giró hacia ella.

—¿Te parece bien?

—Claro. Suena perfecto. Tenéis mucha suerte de que haya habido una cancelación. Podréis celebrar una gran cena y un baile. Va a ser muy divertido.

Dakota la miró como queriendo asegurarse de que estaba diciendo la verdad y Nevada sostuvo su mirada intentando mostrarse lo más natural y feliz posible.

—Me parece genial —prometió.

Dakota asintió porque, ¿cuándo había mentido Nevada a sus hermanas?

Nevada volvió a la zona de obras a primera hora de la tarde. Había cumplimentado algunos permisos, había confirmado las fechas para la voladura y se había pasado a ver a su sobrino Reese y a su perro Fluffy, pero nada pareció subirle el ánimo. No estaba molesta ni triste, ni siquiera confusa, estaba inquieta. Era como si algo importante estuviera a punto de suceder... aunque tal vez eso era solo una ilusión.

Tenía que pasar la tarde haciendo papeleo, una de las cosas que menos le gustaban, aunque tal vez lo pospondría e iría a recoger troncos de árbol con maquinaria pesada. Eso siempre la hacía sentirse mejor.

Entró en el tráiler con la intención de recoger su casco y vio que Tucker estaba dentro, sacando algo de uno de los archivadores.

–Ey –dijo prestándole más atención a los papeles que tenía en la mano que a ella–. ¿Todo ha ido bien con tu madre?

Su físico la pilló desprevenida, como si precisamente en ese segundo se hubiera dado cuenta de lo masculino que lo hacían parecer esa fuerte mandíbula y esos anchos hombros. Llevaba su uniforme de trabajo habitual: vaqueros, botas de obra y una camiseta de manga larga. No era una ropa elegante, pero era un aspecto que le sentaba bien.

Lo recorrió con la mirada y se detuvo en su boca. Esa boca que sabía exactamente qué hacerle. La boca que le estaba haciendo sentir deseo por primera vez en mucho tiempo.

De pronto supo por qué estaba inquieta y qué le haría sentirse mejor. Por desgracia, Tucker acababa de cambiar todas las reglas.

Pues bien, se dijo caminando hacia él. Ella volvería a cambiarlas.

Tucker alzó la mirada según ella se acercó, pero Nevada no le dio tiempo a que descubriera su plan. Al acercarse, le quitó el papel de entre los dedos y lo tiró al suelo;

después, posó las manos sobre sus hombros, se puso de puntillas y lo besó.

Movió la boca contra la suya al mismo tiempo que deslizaba las manos por su espalda y acercaba su cuerpo al suyo lo suficiente. Hubo un segundo durante el que él no reaccionó y ella supo que podría apartarse y dejarla sintiéndose como una estúpida; una consecuencia que aceptaría si tenía que hacerlo.

Tucker estaba tenso, podía sentirlo en su cuerpo, podía sentir su indecisión, pero entonces la rodeó con sus brazos repentinamente y hundió la lengua en su boca.

La pasión estalló en ese momento. Sus manos la recorrían por todas partes, por las caderas, por la espalda, por los pechos. Acarició sus curvas y rozó los pulgares contra sus ya erectos pezones. Nevada gemía a medida que unas ráfagas de placer se arremolinaban a su alrededor, y el calor y la humedad hicieron acto de presencia entre sus piernas.

Tomó la cara de Tucker entre sus manos y entrelazó su lengua con la de él. Le tocó el pecho y comenzó a desabrocharle la camisa. Él le quitó a ella su camisa de manga larga y le desabrochó el sujetador en cuestión de segundos. Antes de que Nevada pudiera darse cuenta de lo que había hecho, Tucker rodeó su pezón con su boca.

La mezcla de calor y humedad procedente de sus labios fue demasiado y sus muslos comenzaron a temblar. Él pasó al otro pecho y lo succionó intensa y rítmicamente. La sensación que le produjo bajó disparada hasta su ombligo y más abajo, haciendo que su parte más femenina se estremeciera de deseo.

Él se apartó y fue a cerrar la puerta con llave. De ahí, se dirigió a su mesa y abrió los cajones.

–¿Dónde están? –murmuró. Maldijo y abrió otro cajón–: ¡Sí!

–Tienes un material de oficina fascinante –bromeó Nevada al ver el preservativo y mientras se quitaba las botas.

–Will los tiene aquí por los chicos, pero más como broma que otra cosa.

–Me cae bien Will.

Tucker se acercó a ella quitándose la camisa y Nevada disfrutó con lo que vio: unos músculos esculpidos, una cintura estrecha y su erección contra los vaqueros. Al instante, él ya estaba bajándole la cremallera de los pantalones y ella perdió interés por qué aspecto tenían las cosas porque ahora prefería descubrir y centrarse en las sensaciones…

Tucker la besó y, mientras, coló una mano entre sus braguitas y comenzó a moverla lentamente.

Ella estaba húmeda e inflamada desde el primer beso y ahora contuvo un gemido mientras él la exploraba y deslizaba los dedos contra su resbaladiza piel hasta encontrar un punto en concreto y acariciarlo dibujando círculos.

El calor que Nevada sintió le llegó hasta los dedos de los pies y tuvo que dejar de besarlo, tuvo que parar a respirar incluso, para poder centrarse en esa sensación producida por las caricias de sus dedos. El temblor de sus piernas aumentó y apenas podía mantenerse en pie.

En cuestión de segundos, ya estaba al borde del éxtasis. Apretó los dientes y apartó a Tucker.

–Desnudos –le exigió–. Ahora.

Él obedeció y se bajó los vaqueros y los calzoncillos. Ella se quitó la ropa y se acomodó en la mesa que tenía detrás. Tucker se puso el preservativo y se acercó.

Nevada coló la mano entre sus dos cuerpos y lo guió hasta su interior, hasta que la llenó de placer.

–Esto no va a salir bien –gimió él hundiéndose en su cuerpo–. Maldita sea, Nevada.

Ella se rio.

–No es culpa mía.

–Sí que lo es. Eres deliciosa.

Volvió a hundirse en ella y al mismo tiempo cubrió sus pechos con sus manos y le acarició los pezones. Las sensaciones que se estaban despertando allí eran increíbles, perfectas.

—Vamos —le dijo ella rodeándolo con las piernas por la cintura—. Vamos.

Él vaciló un segundo, pero Nevada lo acercó hacia sí empujándolo con sus muslos y Tucker se adentró en ella tan hondo como pudo.

—Me gusta —le dijo Nevada con la voz entrecortada.

Tucker le hizo caso y se movió más deprisa y con más intensidad, apoyándose con las manos en el escritorio. Una y otra vez la llenó acariciándola de un modo tan delicioso que ella dejó caer su cabeza hacia atrás y se dejó llevar por un orgasmo que la invadió con fuerza. Sus músculos se contrajeron y se aferró a Tucker entre gritos de placer. «Más», pensó desesperadamente. Más y más y más.

Tucker siguió moviéndose hasta que Nevada dejó de contonearse y pudo volver a respirar. En ese momento, él gimió su nombre, se hundió en ella una vez más y se detuvo.

Nevada podía sentir el acelerado latido de su corazón y supo que el suyo latía con la misma fuerza. Tenían la respiración entrecortada y por encima de ellas se pudo oír el sonido de la maquinaria.

Alzó la mirada.

—Pensé que no íbamos a hacerlo —le dijo él.

—No íbamos a hacerlo.

—Pues es el mejor «no íbamos a hacerlo» que he tenido nunca.

Ella se rio.

—Yo también.

Nevada suponía que la situación incómoda llegaría después, cuando hubiera tenido la oportunidad de pensar en lo que habían hecho y se atormentara con las consecuencias. Pero por ahora solo le importaba la sensación de satisfacción y placer que la embargaba.

Él la besó una vez más y se apartó. Se vistieron y cuando Nevada fue a por sus botas, Tucker la besó de nuevo y se abrazaron. Fuera, un vehículo se detuvo junto al tráiler.

Tucker maldijo y giró la cabeza hacia el sonido.

–¿Lo dejamos para otro momento?

Ella asintió.

Terminaron de vestirse, abrieron la puerta del tráiler y salieron.

Una larga limusina negra había aparcado allí. El conductor bajó y fue a abrir la puerta trasera.

–¿Alguien del pueblo?

–Fool's Gold no es sitio de limusinas –respondió curiosa por saber quién habría llegado con tanta fanfarria.

Lo primero que vio fue una bota negra de piel con un fino tacón alto. Después, una esbelta pierna cubierta de tela vaquera y, a continuación, del vehículo salió una mujer.

Era de estatura media y con una melena oscura cortada a capas. Unas grandes gafas de sol cubrían gran parte de su cara, pero Nevada la reconoció de todos modos. Era imposible olvidar esos pómulos, esa carnosa boca, y esa perfección. Era inconfundible.

Caterina Stoicasescu estaba en Fool's Gold.

Capítulo 10

A Nevada le costaba respirar, así que mucho más hablar. Por suerte, no hizo falta ninguna conversación. Podía quedarse allí sin más, mirando, parpadeando, y probablemente pareciendo una idiota.

Cat, que llevaba un abrigo de lana blanco sobre un jersey rojo oscuro, se quitó sus gafas de sol.

—Veo que los dos os habéis quedado sorprendidos —dijo riéndose exactamente con el mismo sonido que Nevada recordaba—. Bien. Es lo que quería. Cuando acepté la invitación, insistí en que nadie supiera nada y Pia me lo prometió. ¡Llevo casi un mes sabiendo que iba a daros esta sorpresa!

El brillo del sol iluminaba su rostro, pero en lugar de añadirle sombras o arrugas, no hacía más que aumentar la perfección de su cara y hacerle parecer tal como era diez años atrás.

Nevada sabía que la otra mujer tendría que tener casi los cuarenta años, pero no estaba segura. Lo que era cierto era que Cat se había vuelto más impresionante, si cabía, con la edad.

Corrió hacia ellos y, al acercarse, Nevada inhaló el aroma de su perfume y supo que sí, que estaba pasando de verdad. Acababa de abalanzarse sobre Tucker y ahora la única mujer que lo había obsesionado se había presentado allí. ¡Qué oportuna!

–¡Cuánto os he echado de menos! –dijo abrazando con fuerza a Nevada. Era una mujer fuerte, probablemente por haberse pasado años trabajando el metal. Besó a Nevada en las mejillas y después se giró hacia Tucker.

–Has pensado mucho en mí –dijo antes de abrazarlo.

Nevada no quería verlo, pero tampoco podía girarse. Tucker parecía tan asombrado como se sentía ella. Probablemente era lo que se sentía al ser arrasado por un tornado: podías verlo venir, pero antes de poder apartarte, ahí estaba, engulléndote.

Cat lo abrazó con fuerza y dio un paso atrás para agarrar el brazo de Nevada.

–¿No es una sorpresa maravillosa? Cuando recibí la invitación estuve a punto de rechazarla, porque me piden que vaya a tantos sitios... ¡Cosas de la fama! –suspiró–. A veces es una carga, pero luego reconocí el nombre. Fool's Gold –apretó el brazo de Nevada–. Tú hablabas mucho de este lugar, de cuando creciste aquí, así que tenía que venir.

Nevada se aclaró la voz.

–No lo entiendo –eso era más educado de lo que estaba pensando en realidad, que era algo parecido a: «¿Por qué demonios estás aquí?».

–Hay un festival de artistas. No recuerdo los detalles, para eso tengo a mis empleados –volvió a sonreír–. Pero no te preocupes, no dejaré que me tengan demasiado entretenida. Quiero que pasemos tiempo juntas, que volvamos a conocernos.

La ironía de la situación no se le escapó a Nevada. Cat había regresado a las vidas de los dos y ella era la única culpable.

Cat la soltó y volvió a dirigirse a Tucker.

–Y he pensado que también podríamos pasar algo de tiempo juntos los dos. Ha pasado mucho tiempo.

En esa ocasión, Nevada sí que logró apartar la mirada. Se dijo que estaba observando la zona de obras para ver qué tal estaban trabajando los chicos, pero era una mentira.

Sabía lo que pasaría: a pesar de decir que ya había olvidado a Cat, Tucker no podría resistirse a ella. Era demasiado bella, algo fuera de lo común. Tucker era un tipo normal, un mortal más. ¿Qué esperanzas tenía ella contra alguien como Caterina Stoicasescu?

Dio un paso a un lado y sintió un leve dolor en las caderas y los muslos; un recordatorio de lo que había hecho con Tucker hacía unos minutos. «¡Qué estúpida!», pensó. ¿Cuánto tardaría en volver a sentirse como en la universidad? Siempre fuera de lugar y deseando lo que nunca podría tener.

—Yo estoy muy ocupado —dijo Tucker apartándose de Cat.

En lugar de sentirse insultada, Cat se limitó a sonreír.

—No demasiado para una vieja amiga —se giró hacia Nevada—. Cenad conmigo esta noche. Los dos. Será como antes.

Nevada preferiría que le hicieran una endodoncia.

—No puedo.

—Claro que puedes. Debes. Si no, me romperás el corazón. He estado deseando volver a verte —la miró fijamente—. Tienes que creerme.

Todos esos años durante los que su madre le había recordado que tenía que ser educada volvieron y le dieron un mordisco en el trasero.

—Yo, eh, yo... —suspiró—. Bien. De acuerdo. Una cena. Será genial —«infernal» habría sido mejor—. Pero ahora mismo tengo que irme corriendo.

Y eso hizo. Salió corriendo hacia su camioneta, agradecida de llevar las llaves en el bolsillo del vaquero. Unos segundos más tarde estaba en el camino de tierra que conducía a la autopista y dejando atrás el peligro que Cat representaba.

Tucker vio el polvo levantado por la camioneta de Nevada mientras se alejaba y no pudo culparla por haberse marchado cuando había podido, pero ahora la realidad era que él se había quedado solo con Cat, que no parecía preocupada por la abrupta marcha de Nevada. Se acercó a él y sonrió.

—Ven conmigo al hotel —le dijo tomándole la mano y llevándolo hacia su limusina—. Quiero saber todo lo que has estado haciendo desde la última vez que nos vimos. ¿Cuánto tiempo ha pasado? ¿Cuatro años? ¿Cinco?

—Diez.

—¿Tanto? ¡Qué rápido pasa el tiempo!

Le indicó que pasara delante de ella y se sentó a su lado. El conductor cerró la puerta y unos segundos más tarde ya estaba siguiendo el camino que había tomado la camioneta de Nevada, aunque a un paso más lento.

Sobre el suave asiento de piel, Cat se giró hacia él.

—Cuéntamelo todo. ¿Sigues trabajando para tu padre?

Él asintió con cautela.

—Siempre te ha gustado construir cosas. Conozco la sensación de crear algo bello partiendo de la nada y que luego esa pieza luzca pura.

Él no estaba muy seguro de que los puentes y edificios pudieran describirse como «puros».

—¿Cuánto tiempo estarás en el pueblo?

—No estoy segura. Lo sabré cuando llegue el momento de marcharme —lo miró—. Sigues estando guapo.

Después de tanto tiempo, aún podía recordar la primera vez que la había visto. Ella le había encargado a Construcciones Janack la instalación de su última pieza y su padre lo había enviado a él. No era más que un jovencito recién salido de la universidad y ella no se parecía a nadie que hubiera conocido en su vida.

Estaba trabajando en una pieza de metal de unos cuatro metros de alto cuando había entrado en su estudio. Recordaba que el sol se colaba por las ventanas, y también recordaba las chispas de la máquina de soldar y el sonido de su risa. Estaba riéndose mientras trabajaba.

Había bajado del andamio para saludarlo y él se había visto perdido con solo mirarla. Se habían presentado y después ella lo había besado. Esa misma tarde se habían hecho amantes y esa misma noche, Cat se había mudado a su apartamento.

Estar con Cat lo había consumido. Había desatendido el trabajo, había ignorado a sus amigos y se había gastado cada centavo que tenía en llevarla a sitios y hacerle regalos. Lo único que le había importado era Cat. Había sido un adicto y ella había sido su droga. Con el tiempo se había dado cuenta de que tenía que alejarse o estaría perdido para siempre, pero dejarla había sido más duro de lo que había creído. Cada vez que lo había intentado, ella lo había llamado y le había sido imposible resistirse.

Ahora, en el coche, Cat había levantado la mano y parecía que fuera a acariciarle la cara, pero él le agarró la muñeca y le bajó el brazo.

—¿Dónde te alojas?

—En un hotel en lo alto de la montaña.

—El Gold Rush Ski —dijo Tucker, aliviado de no estar en el mismo. Él estaba en el pueblo, a una distancia segura de Cat.

Y no era que no confiara en ella, sino que no confiaba en sí mismo. Había demasiados recuerdos.

—Viajar resulta agotador —dijo recostándose en su asiento—. El público es muy exigente. Recordarás cómo era. Nunca hay descanso. Siempre hay algo que hacer. El gobierno francés me ha encargado una pieza y estoy totalmente perdida. Allí ya hay mucha belleza. ¿Qué puedo darles que muestre mi brillantez y, aun así, les guste?

–¿Te preocupa lo que piense tu público? –eso sí que era nuevo.

Ella se bajó las gafas de sol para que él pudiera ver el impresionante verde de sus ojos.

–No, pero a veces lo finjo.

–Esa sí que es la Cat que conozco –dijo antes de poder evitarlo.

–¿Creías que había cambiado? –Cat miró por la ventanilla–. He pasado el verano en Sudamérica, en la selva tropical. Allí los nativos y la naturaleza son uno. He aprendido mucho de ellos, espiritualmente. Había pensado inspirarme en las mariposas. ¿Sabías que hay mariposas que vuelan miles de kilómetros cada año? Migran. Me quedé impresionada, pero no me inspiraron tanto como creía.

Se giró hacia él.

–¿Has estado siguiendo mi carrera?

–Es difícil no leer nada sobre ti –dijo esquivando la pregunta.

–Me lo imagino. Gran parte de mi vida le resulta interesante a la prensa. No puedes saber cómo es querer ser como los demás. Ser normal. Ir al supermercado sin que te paren a cada paso.

–¿Tú quieres ir a un supermercado? ¿Por qué?

Ella sonrió.

–Tal vez no a un supermercado, pero ya sabes a qué me refiero. Ser tan famosa y tener tanto talento es muy difícil.

–Tu vida es muy dura.

Ella suspiró y se apoyó contra él.

–Sabía que lo comprenderías.

Estaba claro que se le había escapado la ironía de las palabras de Tucker y no era de extrañar. Pero lo que sí era diferente era que ahora sentirla contra su cuerpo ya no le resultaba una distracción y que no tenía ningún deseo ni impulso de rodearla con su brazo ni de acercarla a sí. Sí, claro, era preciosa, pero ¿y qué?

Se quedó allí sentado inhalando el familiar perfume y tanteando con cuidado su corazón. El cliché de que el opuesto del amor no era el odio sino la indiferencia, de pronto tuvo sentido. No quería a Cat. No estaba interesado en ella. Si le dieran a elegir entre acostarse con Nevada y con la mujer que tenía al lado, la decisión era sencilla. Hacer el amor con Nevada había sido un puro placer con una gran dosis de diversión, y eso principalmente se debía a que le gustaba Nevada.

Eso era, le gustaba Nevada. Era alguien con quien disfrutaba hablando. Cat nunca le había gustado. Había estado encaprichado de ella, casi poseído por su desesperación de estar con ella, pero no le había gustado como persona.

Se sentía como Scrooge al final de *Cuento de Navidad*, cuando el viejo descubre que no había perdido la Navidad, que aún tenía tiempo para redimirse.

—¿Por qué estás tan alegre? —le preguntó ella mirándolo.

—Soy un tipo alegre.

Llegaron al hotel y uno de los botones corrió a abrir la puerta por la que bajó Cat.

Aunque Tucker estaba justo tras ella y vio lo que pasó, no podría haberlo explicado. En cuanto Cat se puso derecha y sonrió, la gente fue corriendo. Dos botones más aparecieron allí y se empujaron en un intento de ser el que la acompañara a entrar en el hotel. Tres de sus empleados personales corrieron hacia ella y le dieron la bienvenida. Un hombre pequeño, con gafas redondas y cara de asustado se acercó a ellos, pálido y con manos temblorosas.

—Señora Stoicasescu, señora Stoicasescu, ¿cómo está? ¿Se encuentra bien? ¿Se siente cansada por el viaje?

Cat sonrió, eligió el brazo del botones más alto y guapo y miró al pequeño hombre con gesto desagradable.

–Herbert, ¿está mi suite lista? Estoy exhausta.

–Por supuesto –respondió el hombre casi haciéndole una reverencia al pasar–. Ya me he ocupado de todo –miró a Tucker–. ¿Es usted el señor Janack?

Tucker asintió.

–Soy Herbert, el ayudante de la señora Stoicasescu. Me ha dicho que está deseando que se reúna con ella para cenar esta noche junto con la señorita Hendrix. Ya he hecho la reserva.

Tucker pensó en señalarle que Fool's Gold no era un lugar donde se diera mucho eso de las reservas, pero supuso que el pobre hombre ya tenía bastante.

–Tengo planes para esta noche –dijo Tucker arrastrando las palabras y disfrutando de esa recién descubierta sensación de sentirse un hombre capaz de tomar sus propias decisiones.

–¡Pero ella les espera! –dijo Herbert entre temeroso y horrorizado.

–Cat tendrá que aprender a vivir con la decepción –le contestó y paró un taxi.

–¡Pero, señor Janack...!

Tucker ignoró al hombre, subió al taxi y comenzó a silbar.

–Dime por qué estamos aquí –dijo Dakota siguiendo a Nevada por un pasillo del Gold Rush Ski.

–Estáis aquí porque me queréis –le contestó Nevada–. Me da miedo estar a solas con Cat.

–¿Por qué? –preguntó Montana–. Es una artista brillante y famosa en el mundo entero. Debe de ser fascinante.

–Eso es lo que cualquiera podría pensar –dijo con un suspiro– y en ciertos sentidos lo es, pero en otros... no tanto.

No tenía una respuesta mejor para el porqué de su presencia allí porque ni siquiera ella sabía qué hacia allí. Estaba en su casa deseando tomarse una copa de vino y darse un baño y al segundo había sonado el teléfono y Cat le había dicho que necesitaba verla desesperadamente y que sería una noche «solo de chicas». Nevada había intentado negarse, pero había terminado aceptando, movida por una fuerza que no podía explicar ni, al parecer, ignorar.

–Cat es como la naturaleza. Puedes intentar seguir con tu día como si nada estuviera pasando, pero al final ella sale ganando.

–Eso parece muy intimidante –admitió Montana.

Dakota iba fijándose en los nombres de las puertas.

–¿Qué estoy buscando?

–El comedor privado.

Se separaron y recorrieron el largo pasillo en direcciones distintas sintiendo la gruesa moqueta bajo sus pies.

–Ahí está –gritó Montana–. El comedor privado –señaló al cartel colgado en la pared junto a las puertas dobles–. Eso pone.

–¿Llamamos o entramos directamente? –preguntó Dakota con un susurro.

–No tengo ni idea –admitió Nevada antes de decidir llamar una vez y empujar la puerta intentando no recordar que la última vez que había hecho eso mismo había terminado viendo a su madre desnuda y haciendo el amor con Max sobre la mesa de la cocina.

En esa ocasión, sin embargo, las sorpresas que la aguardaban eran buenas. El comedor era espacioso, con una mesa vestida para cuatro comensales en el centro y sofás a lo largo de las paredes. Había una barra de bar, unas puertas dobles de cristal que conducían a un jardín privado e hilo musical.

Dos camareros, ambos guapos veinteañero, les sonrieron.

—Señoritas —dijo el más alto y rubio—. La señora Stoicasescu se reunirá con ustedes en seguida. Ha dicho que les demos la bienvenida.

Acercó una bandeja con cuatro copas de champán.

—¡Es injusto! —exclamó Dakota—. Estoy embarazada y no puedo tomar alcohol. ¿Hay alguna otra opción?

—Por supuesto.

El joven les ofreció el champán a Montana y a Nevada, soltó la bandeja y condujo a Dakota hasta la barra donde le mostró toda una variedad de zumos y refrescos. El otro camarero se acercó con una bandeja de aperitivos.

—Señoritas.

Montana tomó una bolita de melón envuelta en *prosciutto* mientras que Nevada optó por una mini quiche de verduras.

—Delicioso —exclamó después de tragar.

Nevada asintió, aún masticando su quiche. Tal vez Cat era un fastidio de persona, pero sabía muy bien cómo organizar una fiesta.

Quince minutos más tarde, Nevada y Montana iban por su segunda copa de champán y las tres le habían dado un buen viaje a la bandeja de aperitivos. Justo cuando Nevada casi había olvidado por qué estaban allí, las puertas se abrieron y Cat entró en el comedor arrasando.

Se había puesto unos pantalones blancos de lana y un jersey de gasa blanco que se deslizaba sobre un perfecto hombro. Llevaba el pelo suelto y ondulado, el maquillaje recién retocado y unos pendientes de perlas y diamantes lo suficientemente grandes como para igualarse en valor al PIB de un pequeño país del tercer mundo. Parecía la clase de persona que viajaba con su propio foco alumbrándola.

—¡Habéis venido! —dijo tan encantada que Nevada se sintió culpable por haber intentado negarse.

Cat fue hacia ella con las manos extendidas y Nevada

soltó la copa antes de tomar las manos de la otra mujer, si bien algo incómoda.

Cat sonrió.

–¿Te he dicho cuánto te he echado de menos? Porque te he echado mucho de menos. Desesperadamente.

Parecía muy sincera, tanto que Nevada se vio queriendo disculparse por haber estado alejadas tanto tiempo. Cat se acercó y le dio un abrazo un segundo más largo de lo que Nevada se habría esperado y, después, se dirigió a sus hermanas.

–Estoy encantada de que vayáis a acompañarme esta noche. Muchas gracias por venir.

Dakota y Montana se miraron.

–Gracias por invitarnos –dijo Dakota.

Nevada las presentó.

–Trillizas –dijo Cat dando una palmada–. Ha debido de ser muy divertido crecer siéndolo –tomó una copa de champán y dio un sorbo–. ¿Os ha dicho Nevada quién soy? –sonrió–. Al principio algunas personas no saben quién soy y después, cuando lo descubren, se sienten idiotas por no haberme reconocido. Creo que es más fácil decirlo directamente porque así no hay confusiones.

Sus palabras parecían increíblemente egocéntricas, pensó Nevada, aunque mientras Cat las pronunciaba resultaban perfectas.

–¿Tenéis hambre? ¿Podemos charlar un poco antes de cenar? ¿Os importa?

–Eh, no, claro –respondió Montana–. Estaría muy bien. Hemos estado comiendo aperitivos, están muy buenos.

–Me alegro mucho.

Cat fue hacia los sofás que había contra la pared y se detuvo.

–Oh, ojalá dos de los sofás estuvieran uno frente al otro –dijo decepcionada.

Al instante, los camareros se pusieron en acción y movieron un sofá para que quedara frente al otro con solo una fina mesa separándolos.

–Perfecto –les regaló una sonrisa a los jóvenes.

Las cuatro se acomodaron en sus asientos y Cat insistió en que Nevada se sentara a su lado. Dio un sorbo a su copa de champán y observó a las trillizas.

–Veo diferencias. Bajo la luz, hay ligeros cambios de estructura y color –tocó la barbilla de Nevada y le giró la cabeza ligeramente–. Y puede que un poco en el perfil. Nunca he esculpido a personas, pero tenéis algo muy especial.

Bajó la mano.

–Estoy entrando en mi periodo femenino.

Nevada parpadeó asombrada, no muy segura de qué significaban esas palabras.

Dakota fue la primera en recuperarse del impacto y en hablar.

–Qué bien.

Cat sonrió.

–Sí. Hasta ahora había considerado que mi inspiración era o masculina o andrógina, pero la tierra es mujer y todos venimos de ella. Del polvo al polvo, como dice la Biblia. Ahora veo las posibilidades de la energía femenina. Me encantaría esculpiros a las tres juntas.

Cerró los ojos y se balanceó ligeramente.

–Sí, puedo verlo. Una imagen bella y perfecta. Vuestros tres cuerpos tendidos unos sobre los otros.

Montana se atragantó.

–¿Cuerpos?

–Mmm –Cat abrió los ojos–. Desnudos. Así estaría mejor.

Dakota abrió los ojos de par en par.

–No lo creo, pero gracias por preguntar.

–Lo mismo que ha dicho ella –se apresuró a añadir Montana.

Cat se giró hacia Nevada.

–Entonces puede que solo tú.

Nevada logró tragar el sorbo de champán antes de hablar.

–Ese día estaré ocupada.

Cat se limitó a sonreír y con un gesto rechazó la bandeja que le ofrecía el camarero.

–Si no recuerdo mal, las tres crecisteis en este pueblo, ¿verdad?

–Sí –respondió Nevada sorprendida de que recordara algo tan específico.

–Es encantador. Veo lo mucho que os gusta este sitio. A veces creo que sería agradable tener un hogar, que me aportaría sosiego. Todo lo que sea familiar nos sana, ¿no creéis? Tal vez debería hablar con un agente inmobiliario. ¿Conoces a alguno?

Le dirigió la pregunta a Montana, que asintió frenéticamente.

–Eh, ¡claro!

Nevada hizo lo posible por no atragantarse ni salir corriendo.

Cat asintió.

–Viajo constantemente, movida por fuerzas que no puedo controlar, buscando mi próxima inspiración. Una vez sé lo que voy a hacer, trabajo como una loca y resulta agotador.

Nevada había visto a Cat trabajar con horarios agotadores, además de lo que suponía la labor física de colocar láminas de metal. Aunque a veces tenía hombres que la ayudaban con las piezas más pesadas, ella se ocupaba sola de la mayor parte.

–¿Estáis unidas? ¿Tus hermanas y tú?

–Sí, siempre hemos estado muy unidas.

–Cuando nuestros hermanos se fueron a la universidad, seguimos compartiendo habitación –le dijo Montana–. No queríamos separarnos. Y para cuando fuimos a la universidad decidimos no ir a la misma. Estar separadas fue duro, pero nos vino bien.

Cat se inclinó hacia delante, como si le interesara el tema.

–Pase lo que pase, siempre os tendréis las unas a las otras. Y eso es un auténtico regalo. Yo no tengo muchos amigos, no soy una buena amiga y una de las razones es mi agenda y la otra es el modo en que trabajo. Me entrego por completo a lo que estoy haciendo y durante semanas estoy inaccesible. Mi genialidad es muy exigente.

Se giró hacia Nevada con lágrimas en los ojos.

–A veces me siento muy sola.

Nevada le tocó un brazo instintivamente.

–Seguro que sí.

Cat respiró hondo.

–Debería apartarme directamente de la gente. No está bien dejarles creer que soy como ellos. Nunca podré ser como ellos. Pero se sienten atraídos hacia mí –se giró hacia Dakota–. Soy muy importante.

Nevada apartó le brazo y no supo si echarse a reír o salir corriendo por la puerta.

Al cabo de un rato pasaron a la mesa y les sirvieron la cena.

Cat se centró en Dakota y Montana y les hizo una serie de preguntas, como si de verdad estuviera interesada, antes de volver a centrar la conversación en sí misma. Nevada pensó que ese era su truco, lo tenía muy practicado.

–¿Tienes fotos de tu hija? –preguntó Cat.

Dakota sacó su teléfono y pulsó unos botones.

–Es una joya. Tienes mucha suerte. Un bebé en camino y este angelito.

–Me siento muy agradecida.

–Yo tendría unos hijos muy guapos –le devolvió el teléfono y se giró hacia Montana–. No he podido fijarme en tu anillo de diamante.

Montana extendió la mano izquierda y se rio.

–Sé que es un poco grande, pero Simon insistió mucho.

–El hombre perfecto –le dijo Cat.

–Sí que lo es –respondió Nevada–. Es exactamente el hombre que necesitaba Montana y está claro que ella lo salvó a él.

–¿Y tú no tienes a nadie?

–No.

Pensó en el rato que Tucker y ella habían compartido en el tráiler esa tarde, pero se dijo que no debía darle demasiada importancia. Hasta el momento, Cat no lo había mencionado, pero eso no significaba nada. Por lo que sabía, Tucker perfectamente podía estar arriba esperando a Cat en su cama.

La idea y la imagen que la acompañó fueron como una puñalada en el estómago. Respiró hondo y se dijo que tendría que aguantar durante esa noche, que ya se ocuparía más tarde del asunto Cat-Tucker.

–Yo tampoco tengo a nadie –le dijo Cat–. Claro, hay hombres, por todas partes, pero ninguno especial, y estoy empezando a pensar que nunca lo encontraré.

Levantó su copa de vino.

–Cuando Nevada y yo nos conocimos en Los Ángeles, nos divertimos mucho. ¿Recuerdas esa fiesta de Hollywood a la que fuimos?

–Sí –miró a sus hermanas–. Me sentía completamente fuera de lugar. Había mucha gente famosa y yo no hacía más que pensar que de un momento a otro alguien me preguntaría que qué estaba haciendo yo allí.

Cat le sonrió.

–Eras encantadora. Me cuesta confiar en la gente, pero en ti confié desde el primer momento. Fuiste una buena amiga y eso nunca lo he olvidado.

Nevada se sintió extrañamente conmovida por esas palabras, a pesar de no estar segura del todo de poder creérselas. ¿Quién era la verdadera Caterina Stoicasescu? ¿La orgullosa y narcisista artista que hacía todo lo posible por ser el centro de atención o la bella y ligeramente trágica mujer que vivía una vida solitaria?

Capítulo 11

La puerta del bar se abrió y dos parejas entraron. Jo los miró. El local ya estaba abarrotado. ¿Podrían irse a otro lado?

Sacudió la cabeza y supo que estaba metida en un buen problema si estaba quejándose de tener demasiados clientes. En serio, tenía un problema e iba a tener que solucionarlo. Aún no lo había solventado, pero, como siempre, el origen podía estar en un hombre.

Todo el mundo culpaba a Eva por eso de que nos hubieran expulsado del Edén, pero ella prefería pensar que Adán tenía algo de culpa. Ese hombre podía haber dicho que no, pero nadie lo mencionaba nunca. Si sus amigos le hubieran dicho que saltara por un precipicio, ¿lo habría hecho también? Aunque ya que, técnicamente, Adán y Eva fueron los primeros humanos según la Biblia, Adán no habría tenido amigos.

Una distracción mental de lo más encantadora, pensó mientras echaba hielo en el contenedor de acero inoxidable, le colocaba la tapa y sacudía el martini, pero con ello no llegaba al corazón del asunto: Will.

Uno de los muchos problemas con él era que no podía decidirse. Sabía lo que debía hacer, eso era sencillo: evitarlo y decir que no podía. Era una filosofía que le había funcionado durante años, aunque cuando estaba junto a Will, se veía preguntándose cómo sería rendirse y entregarse. Solo una vez. Pero, claro, no sería solo una vez y después llegarían toda clase de problemas.

Lo cierto era que los hombres eran malos para ella… o ella era mala para los hombres. O las dos cosas. Lo más inteligente era estar sola, así estaría más segura. Le encantaba su vida allí, ¿de verdad quería arriesgarse a estropearlo todo?

Mezcló bebidas, tomó pedidos y dirigió a los empleados de fin de semana. Alrededor de las once, la puerta volvió a abrirse. Más que oírla, la sintió y entonces, sin ni siquiera girarse, lo supo.

Will.

Se dijo que probablemente había ido a decirle que ya se había cansado de juegos, que le había dado su oportunidad, pero que él se rendía. Y aunque eso la entristecería, sería lo mejor. Respiró hondo y se giró.

Will estaba de pie en la esquina más alejada del bar y se miraron. Estaba guapo y tuvo que obligar a su corazón a que dejara de golpetear contra su pecho. Estaba muy, muy, guapo.

Sin dejar de mirarla, él cruzó la línea que ningún cliente cruzaba y se metió detrás de la barra. Fue hacia ella mirándola fijamente.

—Esto es una tontería —le dijo antes de agarrarla por los brazos y llevarla hacia sí para besarla.

Ella sintió el contacto recorriéndola hasta la punta de los pies; unas terminaciones nerviosas que llevaban mucho tiempo dormidas alzaron la cabeza y se echaron a reír. Sus pulmones dejaron de funcionar, como también lo hizo su cerebro, y entonces allí ya solo quedó la cálida y sexy sensación de la boca de Will sobre la suya.

En lo más profundo de su mente fue consciente de que el bar se había quedado completamente en silencio, y era normal: en todos los años que llevaba en Fool's Gold nadie la había visto con un hombre… y con motivo, porque no había tenido ninguna cita y, mucho menos, había besado a nadie.

Él se echó hacia atrás.

—Adelante. Grítame.

Un segundo después, las conversaciones se retomaron a su alrededor, aunque ella pensó que todo fue forzado, porque la gente intentaba escuchar sin escuchar.

—Yo no grito —le dijo antes de ir hacia el almacén.

Él la siguió.

Cuando estuvieron dentro, Jo encendió la luz y cerró la puerta para que tuvieran un poco de intimidad. Will se movió hacia ella, pero Jo alzó la mano para detenerlo.

—Espera.

—No —respondió con firmeza y determinación—. No pienso ir a ninguna parte, Jo. No soy esa clase de hombre. Me gustas. Solo te pido una oportunidad para que yo también pueda llegar a gustarte a ti.

Parecía que hablaba en serio, lo cual era terriblemente injusto. ¿Cómo iba a poder resistirse a unas palabras así? ¿Unas palabras que parecían sinceras y que resultaban increíbles?

—Sí que irás a alguna parte —le recordó—. Cuando el resort esté terminado, te marcharás.

Will maldijo para sí.

—Sí, pero para eso faltan años y para entonces ya te habrás cansado de mí. Si no, pensaremos en algo. Puedo aprender a repartir cartas y trabajar en el casino.

La facilidad con la que hablaba sobre el futuro la dejó pasmada. ¿Cómo podía decir esas cosas, insinuar que lo suyo sería más que solo una noche de sexo?

La miró a los ojos.

—No soy esa clase de hombre.

Jo se preguntó qué habría oído para no dejar de repetir

eso, cuál de los varios rumores que giraban en torno a ella le habían contado. Había muchos y cada uno tenía su o sus favoritos.

Él creía que lo que a ella le preocupaba era que se marchara, que tenía miedo de enamorarse y quedarse abandonada. ¡Si supiera la verdad! Que se marchara no sería el problema, él no era el problema. El problema era algo mucho más profundo que eso.

—Nadie me ha pegado —le dijo directamente—. Por si es lo que estabas pensando.

—Me alegra saberlo. Ahora no tendré que darle una paliza a ese tío.

Jo estaba segura de que la amenaza iba en serio, que era la clase de hombre que protegía lo que era suyo. Un buen hombre. Alguien que ella no se merecía en absoluto.

—No quiero un para siempre. Solo me interesa el presente más inmediato.

—Puedo dártelo.

Tal vez, pero él no estaba buscando una aventura, pensó Jo con una certeza que no podía explicar. Él quería más que una noche y ella no estaba segura de poder prometérselo, pero tampoco estaba segura de poder resistirse a lo que Will le ofreciera.

Se planteó lo que sería estar con él, que la abrazara, y sintió un deseo, en parte sexual, pero sobre todo un deseo de conectar con alguien de un modo que no se había permitido en años.

—Tengo un gato —le dijo.

—Nadie es perfecto.

Ella sonrió.

—Es un gato muy bonito. Te va a gustar —sacó las llaves, se las dio y le dio su dirección—. Terminaré aquí en aproximadamente una hora.

Will tomó las llaves, se acercó y la besó suavemente.

—Puedes confiar en mí —le susurró antes de marcharse.

Confiar en él no era el problema, pensó al verlo marchar. La verdadera pregunta era si él podía confiar o no en ella.

Nevada quiso pasar el fin de semana evitando a Tucker. No estaba segura de poder explicarle la lógica, pero para ella tenía sentido, y eso era lo que importaba. Aunque tampoco es que fuera para tanto porque no lo había visto, y eso resultaba muy irritante. ¿No debería haber ido a buscarla? Después de todo, habían hecho el amor en el tráiler y lo normal era tener una conversación después de lo sucedido. Además, ¿no debería querer saber cómo le habían ido las cosas con Cat?

¿O es que estaba con ella en su cama, reiniciando su relación obsesiva con la otra mujer?

Aunque no quería imaginárselos juntos, no podía evitarlo, así que intentó invertir toda esa energía en algo productivo como limpiar la casa y dar largos paseos hasta el centro. El domingo por la tarde estaba que se subía por las paredes.

A punto estaba de salir a correr durante un buen rato, una medida verdaderamente desesperada teniendo en cuenta que rara vez hacía ejercicio y que nunca salía a correr, cuando alguien llamó a su puerta.

Tucker, pensó aliviada. Poder gritarle la haría sentirse mucho mejor. Después, él podría decirle que lo sentía mucho y juntos pensarían en lo que iban a hacer con Cat.

Fue hacia la puerta, la abrió y... hablando del rey de Roma...

—¿Interrumpo? —preguntó Cat entrando—. Esos chicos de abajo son una delicia. Los he conocido a los dos.

—¿A Cody y Ryan?

—Sí —respondió entrando en el salón—. Oh, esta casa es maravillosa. Quiero vivir aquí.

Esas palabras hicieron que Nevada se quedara helada por dentro, pero decidió sacárselas de la cabeza y ocuparse del problema más importante.

–Cody y Ryan están en la universidad.

–Lo sé.

–La empezaron muy jóvenes porque son muy inteligentes, así que aunque estén haciendo un postgrado, no creo que tengan más de veinte años.

Cat tocó un pequeño cuenco de cristal que había en una repisa y deslizó las manos sobre varios libros.

–Eres muy dulce al preocuparte, pero son adultos. Déjalos.

Nevada se sentía en parte responsable de ellos y no quería que Cat jugueteara con sus vidas, aunque tampoco estaba segura de qué podría hacer para evitar que algo así sucediera, porque ninguno de los chicos la escucharía. Cat era irresistible.

Incluso en vaqueros, botas cortas y un jersey morado oscuro, irradiaba una energía difícil de describir e imposible de ignorar. Había algo en la forma que tenía de moverse, como si fuera tan nueva en el mundo que cada parte de él supusiera un emocionante descubrimiento.

Cat soltó el libro que había tenido en la mano.

–¿Qué ibas a hacer ahora? Porque, sea lo que sea, puedes hacerlo más tarde. Vamos. Quiero ver tu pueblo –extendió la mano, como esperando que Nevada la tomase.

–Eh, claro. Puedo enseñártelo –agarró sus llaves y el teléfono y se guardó unos dólares en el bolsillo.

Salieron a la calle.

–¿Qué te gustaría ver primero?

–Lo que más te importe a ti. ¿Qué lugares son especiales?

«Seguro que este no es uno de tus paseos típicos», pensó Nevada mientras se dirigían al parque.

El día era soleado pero fresco. Los niños jugaban junto

al lago y daban de comer a los patos. Los padres los miraban desde los bancos. Al sur, varios niños jugaban al fútbol. Al norte, junto a los árboles, algunas parejas se acurrucaban sobre unas mantas.

–Las primeras residentes conocidas de la zona fueron las mujeres de la tribu Máa-zib –dijo Nevada.

Cat asintió.

–He oído hablar de ellas. Eran un grupo de mujeres muy poderosas y artísticas, famosas por su intrincada manera de trabajar el oro.

–No lo sabía.

–He visto varias piezas en algunos museos –agarró a Nevada del brazo–. El Museo del Oro de Bogotá tiene una gran exposición. Me pasé horas allí. Deberías venir conmigo a verlo.

–Ahora estoy ocupada con el trabajo, pero gracias por decírmelo.

Cat sonrió.

–Tú siempre tan tímida. Eso también lo recuerdo. Por lo que sé, la vida ha sido amable contigo, así que, ¿por qué te resistes a vivir nuevas experiencias?

Nevada se apartó y dio un paso atrás.

–Eso no es verdad. Me gustan las cosas nuevas.

Cat enarcó sus perfectas cejas.

–¿Ah, sí? Dame un ejemplo.

–Tengo un trabajo nuevo.

–En el pueblo donde has vivido siempre, trabajando para alguien que hace años que conoces. Eres como un pajarillo temeroso de abandonar el nido.

–No me conoces lo suficiente como para formar esa clase de juicio.

–¿Me equivoco?

Nevada alzó la barbilla.

–Sí. Te equivocas.

Le habló con tono desafiante, pero con la preocupante

sospecha de que Cat pudiera tener razón en lo que decía. Nunca había sido especialmente aventurera, y no es que todo el mundo tuviera que serlo, pero tal vez eso debería cambiarlo.

–Me gusta mi vida –añadió–. Me gusta tener a mi familia cerca y tener los amigos de siempre. Tú siempre estás moviéndote, ¿buscas algo o huyes de algo? ¿Qué tienes miedo a encontrar si te estableces en un sitio?

Cat echó la cabeza atrás y se rio antes de volver a agarrarla del brazo.

–Esto es lo que me he perdido por estar lejos de ti. Tú me plantas cara y eso nadie lo hace.

–¿Porque eres muy importante? –preguntó Nevada con sarcasmo.

–Por eso y por miedo.

–Al menos eres sincera.

–Puedo serlo cuando me conviene. ¿Qué me dices de ti? ¿Eres sincera?

–Casi todo el tiempo.

–¿Estás con Tucker?

¡Con todas las preguntas que podía haberle hecho y tenía que ser esa!, pensó haciendo lo posible por que no se le notara. Si lo admitía, no solo estaría exagerando lo que estaba pasando en realidad, sino que además podría estar desafiando a Cat y no creía que esa fuera una competición que pudiera ganar. Si lo negaba, Cat podría decidirse a ir detrás de Tucker otra vez. De modo que, de una forma o de otra, ella salía perdiendo.

Por otro lado, si Cat podía convencerlo tan fácilmente para que volviera con ella a una relación desastrosa, entonces Tucker no era un hombre con el que quisiera estar.

Cat se detuvo y la miró.

–No pretendía que fuera una pregunta tan complicada.

–Lo sé. Es complicada.

–Las mejores cosas de la vida son simples –dijo mirándola a los ojos–. Como tu amor por este pueblo y el estilo de vida que te aporta. Tienes razón, estoy corriendo todo el tiempo. Corriendo para encontrar inspiración. Corriendo porque si me detengo, no sé lo que encontraré. Corriendo porque ir de un lado a otro evita que tenga que parar a admitir que estoy sola.

Por primera vez desde que conocía a Cat, Nevada supo que la otra mujer estaba hablando desde el corazón.

–Lo siento –susurró.

Cat le apretó el brazo.

–Soy una artista mundialmente conocida y extremadamente rica. Estaré bien.

Nevada sonrió porque eso era lo que se esperaba de ella, pero por dentro se preguntó si Cat había estado bien alguna vez o si toda esa valentía no era más que fachada.

–Ahora, enséñame el resto. Debe de haber una plaza e insisto en verla. Después iremos al Starbucks y pediremos una bebida que venga con nata montada.

Nevada asintió.

–Me parece perfecto.

Tucker llevaba soportando el incesante silbido toda la mañana, pero cuando Will volvió después del almuerzo y seguía haciendo ruido, ya no pudo más y se dirigió a él.

–¡Ya basta! Estás feliz. Lo hemos captado.

Will sonrió.

–Alguien no se está comiendo un rosco. Qué pena. La vida es mucho mejor cuando estás cerca de una mujer.

–¿Jo?

Will se encogió de hombros.

–No soy de los que besan y lo cuentan.

–Claro que sí. Tiene que ser Jo. Las cosas deben de marchar bien –no envidiaba la felicidad de su amigo; si Jo era su tipo, se alegraba de que le estuvieran yendo bien las cosas–. Pero dame un descanso con los silbidos.

–Haré lo que pueda –Will se apoyó en su silla y puso los pies sobre la mesa–. Está empezando a gustarme este pueblo. Es un buen lugar para echar raíces.

–¿Y qué sabes tú de eso?

–Más que tú. Crecí en un mismo lugar, al menos durante los primeros quince años de mi vida, y tenía sus cosas buenas. Amigos, por ejemplo.

Tucker conocía lo suficiente el pasado de Will como para saber que lo malo prácticamente había superado lo positivo en su vida.

–¿Seguro que quieres hablar así después de un fin de semana con Jo?

–No voy a tomar ninguna decisión ahora mismo. Solo estoy considerando las posibilidades que tengo.

–¿Y qué posibilidades tienes de hacer tu trabajo?

Will se rio y se puso derecho. Bajó las botas de la mesa de un golpe.

–Sé amable conmigo y las posibilidades serán bastante aceptables.

Tucker repasó la agenda de la semana y, por el momento, todo marchaba dentro de los tiempos estipulados. Sin embargo, en un proyecto de semejante tamaño, tendría que haber retrasos que iban incluidos en los costes y proyecciones del proyecto. Su objetivo era asegurarse de que no hiciera falta recurrir a eso.

Oyó a un par de hombres discutir fuera y, antes de haber llegado a la puerta, el sonido de una voz femenina se coló entre las voces. Para cuando salió, parecían avergonzados.

–Eso me parecía –les dijo Nevada–. Esto no va a volver a pasar, ¿verdad?

Los hombres negaron con la cabeza y se alejaron.

–¿Quieres decirme qué ha pasado?

Nevada lo miró.

–No. Todo está resuelto. Para eso me pagas tan bien.

Hacía unos días que no la veía, no desde que Cat había llegado. O, mejor dicho, no desde su salvaje y satisfactorio encuentro en el tráiler.

No había querido hablarle de ello, pero ¿no era eso lo que hacían las mujeres? ¿Hablar sobre ello y de manera incesante?

–¿Todo lo demás va bien? –preguntó consciente de que había algunos hombres escuchando.

–Por supuesto.

–Este fin de semana no he estado aquí, he estado con Josh. Hemos salido a hacer una ruta en bici –sus piernas aún protestaban por la inusual actividad–. Probablemente debería haberte dicho algo –se aclaró la voz–, por si necesitabas hablar conmigo sobre el trabajo.

–Gracias por la noticia de última hora. Yo me he quedado en el pueblo. Con Cat.

–¿A propósito?

–Ha estado bien. Está diferente.

–Ya te digo.

Quería decirle que había olvidado a Cat, que no le importaba, pero aún no se había quedado a solas con ella, así que no podía estar completamente seguro. Incluso aunque estuviera seguro, no se le ocurría cómo tratar el tema en una situación tan pública, y preguntar a Nevada en el tráiler tampoco serviría de nada porque Will estaba allí.

–Voy a volver al trabajo.

Él asintió y volvió adentro.

–¿De qué iba todo eso? –le preguntó Will.

–Algún problema con un par de chicos. Nevada se ha ocupado de todo.

–Se le da bien tratar con hombres. La respetan.

–Por eso la he contratado.

Will soltó una especie de gruñido y Tucker entrecerró los ojos.

—¿Estás diciendo que hay otra razón?

—Claro, pero ya que estoy de tan buen humor, vamos a fingir que no la hay.

Denise sabía que iba a vomitar. Le daba vueltas el estómago como si estuviera poseído por una especie de alien gastrointestinal. Tenía las manos empapadas en sudor y la piel húmeda. Bajo cualquier otra circunstancia, se habría dicho que tenía la gripe y se habría ido corriendo a casa. Sin embargo, ya llevaba demasiado tiempo escondiéndose y los síntomas no tenían nada que ver con estar enferma y sí mucho con un hombre.

Eso explicaba por qué estaba frente a la casa de Max. Le había dejado dos mensajes, que no había devuelto. Su reacción a su proposición la hacía sentirse avergonzada de sí misma. Se sentía culpable y pequeña, lo cual no era una combinación agradable, así que era hora de hacer algo al respecto.

Respirando hondo, llamó a la puerta. Le estaría bien merecido que Max se negara a hablar con ella, pero cuando él abrió la puerta unos segundos más tarde, le sonrió.

—Gracias por venir —le dijo.

—¿No vas a gritarme por una reacción tan inmadura? —preguntó pasando delante de él y entrando en un salón iluminado.

Había varios sofás, buenas mesas de madera y bonitas piezas de arte. Suponía que había contratado a un diseñador de interiores, lo cual le hizo preguntarse al instante si el decorador había sido una mujer y si se habrían acostado.

—Ya lo has hecho tú por mí.

—¿Qué?

—Lo de gritarte.

—Sí que lo he hecho y lo siento. Debería haber venido a verte antes.

—¿Por qué? No estabas lista.

Fueron unas amables palabras que le hicieron querer gritar.

–No seas tan amable. No me lo merezco –alzó la mano–. Por favor. Deja que diga lo que tengo que decir.

–De acuerdo. ¿Quieres sentarte?

–No. Es un discurso para dar de pie.

Él asintió.

–Pues adelante.

A Denise se le quedó la mente en blanco. Abrió la boca y la cerró. Nada. Pero entonces las palabras comenzaron a salir de su boca atropelladamente.

–Me alegra que hayas vuelto. Jamás pensé que volvería a verte y aquí estás. Ha sido maravilloso redescubrir lo que teníamos, pero ahora es distinto. Mejor, creo. Soy mayor, pero a ti eso no parece importarte.

–¿Espero a que hayas terminado o voy comentando algo según hablas?

–Espera a que termine –lo miró a sus ojos azules y supo que tenía que decirle la verdad.

–Amé a Ralph mucho más de lo que pensé que podría hacerlo. Era un buen hombre, un marido y padre maravilloso. Sé que la gente dice eso todo el tiempo, pero es verdad. Quería a sus hijos y me quería a mí. A veces me preguntaba si estaba segura, si me arrepentía, y yo eso lo odiaba. Odiaba saber que él tenía dudas porque fue el único hombre en mi vida. Le dije que no me arrepentía y espero que me creyera.

Entrelazó los dedos.

–Recuerdo cuando tuve a las niñas. Era la mañana de Navidad y el parto fue difícil. Perdí mucha sangre. Durante un tiempo no estaban seguros de que pudiera salir adelante. No recuerdo mucho, excepto a Ralph agarrándome la mano, suplicándome que no muriera. Podía sentir sus lágrimas en mi piel y supe que tenía que quedarme con él porque éramos una familia.

Apretó los labios.

—No se nos ha permitido envejecer juntos y eso es lo único que lamento. Han pasado diez años y sigo echándole de menos. Ojalá estuviera aquí.

—No intento entrometerme entre Ralph y tú.

—Lo sé, pero cuando entraste en mi casa me sentí muy feliz —los ojos se le llenaron de lágrimas—. Más feliz de lo que debería haberme sentido.

—Tú misma lo has dicho. Ralph murió hace diez años. ¿No crees que está bien que seas feliz? ¿Tienes que pasar el resto de tu vida sufriendo?

—Lo sé. He estado en terapia para ayudarme a superar estas fases de dolor. He sido muy fuerte ante mis hijos e incluso me había convencido a mí misma de que ya era hora de encontrar a alguien. Mi amor hacia mi marido vivirá, independientemente de lo que haga. Eso no lo puede cambiar nada. Pero no volveré a casarme. Quiero que Ralph sea el único hombre con el que me he casado. Se lo merece.

Max se acercó, pero no la tocó.

—Denise, te propuse matrimonio porque creía que estarías más cómoda si nos casábamos. Eres la clase de mujer que se casa, pero no necesito eso para amarte. Te he querido durante cuarenta años y eso no va a desaparecer. Quiero estar contigo y podemos estar juntos del modo que tú quieras.

—¿No te enfada que no vaya a casarme contigo?

—No —le acarició la cara—. Ámame. Quédate a mi lado.

—¿Con eso basta?

—Es suficiente.

Se lanzó hacia él, que la agarró y la abrazó con fuerza. Al instante, estaban besándose y dando vueltas. O tal vez era solo la habitación lo que daba vueltas. Fuera como fuese, todo era perfecto.

Cuando finalmente él se apartó, le secó las lágrimas de las mejillas.

—Prométeme algo.

Ella asintió.

—La próxima vez, habla conmigo. No corras.

Ella le agarró la mano y le besó la palma.

—Te lo prometo. Para siempre, Max.

—Para siempre, Denise.

Capítulo 12

El viernes, Nevada salió de la panadería con una caja rosa atada fuertemente con una cuerda. Sí, había seis bizcochos moldeados en forma de taza, tres de chocolate y tres de vainilla y coco, dentro y estaba segurísima de que se los iba a comer todos ella sola. Pero había sido una semana muy estresante y se merecía una inyección de azúcar que la hiciera sentirse mejor. Lo más raro era que no solía comer mucho azúcar, y que tampoco podía culpar a un suceso particular de la semana y quejarse. El trabajo siempre era genial, en un par de semanas llevarían a cabo la voladura y estaba emocionada por ello. Por lo que sabía, Cat y Tucker no estaban pasando mucho tiempo juntos, aunque no dejaba de recordarse que tampoco era asunto suyo si lo estaban. Así que la necesidad de *cupcakes* era inexplicable, pero muy poderosa.

Dobló la esquina y casi se chocó con un hombre que llevaba una pizza. Su cuerpo se dio cuenta de quién era antes de que su cerebro lo reconociera.

–Tucker.

Él le sonrió.

–Te he llamado hace una media hora, pero no has respondido.

Ella alzó la caja rosa.

–He tenido un recado urgente que hacer y se me ha olvidado el teléfono en casa.

–He pensado que tal vez tenías una cita.

–¿Cuentan como cita los tres *cupcakes* de chocolate y los tres de vainilla y coco?

–Depende de lo que hagas con ellos.

Parecían estar mirándose el uno al otro, pensó mientras se veía clavada al suelo mediante unas fuerzas a las que no podía poner nombre.

–Esta semana no te he visto mucho –murmuró–. Estamos en la obra al mismo tiempo, pero en distintos lugares.

Estaba con su cuadrilla y él estaba en el tráiler haciendo lo que fuera que los propietarios potenciales de compañías multimillonarias hacían.

–Has estado ocupada con Cat –le recordó.

–Me está robando mucho de mi tiempo libre. ¿Has estado con ella?

–No desde el día que llegó –parecía complacido mientras hablaba, como si fuera una buena noticia.

–Sigue estando realmente guapa.

Él se encogió de hombros.

–No me interesa. Lo que pasó con ella fue hace mucho tiempo.

–Oh.

De pronto ya no sentía los hombros tan tirantes y la noche parecía un poco más luminosa.

Levantó la caja de pizza.

–Te enseño la mía y tú me enseñas la tuya.

Ella se rio.

–Suena bien. Vamos a mi casa. Tengo vino esperando.

–Vino y *cupcakes*. ¡Menuda fiesta! Eres mi chica.

Veinte minutos después estaban sentados en su mesa de la cocina, con la pizza en platos y vino en copas.

–¿Cómo está tu madre? –preguntó entre mordisco y mordisco.

–Bien. Max y ella han solucionado las cosas. Al parecer, le propuso matrimonio porque creía que eso era lo que ella quería. Lo han hablado y ahora mismo tienen una relación de compromiso que no terminará en matrimonio –Nevada sacudió la cabeza–. Aunque estoy contenta de que esté feliz, nunca pensé que pudiera llegar a tener una conversación de este tipo con mi madre.

–Formas parte de una clásica familia americana.

Ella se rio.

–No estoy muy segura de eso –dio un mordisco de pizza y después de tragar, preguntó–: ¿De verdad no has visto a Cat?

–No. No he tenido ningún motivo para hacerlo. No sé por qué está en el pueblo, pero no es por mí.

Parecía animado mientras hablaba y, por lo que Nevada podía ver, no había ni una pizca de deseo en sus palabras ni anhelo por lo que habían tenido.

Tucker sirvió más vino.

–Esto es muy agradable. Me gusta tu casa. ¿La has remodelado?

Ella asintió.

–Lo he hecho casi todo yo. La casa fue construida en los años veinte. El tradicional estilo victoriano no le gustó a los vecinos, pero el propietario original era un hombre poderoso y nadie le dijo que no.

–Ese hombre es de los míos. Me gusta ser un hombre al que nadie le diga que no.

–En este caso, a la gente terminó por gustarle la casa y a mí me ha encantado desde que era pequeña. Con el paso de los años se vendió y se convirtió en un edificio de apartamentos de baja renta. Nadie se ocupó de ella. Para cuando la compré, la casa estaba destrozada. Me llevó casi tres años hacer todo el trabajo, pero merecía la pena.

Había exprimido cada centavo de la segunda hipoteca que había usado para pagar los materiales. Una vez terminó la remodelación, había sido capaz de alquilar los dos apartamentos del piso bajo. Había terminado de pagar la segunda hipoteca el verano anterior y ahora estaba pagando la primera.

—Por tu casa —dijo alzando la copa.

Brindaron.

—Gracias.

—¿Quieres enseñarme el resto?

Solo faltaba el tercer piso, que era su dormitorio, el baño grande y un estudio. Estaba a punto de decirlo cuando se dio cuenta de que Tucker estaba mirándola con un interés que decía que no le importaría que se le enfriara la pizza. Ella pasó de estar hambrienta de comida a hambrienta de algo más en un santiamén.

Tucker se levantó, rodeó la mesa y extendió una mano. Cuando ella posó los dedos sobre su palma, él la levantó y la acercó a sí.

Nevada no se resistió, quería sentir sus brazos rodeándola. Tucker reclamó su boca con un beso que la dejó sin aliento; posó los labios sobre sus mejillas, su nariz, su mandíbula. Fue trazando un camino hasta llegar a su cuello y después la besó justo debajo de la oreja y continuó hasta llegar a su clavícula y al escote de la camisa de manga larga que llevaba.

El deseo la recorría e iba en aumento. Recordó cómo había sido cuando él la había tocado con sus habilidosos y pacientes dedos; recordó cómo era tenerlo entre sus piernas, llenándola una y otra vez.

Puso la mano derecha sobre la suya izquierda y lo llevó hacia las escaleras.

—Querías ver las escaleras —le susurró.

—Sí. ¿Debería detenerme a admirar la labor de los obreros?

Ella se rio.

—Mejor después.

Lo llevó hasta su dormitorio. Ya había anochecido y encendió la luz de la lámpara de la esquina.

La habitación era una femenina combinación de telas suaves, decenas de cojines y refinado mobiliario. Su enorme cama tenía un cabecero tallado y las paredes estaban pintadas en malva pastel. Tucker se detuvo un instante y miró a su alrededor.

–Me gusta. Te pega.

Nunca le habían dicho eso, ni siquiera a sus hermanas les había sorprendido sus elecciones a la hora de decorar la habitación que, para ella, reflejaba una parte de su personalidad que mantenía oculta, a veces incluso para sí misma.

Tucker se quitó las botas y fue hacia ella.

–Dime que tienes una gran bañera de cuatro patas en el baño.

Ella sonrió.

–Pues sí, la tengo.

–Eres mi chica.

Entraron al baño y mientras él se aseguraba de que la temperatura del agua fuera la deseada, ella encendía unas velas. Tucker se acercó a ella mientras se llenaba la bañera y la besó a la vez que recorría su cuerpo con sus manos.

Ahí donde la tocaba, ya fuera la cadera o un brazo, le despertaba cada vez más deseo y cuando finalmente sus manos se posaron sobre sus pechos, ella tuvo que obligarse a no suplicarle. Le acarició los pezones y una intensa sensación se instaló en el vientre de Nevada para comenzar a bajar hacia otras zonas…

–El agua –murmuró Tucker.

Ella, que estaba acariciándole la boca con la lengua, lo dejó a regañadientes sabiendo lo que supondría que se saliera el agua de la bañera.

Tucker cerró los grifos y se desabrochó la camisa. Cuando la tiró al suelo, se dedicó a la camisa de Nevada. Después, le desabrochó los vaqueros y se los quitó junto con los calcetines para a continuación, y rápidamente, deshacerse de su ropa interior. Se detuvo para besar sus pechos antes de desnudarse él.

Nevada fue la primera en entrar en la calidez del agua de la bañera y Tucker se situó detrás.

—Espera un minuto —protestó Nevada—. Esto no va a funcionar.

—Funcionará a la perfección —le susurró él contra su piel—. Confía en mí.

Le besó la nuca al mismo tiempo que le cubría los pechos con las manos ahí en el agua, donde su cuerpo parecía más sensible a sus caricias.

Ella cerró los ojos y se dejó relajar contra él, complacida por sentir su larga erección contra su espalda. Sabía que Tucker era lo suficientemente fuerte e inteligente como para hacerlos disfrutar mucho y esas eran unas cualidades que le encantaban en un hombre.

Él seguía acariciándole los pechos y prestándole especial atención a sus pezones a la vez que un intenso fuego se movía por todos los rincones de Nevada, encendiéndola, haciéndola retorcerse ligeramente. Como si pudiera leerle la mente, Tucker bajó una mano y la deslizó por su vientre hasta colarse entre sus muslos.

Ella ya estaba excitada y a mitad de camino del éxtasis. Tucker redescubrió su punto más íntimo y sensible y lo acarició con sus dedos. Nevada separó las piernas y se dejó llevar por la experiencia y, a medida que la acariciaba rítmicamente, su respiración se aceleraba, el placer aumentaba y sus músculos se tensaban.

—Quiero ver cómo llegas —le susurró él al oído haciéndole abrir los ojos de repente.

A través de las burbujas del agua, Nevada podía ver la mano de Tucker dándole placer a la vez que ella sentía lo que le estaba haciendo. Su piel era más oscura que la de ella, bronceada por su trabajo al aire libre, y sus manos eran grandes y muy masculinas... ¡Lo que podía hacerle con esas manos!

Mientras lo observaba, sus músculos se tensaron y supo que estaba acercándose. Él se movía más deprisa e, involuntariamente, Nevada cerró los ojos y se entregó al momento de placer.

«Más cerca», pensó ella centrada al completo en los movimientos entre sus piernas, en la presión que iba en aumento, en el golpeteo de su corazón. Más cerca.

Separó las piernas un poco más y se recostó contra él al mismo tiempo que movía las caderas hacia su mano. Y entonces llegó, esa oleada de placer reclamándola y haciéndola gemir entrecortadamente.

—Así —exclamó él—. Así.

Ella se estremeció una vez más justo antes de que su momento de éxtasis se desvaneciera, pero no se relajó y disfrutó del momento, sino que se incorporó y se giró hacia él.

Estaba sonriendo.

—Crees que te has redimido —dijo aún sonrojada por el orgasmo.

—Sé que sí.

—Eso ya lo veremos.

Se arrodilló sobre él y se sentó sobre su erección. El ángulo era diferente al de la última vez que lo habían hecho, pero Tucker podía llenarla igualmente y hacerla gemir del mismo modo.

Nevada vio cómo sus ojos se dilataron y sintió cómo se le entrecortaba la respiración. En ese momento, él la acercó más hacia sí y la besó haciendo que su lengua reprodujera los movimientos de sus cuerpos.

Ella apoyó las manos en la parte trasera de la bañera y se agarró para poder seguir moviéndose de arriba abajo. El deseo volvió a poseerla, en esa ocasión con más fuerza que antes. Se perdió en las profundidades de su beso y en la satisfactoria sensación de sentirlo dentro de su cuerpo, llenándola. Cuando él posó las manos sobre sus pechos y la acarició, Nevada no supo cuánto más podría aguantar.

Quería más, pensó desesperadamente y mordiéndose los labios antes de hundir la lengua en su boca. Lo quería todo. Se movió más deprisa y de un modo más intenso haciendo que el agua se desbordara.

Más, pensaba entre jadeos. Arriba y abajo, cada movimiento de cadera hacía que encontrara ese punto, que lo acariciara, que la llevara hacia el placer.

Tucker bajó las manos hasta sus caderas.

—Estás matándome —le dijo con la voz estrangulada.

Se miraron. Él estaba cerca, Nevada podía sentirlo y verlo. Pero estaba haciendo lo posible por aguantar.

—Solo un segundo más —le suplicó ella sin dejar de moverse arriba y abajo, más y más deprisa hasta que...

La sensación de placer la arrasó como un tornado, como si la hubieran lanzado por los aires y estuviera dando vueltas por el universo. Antes de ser consciente de que Tucker había llegado al éxtasis, ya estaba mirándolo otra vez, exponiéndose ante él y mirando a su alma.

Más tarde, después de haber usado las toallas para limpiar el agua que habían tirado por fuera de la bañera y de meterse en el dormitorio con el vino y los *cupcakes*, se sentaron sobre la cama.

Nevada estaba haciendo todo lo posible por actuar con normalidad, como si se convirtiera en alguna especie de animal sexual todo el tiempo y lo que habían hecho no fuera para tanto, pero a decir verdad se sentía algo avergonzada por su desenfrenado comportamiento. Como si debiera disculparse o explicarse. En su cabeza sabía que nada de eso hacía falta, pero no sabía qué podía decir.

Tucker le dio un bizcocho de chocolate y se lo quitó en el último segundo.

–Arriesgas tu vida jugando con un bizcocho.

En lugar de sonreír, se puso serio y sus oscuros ojos se clavaron en ella.

–Eres sorprendente.

Antes de que ella pudiera reaccionar a esas palabras, la besó. Un suave beso que parecía decir algo más. Algo que no podía descifrar.

Él le dio el bizcocho y sirvió más vino en las copas.

–Me quedo a pasar la noche.

Ella enarcó las cejas.

–¿Lo preguntas o lo dices?

–Lo digo.

Y Nevada no se quejaría de ello porque estaba resultando ser una situación muy agradable.

Él agarró el mando y encendió la televisión.

–Ya que soy un gran tipo, te dejaré elegir.

Pensó en torturarlo con la Teletienda, pero decidió que el estado de su aún estremecido cuerpo merecía una recompensa.

–El partido aún no habrá terminado.

Tucker se giró y sonrió.

–La mujer perfecta.

–Y qué lo digas.

–No sabía que hubiera tantas revistas de novias –murmuró Nevada señalando la pila que había sobre la mesita de café.

–Esta sí que es una industria fascinante –dijo Montana–. He decidido que planear una boda en cuatro meses va a ser mucho más sencillo que tomarse el año que recomiendan los expertos. Hay mucho menos tiempo para agonizar por cada decisión que hay que tomar.

Estaban en el salón de la casa familiar con Dakota tirada en el sofá, Nevada y Montana en el suelo y su madre en el sillón de orejas.

–Aún hay decisiones que tomar –anunció Denise–. Las dos tenéis que elegir los vestidos y ahora que ya tenéis el lugar del banquete reservado, es la siguiente prioridad.

Dakota se tocó su relativamente diminuta barriga.

–No sé cómo de grande me voy a poner. A lo mejor debería esperar hasta que haya nacido el bebé. ¿Estar embarazada en mi propia boda no es un poco vulgar?

–No –le respondió Montana–. Vas a ser una novia preciosa.

Denise soltó su libreta.

–Si quieres esperar, puedes. Podemos aprovechar la reserva para la boda de Montana y planear algo más para vosotras en la primavera –miró a Nevada y enarcó las cejas–. Podría ser otra boda doble.

Nevada alzó las manos.

–Ni se te ocurra pensar en ello. La relación más estrecha que tengo en este momento es con Cat.

Aunque esa afirmación no era del todo cierta, de ningún modo hablaría sobre su confusa y aparentemente en marcha aventura con Tucker.

Lo habían pasado genial la noche anterior, y no solo por el sexo, porque la conversación había sido igual de divertida. Él la hacía reír, y eso le gustaba, y cuando estaba cerca de él, podía ser ella misma. Algunos hombres se sentían intimidados por su profesión, sobre todo cuando la veían en una obra, pero Tucker no era así.

Había pasado allí la noche, habían hecho el desayuno juntos y después habían utilizado la ducha de un modo muy interesante. A continuación, ella había tenido que marcharse para la reunión familiar de «solo chicas» y dejarlo había sido más difícil de lo que se había imaginado.

–He conocido a Cat –dijo Denise–. Nunca antes había visto a un artista. Es muy elegante y más simpática de lo que me esperaba. Hoy he ido a ver algunas de sus piezas. Son… –se detuvo, como si estuviera buscando la palabra adecuada–. Grandes.

–Cat disfruta causando una gran impresión –dijo Nevada incorporada y estirando las piernas–. Tanto en la vida como en el arte. No sé qué pretende hacer en un lugar tan pequeño como este. El otro día la vi hablando con Cody, espero que no lleve las cosas demasiado lejos con él.

–¿Quién es Cody? –preguntó Dakota.

–Uno de los chicos que tengo de inquilinos. Estudia en la universidad. Tiene mucho talento, está haciendo un postgrado en Ciencias Informáticas. No creo que se ligue a muchas chicas, así que estar con Cat sería demasiado para él.

–Un problema que le encantaría tener a todo universitario –dijo Montana con una carcajada.

«Cierto», pensó Nevada, recordando lo fascinado que había quedado Tucker con Cat hacía tantos años.

–Vamos a volver al tema de la boda, chicas –dijo Denise con firmeza–. Tenemos decisiones que tomar.

–¿Seguro que no quieres hacer una boda triple? –preguntó Montana con una sonrisa–. Vamos, mamá. Eres abuela, ¿de verdad no vas a casarte con Max?

–Preferiría no hacerlo. Por otro lado, si vosotras y vuestros hermanos pensáis que debería hacerlo, entonces lo pensaré.

–Yo no pienso decir nada –se apresuró a decir Nevada–. Es tu decisión, mamá.

Sus hermanas asintieron y Denise suspiró.

–Prefiero que vuestro padre siga siendo mi único marido. Además, incluso después de habérselo dicho, Max y yo estamos enamorados y juntos.

Nevada contuvo las ganas de taparse los oídos y tararear.

–Nada de detalles, por favor –interpuso rápidamente mientras hojeaba la revista de novias que tenía encima–. ¿Te acuerdas?

Denise sonrió.

–Nada de detalles. Pero os digo que Max va a mudarse a vivir aquí.

–Oh, vale –Nevada se relajó un poco ahora que había pasado la amenaza de la charla sobre el sexo–. Pensé que tú querrías mudarte con él y después vender esta casa, lo cual no estaría mal. Porque es tu casa.

–No. Es la casa de la familia y no quiero perderla. Tenemos muchos recuerdos aquí y quiero que Hannah pase su primera Navidad con nosotros en esta casa.

–¿Qué le pasa a la casa de Max? –preguntó Dakota–. ¿No tiene que haber alguien allí para cuidar de los perros?

Max vivía en la misma propiedad que ocupaba su negocio. La empresa K9Rx proporcionaba a la comunidad perros de terapia.

–Tenemos empleados que se quedan con los perros por la noche –respondió Montana–. Con el tiempo, Max tendrá que pensar qué hacer con la casa, pero por ahora, Simon y yo vamos a alquilarla mientras decidimos qué queremos hacer, si construir, comprar o remodelar. No estamos seguros. Así que esto nos da tiempo para tomar la decisión correcta.

–Lo tenéis todo planeado –dijo Nevada, preguntándose cuándo habrían tomado todas esas decisiones. Se sentía como si hubiera estado fuera un mes y todo el mundo hubiera cambiado mientras tanto, pero eso no era exactamente verdad. Ni había estado alejada ni había perdido el contacto con nadie.

–¿Trabaja Max? –preguntó Dakota–. Además de con los perros, quiero decir. ¿Cómo lo paga todo?

Denise sonrió.

–Max estuvo en Seattle durante los ochenta. Conoció a Bill Gates y compró Microsoft en la oferta pública inicial.

Nevada se quedó perpleja. Eso lo explicaría todo.

–Entonces, ¿es rico? –preguntó Dakota.

–Muy rico.

Montana se rio.

–¡Y yo preocupada por comprar comida para perros de oferta!

–Seguro que no debes preocuparte por eso –le dijo Nevada.

Dakota levantó su revista.

–¿Qué os parece este?

El vestido de novia tenía corte imperio y manga larga.

–Es precioso. Tenemos que ir a probar vestidos. Esta semana, chicas. Habrá limitaciones y no tenemos meses para que nos confeccionen algo.

–¿De qué talla son los de prueba? –preguntó Montana.

–Normalmente, la cuarenta o la cuarenta y dos.

–Entonces nos puede servir.

Montana se sentó junto a su hermana en el sofá y hojearon las revistas de vestidos.

–Vamos a tener que pensar si vamos a tener damas de honor –dijo Dakota pensativa–. Nevada, vas a ser la dama de honor de las dos, ¿verdad?

–Claro.

Había dado por hecho que formaría parte de la boda, aunque no había sabido de qué modo. Se le encogió el pecho un poco al pensar en que sus dos hermanas estarían casándose mientras ella se quedaba allí de pie mirando.

Pero eran muy felices, se recordó. Se lo merecían y quería que tuvieran unas bodas perfectas. Aunque también quería lo mismo para ella: un final feliz, amor, hijos. Alguien en su vida.

Como era de esperar, sus pensamientos se posaron en Tucker y en la noche que habían compartido o, más bien, la noche que había vivido solo ella, porque él creía que el amor era una trampa y convencerlo de lo contrario sería difícil. Por desgracia, era el primer hombre en mucho tiempo que había captado su interés y tendría que asegurarse de que no captara también su corazón.

Capítulo 13

La preciosa tarde de otoño hizo salir tanto a residentes como a turistas, pensó Nevada mientras Cat y ella paseaban por el centro del pueblo el sábado por la tarde. Las hojas estaban cambiando, dándole tonalidades rojas y amarillas a los árboles y engalanando las calles. Fool's Gold era un lugar que celebraba cada estación, cada festividad y, aunque aún faltaban varias semanas para Halloween, los escaparates ya eran un conjunto de calabazas y fantasmas. Se habían pintado ventanas, había cestas de cosecha junto a las puertas abiertas y en el centro del pueblo había un diorama de Acción de Gracias con pioneros y nativos americanos sentados ante una cena compuesta de pavo. Llevaban usándolo desde que Nevada podía recordar. La ropa estaba un poco hecha jirones y las caras de los maniquíes necesitaban una capa de pintura, pero aun así era algo tradicional y bello a su modo.

—No sé —dijo Cat con gesto dudoso y mirando a los pioneros—. No me dicen nada.

—El pueblo los expone todos los años —le dijo Nevada—. Es una tradición.

Cat miró hacia la plaza y dio una vuelta para observar los edificios y el espacio abierto que la rodeaban.

—Creo que podríais hacerlo mejor. Fool's Gold es un

lugar especial. Puedo sentir la energía femenina. Estoy llena de inspiración.

Las temperaturas eran suaves para tratarse de primeros de octubre y el cielo estaba azul. Las mañanas eran frescas y en los puntos más elevados ya empezaba a helar.

Cat iba vestida como todos los demás, con vaqueros y una camisa de manga larga, pero aun así, ella resultaba más glamurosa, más perfecta. Tal vez era por el chaleco de piel o las botas de diseño. Tal vez era por el modo en que su oscura melena a capas caía en cascada sobre su espalda. Tal vez era por cómo el sol parecía apuntar directamente a sus pómulos y a sus grandes ojos.

Cat había llamado un par de horas antes y había insistido en que pasaran la tarde juntas. Nevada había esperado volver a ver a Tucker, pero había accedido a quedar con ella.

Cat se apartó del diorama y sonrió a Nevada.

—Siento la llamada de la Madre Tierra.

Hablaba en serio, como si Nevada fuera a entender lo que estaba diciéndole.

—¿Y qué te está diciendo?

—Que cree algo maravilloso para este pueblo. Vamos a tomar un café.

Caminaron hacia la calle principal mientras Cat iba saludando y sonriendo a todo con el que se cruzaban.

—¿No te encanta cómo se alzan hacia el cielo las montañas? —le preguntó agarrándola del brazo—. La silueta según se acerca el atardecer. Los colores son mágicos. No utilizo mucho el color. He pensado en pintar, eso sería toda una novedad para mí. Pero, ¿y si no soy brillante en eso?

—¿Tienes que serlo? —a la mayoría de la gente le gustaba ser buena en algo, pero querer ser brillante ya estaba en otro nivel.

Cat se giró hacia ella con lágrimas en los ojos.

–Así soy yo.

Nevada se detuvo.

–Lo siento. Estaba siendo un poco frívola. No puedo entender del todo quién eres o qué haces –Cat no era como los mortales comunes con los que ella compartía el espacio. Sí, era egocéntrica, pero también tenía un don que muy pocos podían comprender.

–No pasa nada –le dijo sonándose la nariz delicadamente–. He pensado en intentar pintar, y lo he hecho, en privado, pero es que cada cosa que hago se juzga muy duramente. Los críticos, el mundo del arte. Están listos para echarse sobre mí, para decir que he llegado al límite y que ahora estoy yendo hacia abajo. Pero no estoy lista para terminar. Vivo para mi trabajo y no puedo soportar la idea de que eso se me arrebate.

Nevada pensó en señalar que Cat no solo echaría de menos el arte. Podía seguir trabajando y no enseñarle ninguna pieza a nadie. Pero pensar eso era una tontería porque para Cat el arte y la fama eran una sola cosa.

–Esa es una de las cosas que me encantan de este lugar –dijo con un suspiro–. Que la gente es muy generosa y amable. Comprenden que soy igual que ellos.

Nevada sacudió la cabeza.

–Tú eres muchas cosas, pero no eres como ellos.

Cat sonrió.

–De acuerdo, pero cuando estoy aquí siento que puedo estar cerca de todo el mundo, y eso me reconforta porque su apoyo me aporta energía.

Era el centro de su propio universo, pensó Nevada, más con diversión que molesta. Cuando a una la declaraban una gran artista con solo catorce años, ser humilde probablemente era algo imposible.

Se giraron y fueron hacia el Starbucks rodeadas de una multitud. Una vez dentro, Cat saludó a varias personas llamándolas directamente por su nombre y flirteó con el adolescente que las atendió, mientras Nevada lo veía sonrojarse y toquetear torpemente la máquina registradora.

No podía imaginar cómo sería haber nacido con todo ese poder sobre los hombres. Sí, claro, a ella algunos hombres la encontraban atractiva y no podía decirse que tuviera que ponerse una bolsa en la cabeza para no asustar a los niños con su cara, pero no estaba a la altura de Cat. Con ella, los hombres no se tropezaban en un intento de correr a abrirle la puerta y a ella nunca le había dedicado un disco una estrella del rock.

—¿Qué te apetece?

Nevada pidió un café con leche con aroma a calabaza picante para celebrar la temporada. Aunque después de los *cupcakes* que había consumido a lo largo del fin de semana, tendría que pasar la siguiente semana teniendo un poco de cuidado con lo que comía para que no se le quedaran estrechos los pantalones.

Cat pidió lo mismo y, una vez se lo habían servido, salieron a la calle.

En la acera había unas cuantas mesas pequeñas y se sentaron en una que se quedó vacía en ese mismo momento.

Bajo un cálido sol, unas hojas cayeron al suelo junto a ellas. Cat agarró la más grande y la puso sobre la mesa.

—Fíjate en los distintos colores —dijo estirando la hoja—. No solo es rojo, tiene escarlata y carmesí, cereza, carmín y bermellón. La naturaleza nos da perfección y nos pasamos la vida intentando acercarnos a esa perfección.

Nevada podía ver las distintas tonalidades, pero no podría haberles puesto nombre. Ni siquiera se habría percatado de la hoja al caer de no ser porque Cat la había recogido.

Cat volvió a dejarla en el suelo y rodeó su vaso de café.

—A veces todo me resulta muy complicado, no solo el trabajo, sino vivir con este don.

Nevada dio un sorbo e hizo todo lo posible por no poner los ojos en blanco al oírla.

Cat la miraba y sus verdes ojos expresaban dolor.

—Lo que tengo, mi talento, a falta de una palabra mejor, me separa del resto del mundo. No puedo renunciar a mi arte y vivir como tú, pero el precio que pago por ello es que siempre hay un muro entre todos los demás y yo.

Por segunda vez en veinte minutos, Nevada se sintió como un gusano, y no era una sensación agradable. Siempre había juzgado a Cat demasiado deprisa. Sí, esa mujer a veces resultaba muy cómica, pero también era persona.

—Entiendo que puede ser difícil —dijo lentamente—. Siempre estás expuesta. La gente quiere conocerte por tu talento y por tu fama. ¿Cómo puedes saber cuándo están siendo sinceros contigo?

A Cat se le iluminó la cara.

—¡Sí! Sabía que lo entenderías. Quiero más, pero me da miedo pensar a qué tendré que renunciar. Me da miedo que si encuentro el amor o la felicidad, el resto se me arrebate —se encogió de hombros—. Aunque, tal vez, eso lo utilizo como una excusa. Las relaciones requieren de esfuerzo y yo puedo llegar a ser muy perezosa. Lo doy todo en mi trabajo y cuando lo termino quiero que alguien me cuide. Quiero ser la importante.

—Dicen que entender y asumir un problema que uno tiene es tener media batalla ganada.

Cat se rio.

—Pues creo que se equivocan porque a mí no me interesa cambiar. Me gusta que me mimen y me consientan —su sonrisa se desvaneció—. Pero a veces quiero más. Quiero una conexión —se inclinó hacia Nevada—. He venido por ti.

Nevada no estaba segura de cómo interpretar esas palabras.

—¿Lo dices porque te hablé de mi pueblo? —no podía recordar mucho de lo que Cat y ella habían hablado diez años atrás, pero era lógico que en algún momento hubiera mencionado Fool's Gold.

–No, aunque sí que me hablaste mucho de este lugar. He venido porque recordé lo mucho que me gustabas y pensé que teníamos una conexión que no he encontrado con mucha gente.

Nevada comenzó a sentirse incómoda, tenía la sensación de que esa conversación iba a dar un giro inesperado de un momento a otro.

–Somos amigas –le dijo Nevada–. Creo que necesitas amigos.

Cat la miraba intensamente.

–Podemos ser amigas si quieres, pero yo estaba pensando en algo más.

Y con eso, se acercó, ladeó la cabeza y acercó su boca...

Nevada se levantó tan deprisa que la silla se volcó sobre la acera. No se lo podía creer, tenía que haberlo malinterpretado, era imposible que Cat hubiera querido besarla.

–¿Nevada?

Cat no parecía en absoluto molesta. Como mucho, parecía estar divirtiéndose.

–Yo, eh, tengo que irme –tartamudeó–. Tengo que ir a un sitio.

Probablemente debería haber dicho algo más, haberle ofrecido una excusa menos patética, pero su cerebro había dejado de funcionar, así que se giró y salió corriendo.

–No tiene gracia –insistió Nevada mientras caminaba de un lado a otro del estrecho tráiler–. No tiene ninguna gracia.

Tucker estaba sentado sobre el escritorio mirándola y sonriendo.

–Sí que tiene un poco de gracia. Venga. ¿Cat intentando ligarte?

Ella se giró bruscamente y lo miró.

–¿Estás diciendo que no lo merezco?

Él alzó las manos.

–No, por supuesto que no. Solo digo que a Cat le encantan los hombres. Confía en mí. Tengo pruebas.

–Seguro que las tienes y sé que lo que dices tiene sentido –comenzó a caminar otra vez–, pero juraría que…

Sacudió la cabeza. Tal vez estaba volviéndose loca. Tal vez la había malinterpretado. Pero había sido como si Cat fuera a besarla y ¡allí mismo en la puerta del Starbucks!

Después del encuentro, Nevada había vuelto a su apartamento, pero había estado demasiado nerviosa como para quedarse allí y por eso había llamado a Montana y se había alegrado al enterarse de que Simon había tenido que volver al trabajo para una cirugía de urgencia, lo cual la convertía en una persona horrible porque significaba que alguien estaba enfermo. Decirse que no era culpa suya no la hizo sentirse mejor, pero sí que la hizo sentirse mejor poder pasar la tarde con su hermana. La había ayudado a embalar muchas cosas para la inminente mudanza a casa de Max. Después había vuelto a casa tarde y agotada y, aun así, había sido incapaz de dormir.

–Estuvimos hablando de ella –dijo repasando el material por milésima vez.

–Es el tema favorito de Cat.

–No me ayudas nada.

–Lo siento.

Pero no parecía sentirlo. Parecía un hombre intentando no reírse.

–Podría matarte, ¿sabes? Este es mi pueblo, así que me ayudarían a ocultar el cadáver.

–Me echarías de menos.

–No tanto como crees.

Tucker fue hacia ella y posó las manos sobre sus hombros.

–Creo que Cat estaba comportándose con normalidad, con su típico narcisismo. Solo hablaba de ella, pero tú la has malinterpretado.

–Puede –aunque en aquel momento lo había tenido todo muy claro… tanto que la había asustado–. Pero no estabas allí y, además, no deja de hablar de estar viviendo su fase femenina.

–¿Y te viste tentada?

–¿He dicho ya que te odio?

–¿Puedo mirar?

–¿Pero qué pasa contigo? Tengo un problema grave.

–Una mujer preciosa te desea. ¡Vaya problema!

Nevada gruñó de frustración y fue hasta su mesa.

–No estás tomándotelo en serio.

–Y tú te lo estás tomando demasiado en serio. Aunque intentara besarte, estamos hablando de Cat, así que no quiere decir que de verdad quisiera acostarse contigo.

–Eso tiene más sentido. Yo estaba siendo comprensiva con ella y seguro que ella se sentía agradecida, nada más.

–Pues ya está. Pero si resulta que va en serio, ¿grabaréis un vídeo?

Nevada abrió una carpeta y comenzó a ojear el informe que contenía.

–¿Estás hablando? Porque solo oigo un zumbido, ¡qué raro!

Tucker se acercó, la giró y la besó.

–Siento que te haya hecho sentirte incómoda.

Nevada se apoyó contra él.

–No tengo nada en contra de besar a una chica –susurró–… en teoría. Pero no es algo que yo comparta o quiera hacer.

–Cat solo estaba jugando. Para cuando vuelvas a verla ya se le habrá olvidado.

–Eso espero.
–Confía en mí.

Como un día transportando troncos y visitando la zona de terreno donde harían la voladura no la hizo sentirse mejor, Nevada aceptó una invitación para reunirse con sus amigas en el bar de Jo después del trabajo. Heidi había prometido llamar a Annabelle y a Charlie y todas estaban esperándola cuando llegó; todas, y un vodka con tónica grande y muy frío.

–Me habéis leído la mente –dijo al sentarse–. Gracias –dio un sorbo–. ¿Qué tal os va todo?

–Bien –respondió Heidi con una sonrisa–. No se me ha escapado ninguna cabra, así que con eso me vale. Y las vacas salvajes están manteniendo las distancias.

Annabelle se rio.

–Eres la única persona que conozco a la que le dan miedo las vacas.

–No me dan miedo, pero son una mala influencia.

Annabelle sacudió la cabeza.

–Sí, lo que tú digas. Yo también estoy bien. Me encanta la biblioteca y me encanta el pueblo. ¿Habéis visto las hojas este fin de semana? ¡Qué preciosidad!

–Las hojas provocan incendios –farfulló Charlie.

–Siempre tan romántica –bromeó Nevada.

Charlie la miró por encima de su copa de margarita.

–Tus hermanas van a casarse.

Nevada dio otro trago y suspiró.

–Eso ha sonado más como una acusación que como una pregunta.

–No era mi intención. Supongo que me ha sorprendido.

Nevada se fijó en que las otras dos mujeres estaban mirándola con la misma expresión de preocupación.

–Veo que habéis estado hablando de esto.

Heidi se inclinó hacia ella.

—Un poco. No te enfades. Estamos preocupadas. Eres trilliza.

—Sí, eso ya lo sabía.

—Lo que quiere decir —apuntó Annabelle—, es que siempre habéis hecho todo juntas y ahora ellas dos van a casarse. Estamos preocupadas por ti.

—Gracias, pero no lo estéis. Estoy bien. Adoro a mis hermanas y me parece bien que se casen.

Se detuvo admitiendo para sí que se sentía un poco desplazada.

—Puede que resulte un poco extraño, pero no quiero que nada cambie.

Heidi arrugó la nariz.

—Sé que soy nueva aquí y que no debería opinar.

—No dejes que eso te detenga —le dijo Charlie.

—Me caen bien tus hermanas, pero me parece un poco mezquino celebrar una boda doble y dejarte a ti fuera. ¿No deberían casarse por separado?

—Sí —dijo Jo acercándose a la mesa con un plato enorme de nachos—. Eso habría sido lo más sensato, pero están enamoradas y felices y la gente comete locuras cuando está enamorada. Dakota y Montana quieren a su hermana y jamás querrían hacerle daño, pero quieren celebrar una boda doble y esas dos cosas son totalmente incompatibles.

—A mí no me hacen daño con esto —dijo Nevada—. Y lo digo en serio. Sí, claro, me siento un poco rara, pero quiero que tengan la boda de sus sueños. Yo tendré mi lugar en ella y eso es lo que importa.

Jo dejó un puñado de servilletas en la mesa junto con cuatro platos pequeños.

—Vais a emborracharos esta noche, ¿verdad?

—A lo mejor —admitió Charlie.

—¿Todas volveréis a casa andando? —preguntó Jo.

Y cuando todas asintieron, dijo:

–Pues entonces la siguiente ronda corre a cuenta de la casa.

–Alguien está de buen humor –dijo Nevada mirándola.

Jo sonrió.

–Puede, pero no me presionéis o rescindiré mi oferta.

Y con eso se marchó.

Nevada se quedó mirándola.

–Supongo que las cosas marchan bien con Will. Todo el mundo está enamorado menos yo.

Al instante de pronunciar esas palabras, se estremeció.

–Lo he dicho en alto, ¿verdad?

Las tres asintieron.

–Mierda. Lo siento.

–No lo sientas –le dijo Annabelle–. El amor es genial. Menos cuando te arrancan el corazón y lo pisotean.

–¿A ti también te ha pasado? –preguntó Heidi.

–Oh, soy experta eligiendo al chico equivocado. Hacedme caso, si hay algún capullo egoísta en ochenta kilómetros a la redonda, habré estado con él y ya lo habré olvidado. Estoy en proceso de reentrenamiento.

–¿Y qué tal va? –preguntó Charlie.

–Despacio. ¿Qué tal tú?

–Los hombres me encuentran intimidante –se encogió de hombros–, aunque la mayoría de los días me gusta que eso pase –miró a su alrededor–. Así que Heidi está enfrentándose a su temor por las vacas y Annabelle está intentando superar haberse enamorado del tipo equivocado.

–Una y otra vez –añadió Annabelle–. Seamos más específicas.

–Claro. Me he resignado a no encontrar a alguien porque los hombres son estúpidos –Charlie se giró hacia Nevada–. Depende de ti. Vas a tener que representarnos a todas en el camino hacia el «felices para siempre».

Nevada había estado tragando mientras Charlie hablaba y ahora se atragantó.

–¿Yo? Ni hablar. No se me dan bien las relaciones.

–Estás saliendo con Tucker –dijo Heidi–. Alguien me lo ha contado en el supermercado, así que debe de ser verdad. Los cotilleos más veraces suelen venir del supermercado.

Nevada tenía ganas de gritar.

–«Saliendo» es un poco fuerte.

–Entonces, solo estás utilizándolo para el sexo –Charlie brindó con la copa de Nevada–. Eso puedo respetarlo.

–¿Podemos hablar de otra cosa? –preguntó Nevada con voz débil.

Annabelle pinchó unas patatas.

–Claro. Esa artista que está en el pueblo, Caterina Stoicasescu, ha venido a la biblioteca esta mañana. Es una mujer muy interesante. Famosa, pero cercana. ¿La conocéis alguna?

Nevada se dijo que golpearse la cabeza contra la mesa no la ayudaría en nada a sentirse mejor, pero ese era un buen recordatorio de que tenía que tener cuidado con lo que deseaba.

Tucker miró el calendario.

–¿Por qué? –preguntó dándose cuenta, de pronto, de que su gran día se iría por el retrete.

Nevada lo miró.

–¿Por qué qué?

–Nuestra cita con la alcaldesa. ¿Por qué?

–No tengo ni idea.

–Claro que no. Quiere sorprendernos con algo. Eso es lo que hacen los Ayuntamientos.

–Aquí no. Está contenta con las obras de construcción. Quiere el resort y el casino. Por el tratado con los últimos nativos de la tribu Máa-zib, el pueblo puede cobrar impuestos por todo lo que se construya aquí. No es un porcentaje alto, pero este proyecto es enorme. ¿Sabes qué va a suponer esto para los ingresos del pueblo? Yo no me preocuparía.

Ojalá él pudiera estar tan seguro, pero por experiencia sabía que los alcaldes podían llegar a ser un verdadero fastidio. Hasta hacía poco, su mayor preocupación había sido evitar a Cat, pero estar a su lado ahora no era ningún problema y eso lo había liberado del pasado. Las cosas habían estado yendo genial y ahora esto.

—¿Estamos al día con la documentación?

—Sí. Lo comprobé cuando dijo que quería vernos. Conozco a la alcaldesa Marsha de toda la vida, Tucker, y no quiere fastidiarnos.

Él oyó un coche llegar.

—Espero que tengas razón —dijo y se levantó para ir hacia la puerta. Salió y fue a recibir a la alcaldesa.

Como siempre, Marsha Tilson iba bien vestida con un traje de chaqueta y zapatos bajos. Su cabello blanco peinado con ese estilo recargado que llevaban las mujeres de su edad le sentaba bien. Llevaba el bolso colgado de un brazo y una carpeta en la mano derecha. Él miró la carpeta sabiendo que habría problemas.

—Buenos días —dijo alegremente la mujer.

—Alcaldesa Tilson —le estrechó la mano—. Me alegro de verla.

—Por favor, le he pedido que me llame «alcaldesa Marsha».

—Sí, señora —murmuró.

Ella miró a su alrededor.

—Están avanzando mucho. Ya casi han terminado con el desmonte y tengo entendido que pronto llevarán a cabo la voladura. Si pudieran asegurarse de hacerlo un día de colegio para que no tengamos niños por la calle, se lo agradecería.

—Claro.

–Excelente –señaló el tráiler–. ¿Entramos?

No estaba exactamente seguro de cómo la mujer había tomado el control de la conversación, pero ahí estaba, llevándolo al interior de su propio tráiler como si ella fuera la anfitriona.

Cuando entró, la vio sentada junto a Nevada.

–Aquí están muy apretados –dijo mientras aceptaba el café que Nevada le estaba dando–. Supongo que no quiere desperdiciar dinero con unas oficinas lujosas. Es muy sensato.

–Gracias.

Él retiró una silla y se sentó frente a ella. La alcaldesa puso la carpeta sobre la mesa.

–El Ayuntamiento y yo estamos muy satisfechos con cómo están progresando las cosas aquí. Van adelantados de tiempo y eso es maravilloso. El equipo que ha traído supone un añadido excelente para el pueblo, son educados y cenan fuera casi todas las noches –sonrió–. Y eso es algo que los negocios locales agradecen mucho.

Nevada lo miró como diciéndole «¿Lo ves?» y él se relajó un poco. Tal vez se había equivocado y no había ningún problema.

–Señor Janack, ha sido un placer trabajar con usted.

–Tucker, por favor.

La alcaldesa asintió.

–Tucker –miró a Nevada y después a él–. Por eso me duele tener que venir a hablar de algo nada agradable.

Él contuvo un gruñido. Ahí estaba.

–¿Qué pasa? –preguntó Nevada–. Todos los permisos están en orden, estamos pagando todos los honorarios, y los planes se han aprobado.

La alcaldesa le dio una palmadita en la mano.

–No te preocupes, no tengo ninguna queja sobre la construcción. Ojalá el resto de los negocios que hay en el pueblo funcionaran tan bien y sin problemas. Lo que quiero hablar con vosotros es algo más delicado. Un problema para el que necesito vuestra ayuda. Sobre todo la tuya –añadió dirigiéndose a Tucker.

–De acuerdo –respondió aunque no le gustó cómo había sonado eso–. ¿Qué problema hay?

–Caterina Stoicasescu.

–¿Cat? –preguntó Nevada–. ¿Qué ha hecho?

–Y lo más importante –dijo Tucker–, ¿qué le hace pensar que yo puedo ayudarla?

Nevada lo miró.

–Déjalo. Nuestra alcaldesa lo sabe todo.

Él no supo qué decir a eso.

La alcaldesa respiró hondo.

–Volviendo al tema, esto hay que arreglarlo. A simple vista la señora Stoicasescu ha sido totalmente generosa. Cuando la invitamos a participar en nuestras jornadas de artistas, jamás soñamos que alguien de su calibre pudiera venir. Ha sido encantadora, ha ofrecido entrevistas y ha dado charlas en colegios. Incluso ha impartido una clase en la universidad.

Tucker frunció el ceño. No sabía nada de eso. ¿Cuándo se había involucrado tanto Cat en Fool's Gold? Nevada parecía estar igualmente extrañada.

–No lo sabía –murmuró Nevada–. Está haciéndose un hueco aquí.

–No estoy segura de ello. No parece ser la clase de persona que se establece en ningún sitio, pero está claro que le ha gustado el pueblo. Va a darnos un regalo muy generoso.

Tucker volvió a centrar su atención en la alcaldesa.

–¿Y no le gusta ese regalo?

Marsha se puso las gafas de leer y abrió la carpeta.

–La señora Stoicasescu se ha sentido inspirada por la positiva presencia femenina en Fool's Gold y, a modo de agradecimiento por haberla aceptado y haberla hecho sentirse como en casa, desea darle un regalo a la comunidad. Una escultura que celebrará el espíritu del pueblo y la energía femenina que lo ha convertido en un lugar tan especial.

–No es el mejor comunicado de prensa que he oído –dijo Nevada–, pero no sé dónde está lo malo. ¿Es por el coste de la instalación? Podemos celebrar una recaudación de fondos. El nombre de Cat es muy importante, recibiríamos donaciones de todas partes.

–Me preocupan poco el coste de la instalación o el seguro –dijo Marsha quitándose las gafas–. Es el regalo en sí lo que me preocupa.

–No lo entiendo –admitió Tucker.

–Cat quiere celebrar todos los aspectos femeninos. Esas fueron sus palabras exactas.

La expresión de la alcaldesa se tensó y Tucker lo interpretó como si estuviera horrorizada.

–¿Cómo?

–Nos va a regalar una vagina gigante. A juzgar por los bocetos preliminares, diría que va a medir al menos 5 metros y le gustaría que la ubicáramos en el centro del pueblo. Justo donde está ahora el diorama de Acción de Gracias.

Nevada se atragantó y a Tucker no le salían las palabras.

–Una vagi...

–Sí.

¿En qué demonios había estado pensando Cat? ¿Una vagina? ¿En el centro de Fool's Gold? Ahora que lo pensaba, ¿cómo sería? ¿Tendría también ovarios o eso formaba parte del útero? No era un experto en anatomía femenina. Sabía lo que le gustaba y qué aspecto tenían, pero ahí terminaba su conocimiento sobre el tema, pensó Tucker.

Nevada abrió la boca y la cerró.

–¡Oh, madre mía!

–Exacto –dijo la alcaldesa–. Hemos intentado frenar esto retrasando el proceso de los permisos, pero el asistente de la señora Stoicasescu no ha dejado de hablar del derecho de expresión y ha amenazado con exponernos ante la prensa nacional como un pueblo enemigo del arte. Ya hemos tenido que enfrentarnos a la prensa y no es una experiencia que quiera repetir.

–¿Qué quiere que hagamos? –preguntó Nevada.

La alcaldesa cerró la carpeta, se quitó las gafas y se levantó.

–Quiero que todo esto se acabe. Todo. La señora Stoicasescu, su asistente y la vagina.

Capítulo 14

Tucker cruzó la tierra ya despejada hacia el lateral de la montaña. La voladura tendría lugar a unos doce metros, lo cual no parecía mucho. Lo que sabía, porque ya lo había hecho antes, era que la explosión soltaría toneladas de tierra suelta. Una vez que eso se hubiera limpiado, el lateral de la montaña sería estabilizado y el resto del trabajo continuaría.

Ya habían comenzado las excavaciones para los sistemas de agua y alcantarillado. Unas tuberías enormes llegarían en unas semanas y se instalarían. Tener el agua y el alcantarillado del pueblo facilitaría mucho las cosas, pero eso suponía más permisos.

Podía ver a Nevada en la distancia hablando con su equipo. Los chicos asentían atentamente y uno estaba tomando notas. Tucker tenía que reconocer que sabía cómo moverse en la obra.

—¡Ey, jefe!

Tucker asintió al ver a Jerry acercarse. El supervisor, de cincuenta y tantos años, llevaba casi treinta años con la empresa y los últimos diez trabajando directamente con él.

—El equipo de voladura está de camino. Llegará mañana y lo tendrán todo listo el viernes. Puede que sea un buen espectáculo.

–Eso he oído.

El sonido de unas risas de mujer llegaron hasta ellos. Tucker miró a Nevada y la vio reírse con sus hombres.

–Lo está haciendo bien –dijo Jerry–. Algunos chicos no estaban muy seguros de querer recibir órdenes de una mujer, pero sabe lo que hace. Es justa y resulta muy cómodo trabajar con ella. Es guapa, pero como estáis juntos nadie está dándole problemas en ese aspecto.

Tucker lo miró.

–No estamos juntos.

Jerry sonrió.

–Claro, tú sigue diciendo eso, jefe, y acabarás creyéndotelo. Pero no te culpo. Como te he dicho, si no hubieras llegado primero, muchos de los chicos lo habrían intentando con ella –sonrió ampliamente–. Sus hermanas van a casarse, así que podríais celebrar una boda triple.

Jerry se rio con su propio chiste y le dio una palmadita en la espalda a Tucker.

–¿Quieres que organice una porra? Podrías ganar mucho dinero apostando con los chicos.

–No, gracias –respondió Tucker haciendo lo posible por no apretar los dientes.

Su relación fingida había funcionado demasiado bien. No habían estado saliendo, pero eso no importaba. Apenas se veían. Sí, claro, se habían acostado, pero había sido más un accidente que otra cosa. Y no es que pudiera decir que no había disfrutado, porque sí que lo había hecho. Nevada era genial. Le gustaba estar con ella y no solo por el sexo, sino por la conversación. Era divertida e inteligente y quería conocerla mejor, pero no estaban saliendo. No tenían una relación.

Jerry se acercó al grupo que rodeaba a Nevada, y Tucker lo vio alejarse sin saber qué debía hacer ahora. Había dejado claro que no le iban las relaciones serias. Creía que el amor convertía a la gente en idiotas y no volvería a cometer ese error. Nevada lo entendía porque los dos pensaban lo mismo.

Al menos esperaba que fuera así porque ahora que lo pensaba no estaba seguro de que ella conociera las reglas. ¿Y si esperaba más de él?

La pregunta apenas se había formado en su cabeza antes de que una fina capa de sudor frío le cubriera la espalda. Lo último que necesitaba era que todo el mundo pensara que había engañado a Nevada. Su equipo se volvería en su contra y quién sabía qué supondría eso en el pueblo. Así que tenían que hablar de ello. Tenía que dejar las cosas claras. No habría una boda triple porque en aproximadamente un año se marcharía a realizar el siguiente proyecto. Sí, claro, echaría de menos a Nevada cuando se fuera, pero eso no significaba que quisiera casarse con ella. Ni con ella ni con nadie.

Echar raíces nunca había sido nada que se hubiera planteado. Suponía que en algún momento de su vida pensaría en formar una familia y, tradicionalmente, eso significaba casarse, pero al pensar en esa posibilidad no podía evitar pensar en cómo había sido su relación con Cat y en que había dejado de pensar, de ser él mismo. Lo había controlado y humillado y de ningún modo permitiría que eso volviera a sucederle.

Decidido a decírselo a Nevada en ese mismo instante, fue hacia ella, pero antes de haber podido dar un par de pasos, un coche de policía se acercó.

–¿Tucker Janack? –preguntó la mujer al bajarse.

Él asintió.

–Soy la jefa de policía Alice Barns. Encantada de conocerle.

–¿Por qué lo dudo? –preguntó Tucker mirándola.

Era de estatura media, tendría unos cuarenta años y llevaba un uniforme azul oscuro.

–Me gusta conocer a gente, soy muy sociable –le entregó un sobre–. Esto es para usted.

–¿Qué es?

–Una citación para presentarse ante el Concejo Municipal de Fool's Gold y también quieren que Nevada esté presente, para que lo sepa.

–¿Una citación oficial? ¿Pueden hacerlo? –no se había imaginado que un cuerpo de gobierno local tuviera esa clase de poder.

Ella sonrió.

–El hecho de que yo esté aquí significa que sí que pueden.

–Buena respuesta.

Nevada nunca había tenido que presentarse en el despacho del director en el colegio, pero seguro que habría sido parecido. Sin embargo, nunca había asistido a una reunión del concejo municipal, así que no sabía en qué consistían.

Tucker y ella estaban sentados en una gran mesa de reuniones con siete mujeres frente a ellos. La alcaldesa estaba en el centro flanqueada por su consejo y ninguna de las mujeres parecía estar muy contenta.

Nevada miró el papel que habían puesto delante de ella y que tenía la fecha, la hora de la reunión, las palabras «Orden del día» seguidas por dos puntos y las palabras «Asunto de la vagina».

Una vez se dio por convocada la reunión, la alcaldesa respiró hondo.

–Soy la alcaldesa que más tiempo lleva ocupando el puesto de California. Nos he visto sobrevivir a terremotos, a tormentas de nieve, al mildiu de la vid y al reciente incendio que casi destruyó una de nuestras escuelas. Hemos sobrevivido a autobuses cargados de hombres y a un reality show. El pueblo y yo no nos vendremos abajo por una vagina gigantesca.

–Eso lo mencionó ayer cuando vino a visitarnos a la obra, pero aún no estoy segura de qué quiere que nosotros...

–¡Que lo arregléis! –dijo bruscamente la alcaldesa interrumpiéndola–. Los dos conocíais de antes a la señorita Stoicasescu y sois la razón por la que está aquí. Los responsables sois los dos.

Nevada quería protestar que no era culpa suya, que no tenía nada que ver ni con Cat ni con los obsequios que elegía, pero las siete mujeres que la miraban no parecían querer tener ninguna discusión.

–Sí, señora –dijo en voz baja, no muy segura de qué significaría que fueran los responsables, pero consciente de que no era una buena noticia.

Tucker se inclinó hacia ellas.

–Si me lo permiten, Nevada no es la que tuvo una relación con Cat. Esto es responsabilidad mía, no suya.

–Nevada y Cat son amigas –dijo la alcaldesa–. Nevada le ha enseñado el pueblo.

Nevada se estremeció. ¡Y todo eso estaba pasando porque había hecho lo correcto!

La alcaldesa suspiró.

–Aprecio que estés defendiendo a Nevada y eso dice mucho bueno de ti. Llegados a este punto no me importa quién lo solucione, lo único que quiero es que se solucione y quiero que quede constancia de que hemos tenido esta discusión. No habrá una vagina gigante en mi pueblo, ¿está claro?

Nevada y Tucker asintieron.

–Bien. Ahora, podéis iros.

Se levantaron y salieron de la sala rápidamente. Una vez en el pasillo, Nevada se apoyó contra la pared.

–Si no estuviera metida en esto, me parecería muy divertido.

–Y qué lo digas. ¿Y ahora qué?

–Hablamos con ella y le explicamos que el pueblo no quiere su regalo –quería decir que eso debería hacerlo Tucker, pero Cat no había estado con él desde que había llegado a Fool's Gold–. Yo lo haré.

–¿Estás segura? Puedo intentarlo.

–No, tú eres el ex. Hay demasiado bagaje emocional. Es mi amiga –más o menos…

–¿Qué vas a decirle?

–No tengo ni idea.

Nevada fue al Gold Rush Ski a buscar a Cat y allí su diminuto y extraño asistente le dijo que estaba trabajando y le dio la dirección del polígono industrial situado en las afueras del pueblo. Nevada fue hasta allí.

El enorme edificio estaba dividido en varias zonas. La última tenía casi el doble de altura que las demás y, pensando en el mucho espacio que haría falta para construir una vagina gigante, Nevada eligió esa zona y llamó a la puerta.

No respondió nadie. Llamó al timbre y, finalmente, abrió la puerta. La recibió un estallido de música. Los Black Eyed Peas, supuso…

Un andamio ocupaba el centro de la enorme sala, igual que aquel día en Los Ángeles cuando la había visto por primera vez. Unas impresionantes láminas de metal colgaban de una rejilla y pudo ver la estructura base de la pieza ya empezada. Unos postes estaban atados formando una gigantesca «V».

Cat estaba junto a una larga mesa cortando piezas de metal con una radial de aspecto aterrador y unos gruesos guantes que le protegían las manos. Contra la pared había un boceto de lo que sería la pieza cuando estuviera terminada.

Había ondas y volutas, diseños intrincados que cubrían

las curvas femeninas. Si se pudiera ignorar el hecho de que era una vagina, resultaba una belleza.

Cat alzó la mirada y vio a Nevada. Sonrió ampliamente, se quitó los guantes, pulsó un botón de un mando a distancia diminuto y la música se detuvo.

–¡Has venido! –corrió hacia ella y la abrazó–. ¿No te encanta este lugar? Es perfecto.

Nevada le devolvió el abrazo y dio un paso atrás.

–Me acuerdo de dónde trabajabas en Los Ángeles y aún me cuesta asimilar que aquí todo tiene un aspecto industrial, pero luego resulta bellamente etéreo cuando has terminado.

Los ojos verdes de Cat se iluminaron.

–Es mi magia personal –agarró a Nevada de la mano y la llevó hacia el boceto de la pared–. No siempre sé lo que voy a hacer, a veces tengo que dejar que la pieza me hable, pero en esta ocasión he tenido una visión. Está muy claro –se rio–. Casi siento como si no tuviera ni que hacerla porque puedo alargar la mano y tocar lo que va a ser.

–Es increíble –murmuró Nevada–. Eres muy amable honrando al pueblo de este modo.

Cat se apoyó contra ella.

–Tengo que hacerlo. Tú eres de aquí.

¡Oh, no! No quería que la conversación fuera por ahí.

–Hay un problema.

Cat la miró expectante.

–Es por el tema de la obra –dijo con cautela–. Eres brillante y famosa y todo el mundo querrá venir a ver la pieza, claro, pero existe la preocupación de que sea demasiado arriesgada para Fool's Gold.

Cat puso los ojos en blanco.

–¡Por favor! No seas tan provinciana. Mi obra celebra el poder de las mujeres.

Nevada supuso que un pecho gigante sería peor, pero no mucho peor.

–De acuerdo, pero este es un pueblo familiar y los padres no quieren tener que explicarles a sus hijos qué es.

–¿Por qué no? Deberíamos estar orgullosos de nuestros cuerpos. Hay belleza en cada uno de nosotros –juntó las cejas–. ¿Estás diciendo que el pueblo no quiere mi regalo?

Hablaba con un tono de voz bajo y neutro, pero Nevada tenía una mala sensación.

–Les preocupa lo de la vagina. Si fuera alguna otra cosa, tal vez…

–¿Alguna otra cosa? –ahora su voz fue como un bramido–. ¿Se atreven a decirme qué tengo que crear? ¿Están interfiriendo en mi proceso artístico? ¿Saben quién soy? Los gobiernos me pagan millones de dólares por mi trabajo. ¿Sabes cuánto me van a pagar los franceses por mi pieza? Por cierto, he tenido que posponer ese trabajo para crear este a modo de agradecimiento a tu pueblo.

–A lo mejor, si no están siendo apropiadamente agradecidos, deberías replantearte hacerlo.

–¡Jamás! –se alejó y se giró–. ¿Cómo se atreven? Soy una artista. No tienen derecho a negarse. No tienen derecho a quejarse. Es un regalo. Mi pieza pondrá a este pequeño lugar en el mapa. Deberían suplicarme que se lo diera.

Su voz fue alzándose con cada palabra que gritaba. Nevada no estaba pasando un buen rato, pero no se puso nerviosa de verdad hasta que Cat agarró el soplete y lo encendió.

–Vale –dijo corriendo hacia la puerta–. Piensa en ello y ya volveremos a hablar luego.

Salió y se encogió cuando Cat gritó; fue un sonido que seguía resonando en sus oídos cuando subió a la camioneta de un salto y se marchó apresuradamente.

–Mira el lado positivo –le dijo Tucker a Nevada–. Al

menos ahora no tienes que preocuparte porque quiera salir contigo.

–Cierra la boca.

Nevada deseó que estuvieran en un lugar más privado para poder darle un buen puñetazo en el estómago, porque sabía cómo hacerlo... tenía hermanos... Pero estaban en la obra y con todos los obreros allí y el equipo de voladura dándole los últimos toques a su trabajo, no le parecía el momento adecuado.

La buena noticia era que ver la explosión y el consiguiente derrumbamiento de tierra seguro que la haría sentirse mejor.

–¿Quieres que hable con ella?

–Seguro que Cat te ataca con un lanzallamas, lo cual ahora mismo no me parece tan mala idea.

Tucker le sonrió.

–No temas.

–Tiene herramientas y deberías haberla oído. Decía que la gente del pueblo eran unos desagradecidos. Ojalá con eso baste para hacerle cambiar de opinión.

Nevada vio a los hombres ponerse en posición.

–Tengo que irme.

–Te sentirás mejor después de la explosión.

–Eso espero.

Hizo las últimas comprobaciones que le correspondían y se preparó para ver el espectáculo.

–Eh... ¿Jefa?

Se giró y vio a Jerry yendo hacia ella con Cat a su lado.

–Tienes visita.

Nevada contuvo un gruñido.

–¿Qué estás haciendo aquí? Bueno, da igual. Tenemos que echarnos hacia atrás. Vamos a empezar con la voladura del terreno.

Condujo a la mujer hacia la zona del tráiler y le dio un casco.

–¿Qué haces aquí? –repitió.

Cat la miró con los ojos como platos y, con una boca temblorosa, le dijo:

–Lo sabía. Estás enfadada conmigo.

–No exactamente.

Los ojos de Cat se llenaron de lágrimas.

–Me ha dolido mucho lo que me has dicho. Ha sido como si me hubieras dado una puñalada en el corazón y después me hubieras aplastado el alma. La misma esencia de mi ser. Lo que me has pedido hacer, eso de que quieres que cambie… Creía que me conocías… –le tembló la voz como si estuviera conteniendo un sollozo.

Nevada maldijo para sí y se alejó del tráiler indicándole a Cat que la siguiera.

–No pretendía aplastarte el alma.

–¿Cómo has podido decirme esas cosas?

–Decirte que Fool's Gold no quiere una vagina gigante en el centro del pueblo es decirte la verdad.

–Pero es mi regalo. Es quien soy.

–¿Importante?

Cat esbozó una ligera sonrisa y Nevada no tuvo más remedio que admitir que, por mucho que no le gustaran las mujeres, Cat era la misma personificación de la belleza.

–Sí –susurró Cat–. Quiero darles esto porque es como dártelo a ti. Cada vez que lo veas, pensarás en mí.

–Eso seguro.

Mierda, mierda, pensó Nevada. Agarró a Cat y la llevó más hacia atrás.

–Yo ya tengo una vagina –dijo sin poder creerse que estuvieran teniendo esa conversación–. ¿No puedes hacer otra cosa?

Cat negó con la cabeza.

Nevada suspiró.

–No es por ti. Entiendo que estás haciéndonos un regalo, pero ¿no te importa lo que queramos?

–No lo entiendes. Cuando lo veas terminado, estarás agradecida. Todos lo estaréis.

–No, no lo estaremos. Estaremos horrorizados. ¿No puede ser otra cosa? ¿Un círculo? ¿La forma de una mujer?

Cat se rio.

–No seas idiota. Claro que no puede ser otra cosa. Esto es lo que tengo que hacer. Está fuera de control.

–Técnicamente no lo está. Eres tú la que lo está construyendo. Eres tú la que…

Y salió volando.

Le había parecido oír una especie de cuenta atrás, pero no había estado prestando suficiente atención. ¿Quién podía fijarse en otra cosa teniendo delante a Cat con su habitual y desquiciado comportamiento? El resultado era que no había prestado toda la atención que debiera y no se había molestado en asegurarse de si estaban lo suficientemente alejadas.

Primero estaba hablando y al segundo había salido disparada, aunque no por mucho tiempo porque había caído al suelo rápidamente y había resultado ser más duro de lo que creía. Cayó contra él con una fuerza que le sacó el aire de los pulmones.

Durante ese instante no hubo nada más y al momento estaba intentando respirar. Le dolía todo el cuerpo, le pitaban los oídos y le daba vueltas la cabeza.

–Alguien tiene que dar muchas explicaciones –murmuró mientras se incorporaba con cuidado.

Movió las piernas y se quedó tranquila al ver que no parecía estar herida. Tomó aire unas cuantas veces más y la cabeza se le despejó.

¡Cat!

Vio a su amiga también sentada y atónita. Se oyó un estruendo, como si la tierra se hubiera sacudido, y al girar la cabeza vieron parte de la montaña derrumbarse. Una enorme nube de polvo se alzó hacia el cielo.

–¿Estás bien?

Cat asintió.

–Debería haber estado prestando más atención –dijo Nevada pensando que también debería estar levantándose, aunque eso se le hacía demasiado difícil.

–Estoy bien –Cat gateó hasta ella–. ¿Estás herida?

–No, solo un poco aturdida y meneada –se rio–. Como un martini James Bond.

Cat sonrió.

Nevada oyó gritos tras ellas. Alguien las había visto salir despedidas y les iba a caer una buena.

–No pienso ir al hospital –murmuró.

Cat se estiró y puso las manos sobre sus hombros.

–Estarás bien –bajó la cabeza y la besó.

Tal vez era debido a algún trauma postexplosión, pero no, podía reconocer un beso cuando se lo daban. Unos cálidos y suaves labios se habían posado sobre los suyos, eso era lo primero que había notado. Suavidad. Delicadeza. El perfume de Cat la rodeaba y esas fuertes manos de artista le sujetaban los hombros.

Se quedó helada sin saber muy bien qué hacer. Apartarla parecía la mejor opción, pero no quería ser grosera. Antes de poder trazar un plan, oyó gritos.

–¡Oro! –gritó un hombre–. ¿Podéis ver el oro?

Cat se echó atrás y Nevada pensó que era el mejor momento para levantarse y salir corriendo. Pero antes de poder hacerlo, Tucker, Will y otros hombres las rodearon. Pudo oír a alguien llamar a los paramédicos mientras Tucker se arrodillaba a su lado y la zarandeaba suavemente.

–¿Pero qué demonios te pasa? –le preguntó furioso–. ¡Podrías haberte matado!

Se le veía muy enfadado y preocupado y, por alguna razón, eso la hizo sentirse mejor.

–Pero no ha sido así.

–¡Eres una mujer irritante! –murmuró antes de acercarse y besarla también.

En esa ocasión, el contacto resultó familiar y excitante.

Cuando Tucker se levantó y la miró, ella no pudo evitar sonreír. Qué gracia, después de tantos años, de pronto se había vuelto muy popular.

Capítulo 15

Tucker se mantuvo al lado de Nevada como si estuviera protegiéndola.

–Estoy bien, de verdad –dijo por cuarta o quinta vez.

Pero él seguía ignorándola.

Tan inquietante como saber que Nevada había estado al borde de la muerte era el hecho de saber que Cat había tomado la iniciativa y que su competencia estaba jugando para el otro equipo.

Era consciente de que se había dicho que tenía que mantener las distancias con Nevada, pero ahora mismo eso no le importaba en absoluto porque quería estar a su lado.

Una de los bomberos se acercó corriendo seguida por los médicos de urgencias.

–¿Están heridas? –preguntó la mujer poniéndose de rodillas junto a Nevada y enfocándole los ojos con una luz.

–Estoy perfectamente bien, Charlie –respondió Nevada al empezar a levantarse.

–Ni lo sueñes –dijeron Tucker y Charlie al mismo tiempo y Nevada no tuvo más opción que quedarse quieta.

–¡Yo también estoy bien! –gritó Cat con gesto de perplejidad–. ¿Es que nadie quiere preocuparse por mí?

–Yo sí –la médico de urgencias se arrodilló y le agarró

la muñeca–. ¿Cómo se encuentra, señora? ¿Está mareada? ¿Le duele la cabeza?

–¿Acaba de llamarme «señora»? –Cat cerró los ojos–. Ahora sí que estoy mareada.

Nevada se rio y Tucker la miró.

–No te rías –le ordenó–. Podrías estar herida.

Otro médico se unió a Charlie y examinaron a Nevada bajo la nerviosa mirada de Tucker. Él veía a un grupo de hombres escalando un lateral de la montaña y gritando algo que no podía oír. Había mucha actividad por allí y luego tendría que ocuparse de ese asunto, pero ahora mismo Nevada era su principal preocupación.

Unos dos minutos más tarde, la médico le quitó el manguito con que le había tomado la tensión.

–Estás bien.

Tucker no parecía muy convencido.

–¿Y si se ha dado un golpe en la cabeza?

–No me he dado ningún golpe.

–Puede que no lo recuerdes.

Ella puso los ojos en blanco.

–No me duele la cabeza y no me pitan los oídos. Estoy bien.

Cat también estaba bien, pero no parecía tener tantas ganas de levantarse como Nevada, que se había puesto de pie y había extendido los brazos para dar una vuelta sobre sí misma.

–¿Lo veis? No tengo nada roto.

Una de las doctoras ayudó a Cat a levantarse, que se acercó a Nevada para abrazarse a ella.

–No me puedo creer que nos haya pasado esto. Podríamos haber muerto –la miró–. Deberíamos volver a mi hotel y descansar.

Nevada se soltó de ella lentamente.

–No lo creo. Tucker, ¿puedes encontrar a alguien que lleve a Cat a su hotel?

–Claro.

Le indicó a Jerry que se acercara y le dijo que llevara a Cat al hotel. La mujer protestó, pero finalmente se dejó convencer. Las doctoras volvieron a su ambulancia.

Charlie se acercó a Tucker y lo miró.

–¡Estaba demasiado cerca!

Nevada sacudió la cabeza.

–No le grites a él. Ha sido culpa mía. Me he distraído.

–¿Así lo llamas? –murmuró Tucker.

Nevada lo miró.

–No empieces conmigo.

–Estabas besándola.

No había querido decirlo, pero las palabras habían salido de su boca sin que hubiera podido evitarlo.

–¿Cómo dices? –dijo Charlie.

Nevada suspiró.

–Es una larga historia.

–Tengo tiempo –los miró a los dos–. Pero creía que…

–Yo también –gruñó Tucker. No le estaba gustando nada la situación. En teoría, eso de una relación entre mujeres podía resultar excitante, pero no tanto cuando una de las mujeres en cuestión era tu chica.

–Oh, ¿en serio? –sonrió Charlie–. ¿Y cómo ha sido?

–Diferente.

–¿Diferente bien o diferente mal?

–¿Lo preguntas por ti? –Nevada enarcó las cejas–. Porque Cat está entrando en su fase femenina.

–No es mi tipo y no me interesa. Es solo curiosidad.

Will corrió hacia ellos.

–Jefe, tienes que venir a ver esto. Cuando han volado el lateral de la montaña, han quedado expuestas un montón de cuevas y tienen oro. Estatuas y arte y muchas cosas. Parece antiguo. Indio, tal vez.

–Maya –dijeron Nevada y Charlie al unísono.

–La tribu Máa-zib –dijo Tucker preguntándose cuánto

habría quedado expuesto y cuánto retrasaría eso las obras. Esa clase de sorpresas no solían ser agradables para los constructores–. ¿Puedes llevarla al tráiler? –le preguntó a Charlie.

–No. Yo también quiero ver esto.

–Ya las has oído, estoy bien –dijo Nevada yendo hacia la multitud–. ¿Este descubrimiento estropeará mucho las cosas?

–Tendremos que verlo. Depende de dónde esté y qué pase con ello.

Tucker observó la zona de la voladura y la gente arremolinada en ese lateral de la montaña. Si se derrumbaba más tierra, todos caerían.

–Tenemos que despejar la zona –le dijo él a Will–. Necesitaremos seguridad –y no solo por motivos de seguridad, sino porque si de verdad era oro… Maldijo. Iba a ser una situación muy complicada.

–Está en el otro extremo de lo que va a ser el aparcamiento –señaló Nevada–. Puede que eso sea bueno porque a lo mejor las cuevas sobrepasan la línea de la propiedad. Si es así, no sería problema tuyo.

–No creo que tenga tanta suerte.

Él la rodeó con el brazo.

–¿Sigues encontrándote bien? ¿No te duele la cabeza?

–Me he pegado un buen golpe contra el suelo, pero por lo demás estoy bien.

Llegaron a la base de la colina y, antes de poder subir, un coche condujo hasta ellos. Tucker lo reconoció y una mujer bajó del vehículo.

–He recibido una llamada –dijo la alcaldesa Marsha mirando hacia la multitud apostada en la colina–. No pueden estar ahí, puede que el terreno no sea estable.

–Sacaré a mis hombres.

–Bien. Ya he llamado a la jefa Barns. Pondrá a su gente

acordonando la zona hasta que sepamos qué va a pasar –la alcaldesa tomó aire–. ¿De verdad hay oro?

–Eso es lo que he oído.

–¡Como si no tuviéramos bastante con una vagina gigante! –exclamó la mujer.

–Al menos el oro será una distracción.

–Si haces tu trabajo y te libras de la vagina, no necesitaremos ninguna distracción.

–Oh, de acuerdo.

Nevada se marchó pronto del trabajo. Entre la prensa, la policía y la gente del pueblo, la zona de obras había sido un alboroto. Ya se ocuparía de lo que tenía que hacer por la mañana. Mientras tanto, quería darse un baño caliente y descansar un poco para procesar y asimilar su nueva y complicada vida.

Según se llenaba la bañera, su mente no dejaba de recibir imágenes de la última vez que la había usado. Había sido durante su noche con Tucker, esa noche en la que los dedos de los pies se le habían encogido más de una vez. Ese hombre sí que sabía lo que hacía, se dijo al meterse al agua. Si el sexo hubiera sido la mitad de bueno diez años atrás, se habría enfrentado a Cat por él. Aunque tampoco habría conseguido mucho porque por entonces él había estado obsesionado con esa belleza artística.

«¡Cómo cambian las cosas con el paso del tiempo!», pensó al hundirse en el agua caliente. Tucker no se había tomado muy bien el beso de Cat y se había disgustado más incluso que ella. Era un interesante giro de la situación, teniendo en cuenta que era la primera vez que la había besado una chica, pero ahora tenía un problema con Cat y no sabía qué hacer al respecto.

Rechazar a Cat era algo que sobraba decir, pero ¿cómo hacerlo? Por mucho que esa mujer pudiera enfurecerla, le caía bien y quería que siguieran siendo amigas. «Mañana...», pensó al estirarse en el agua y dejar que el calor calmara sus doloridos músculos.

Cuando el agua se enfrió, salió y se vistió. Tenía hambre, pero no tenía humor para cocinar, lo cual solía traducirse en comida para llevar. Antes de poder decidirse por un restaurante, alguien llamó a la puerta.

Nevada estaba medio temerosa de responder. No estaba preparada para enfrentarse a Cat, ya que esa conversación requeriría cierto grado de delicadeza y preparación.

Volvieron a llamar.

Lentamente y despacio, cruzó el salón y se asomó a la mirilla.

—Gracias a Dios —dijo al abrir la puerta.

Tucker estaba apoyado contra el marco de la puerta.

—¿Esperabas a otra persona?

—Se me ha pasado por la cabeza.

—A mí también. He venido a reclamar a mi mujer.

Estaban en el nuevo siglo y supuso que debía oponerse a ese tipo de comentario, pero lo cierto era que la hizo sentirse bien por dentro.

—¿Qué significa eso?

—Te llevo a casa conmigo. Prepara tu bolsa. Tenemos reserva para cenar dentro de media hora. Ya he elegido el vino.

La idea del vino le sonó muy bien, al igual que la idea de pasar la noche con él.

—Dame cinco minutos.

La suite de Tucker en el hotel tenía un salón con un sofá y dos sillas y un gran dormitorio al otro lado. Soltó la bolsa sobre la cama y se giró hacia él.

—Aliméntame.

Él se rio.

—Nunca te han gustado los juegos.

—No es mi estilo.

La tomó de la mano y bajaron. Una vez en el restaurante, los llevaron hasta una mesa situada en un rincón. El vino ya estaba abierto y servido y las cartas estaban a un lado.

—Muy bien preparado —dijo ella sentándose.

—Puedo ser muy delicado.

—Es agradable tener pruebas de ello.

Se inclinó hacia ella.

—¿Cómo te encuentras?

—Bien. No me duele la cabeza, y la espalda y el trasero me duelen un poco del impacto. No me puedo creer que haya sido tan estúpida y no le haya prestado atención a dónde estaba. ¿Vas a redactar un informe por la negligencia que he cometido?

—Esta vez no, pero si vuelves a hacerlo, estarás metida en un buen lío.

—No volveré a hacerlo —aunque tampoco había más explosiones planificadas—. Bueno, ¿qué me he perdido?

—Tu alcaldesa me aterra —admitió.

—No te sientas mal. Estás en buena compañía, pero la alcaldesa Marsha siempre consigue exactamente lo que quiere.

—Y muy deprisa. La zona de la explosión ya está acordonada y hay mucha policía haciendo guardia. Se ha solicitado personal de seguridad extra y llegarán por la mañana, y nos hemos puesto en contacto con un famoso equipo arqueológico para que se ocupen del descubrimiento. También llegarán mañana.

Ella dio un trago de vino y el rico sabor rodó por su lengua. Ese hombre sí que sabía elegir vino, pensó al recordar que Tucker tenía más talentos.

—¿Qué supone esto para la obra?

—La alcaldesa jura que nos devolverán la zona por completo dentro de dos semanas. E incluso aunque ese tiempo se doble, un mes no sería tan malo. Podemos posponer la construcción del aparcamiento y centrarnos en el otro extremo. Una de las ventajas de trabajar sobre cien acres es esa. Ahora la gran pregunta va a ser quién se queda con el oro.

–¿Has podido verlo?

–Unas cuantas piezas. Hay tallas y estatuas y algo de joyas. Es un gran descubrimiento. No sé nada sobre arqueología, pero estoy seguro de que los que visten pantalones cortos kaki se van a poner muy contentos.

–El hallazgo también será positivo para el pueblo. Más turistas. Nos encantan los turistas y sus dólares.

–Claro. ¡Y yo que creía que la vida en un pueblo pequeño sería aburrida!

–Eso nunca.

Él la miró y ella suspiró.

–Estoy bien. No te preocupes.

–No puedo evitarlo –alzó su copa–. ¿Cómo está Cat?

–No he hablado con ella.

–¿Quieres?

Nevada enarcó las cejas.

–¿Celoso?

–No del todo. Es solo que lo estoy asimilando. Ha sido mi primer beso entre chicas en directo.

–El mío también. Voy a tener que hablar con ella. No creo que esté verdaderamente interesada en mí. Creo que es solo por el arte, pero tampoco quiero herir sus sentimientos –agarró su copa de vino y la bajó.

–Oh, Dios –murmuró y unió todas las piezas–. Los tres nos hemos besado entre nosotros. ¡Esto es prácticamente un trío!

Tucker se recostó en el banco y se rio. El sonido de su risa la envolvió y la hizo sonreír. Estar con él siempre la hacía sentir mejor y hoy se sentía segura y protegida y esa sensación le gustaba, pero había algo más. Le gustaba que

Tucker la tratara como a un igual y que la aceptara como parte de su equipo.

Le entregó una de las cartas.

–Prepárate. Me apetece carne.

–Pues adelante. Te lo has ganado.

El camarero se acercó un momento después y les tomó nota. Cuando volvieron a quedarse solos, Tucker sirvió más vino.

–¿Sabes algo sobre la historia de la tribu Máa-zib? No sabía que trabajaran con oro.

–Yo tampoco. La mayoría de las historias que corren por aquí cuentan que era una sociedad de matriarcado a la que no le interesaba mucho los hombres –sonrió–. Excepto por el tema de quedarse embarazadas.

–Una pandilla de románticas, entonces –él dio un sorbo de vino–. Mi madre era la que llevaba más sangre Máa-zib. Si alguna vez hablaba sobre lo que sabía, mi padre lo ha olvidado y nadie de su familia le ha contado ninguna historia. Hace unos años le pregunté por ello y no recordaba que mi madre hubiera dicho nunca nada.

–Eras pequeño cuando murió.

–No la recuerdo nada. Sí que tengo unas cuantas imágenes algo borrosas, pero sospecho que son de mi padre hablándome de ella más que recuerdos míos propios.

–Eso debe de ser difícil.

–Es todo lo que sé. No puedo echar de menos lo que no he tenido nunca.

Y probablemente fuera verdad, pero era triste, pensó Nevada.

–Si no hubiera muerto, ¿habríais viajado los dos con tu padre? ¿O te habrían criado en un único lugar?

–No lo sé. Nunca he pensado en ello –alargó la mano por encima de la mesa y le tocó la mano–. Podría haber crecido en un lugar como Fool's Gold.

–Hay destinos peores.

–Me gusta estar aquí, me gusta más de lo que creía. Tenéis un sentido de la comunidad, aunque la alcaldesa Marsha puede ser un poco furibunda.

Ella sonrió.

–Es muy protectora.

–Me alegro de que no lleve una pistola.

El tacto de sus dedos rozando los suyos encendió todo su cuerpo. «Luego», pensó. Aunque estaba segura de que Tucker accedería si le sugería que llevaran la fiesta arriba, deseaba esperar. No solo por la emoción que eso conllevaba, sino porque era agradable estar ahí con él, como si fueran una pareja normal.

En cuanto las ideas se formaron en su cabeza se recordó que era peligroso pensar así. Trabajaban juntos, lo cual ya era una complicación, y él no creía en el amor. Aunque, por otro lado, no podía decirse que estuvieran en la fase de enamoramiento ni mucho menos.

Aun así, era un buen momento para recordarse que tener una relación con él sería estúpido.

Jo estaba tendida de lado con el cuerpo lleno de satisfacción y la mente tranquila por una vez. Will se estiró a su lado, con la mano sobre su cadera y una intensa expresión en la mirada.

–Podría volverme adicta a ti –le susurró.

–Bien.

«No, no está bien», pensó Jo. Conocía el peligro que suponía enamorarse de un hombre y, aun así, ahora que había cedido, no podía convencerse de echarse atrás. Estar con él era fácil.

Jake, su gato, saltó sobre la cama, la ignoró y fue hasta Will para dejarse acariciar.

–Maldito gato –murmuró Will rascándole detrás de las orejas.

–Siempre dices lo mismo, pero eres muy bueno con él.

–No está mal para ser un gato.

Ella sonrió.

–Eres un cielo. Muy duro por fuera, pero es solo una fachada.

En lugar de sonreír, Will la besó.

–Te quiero.

Sus palabras cayeron en el silencio. Fueron unas palabras inesperadas y no bien recibidas.

No es amor, pensó desesperadamente, incorporándose y agarrando la sábana. Amor nunca. Se suponía que no debían implicarse tanto.

–A juzgar por el pánico en tu mirada, no es una noticia bien recibida.

Ella salió de la cama y recogió su tanga. Se lo puso, se puso también una camiseta y se giró hacia él.

–No, no lo es.

–Al menos eres sincera –Will se incorporó y se apoyó contra el cabecero de la cama. El dolor oscurecía sus ojos–. ¿Quieres decirme por qué?

Molesto porque habían dejado de acariciarlo, Jake se fue a los pies de la cama y comenzó a lavarse el morro.

Will era un buen hombre, se recordó Jo. Eso siempre lo había sabido. Era amable y normal y no podría entenderlo. Contarle la verdad significaba perderlo, pero no contársela significaba probablemente lo mismo. Había herido sus sentimientos y eso era lo único que no había querido hacer.

–¿Vas a pasarte el resto de tu vida ocultándote? ¿Qué pasa? ¿Alguien te ha hecho daño?

Ella se cruzó de brazos.

–No va a funcionar. Si te lo digo, todo cambiará.

–No, no cambiará. No soy esa clase de hombre.

Eso era algo que ya le habían dicho antes, pero se equivocaba. Todo el mundo era esa clase de hombre.

–Cuéntamelo –insistió–. No puedo arreglarlo si no sé lo que es.

–No se puede arreglar nada. Es mi pasado y eso no se puede cambiar.

–No hay nada que puedas decirme para hacer que te dé la espalda. Te quiero. Y eso no va a cambiar.

Lo decía en serio, podía verlo y casi lo creía, pero eso hacía las cosas demasiado sencillas y ella no tenía tanta suerte.

Se quedó allí de pie un largo instante antes de aceptar el hecho de que no tenía muchas opciones. Si no se lo decía ahora, él sacaría el tema más tarde. Si se lo contaba, lo suyo se acabaría. Intentó decirse que no querer perderlo no significaba que fuera débil, pero sabía que estaría mintiéndose a sí misma. De algún modo, cuando no estaba prestando atención, ese hombre se había vuelto muy importante para ella.

Agarró una silla y la acercó a la cama. Se sentó. El pasado que tanto había querido dejar atrás ahora la rodeaba.

–Mis padres murieron cuando yo era muy pequeña –comenzó a decir–. Pasé unos años en casas de acogida. No fue genial, pero tampoco me pasó nada demasiado espantoso. No abusaron de mí ni nada por el estilo, pero nunca pertenecí a ningún sitio, si es que eso tiene algún sentido.

Alzó la mirada y lo encontró mirándola fijamente. Se le encogió el estómago. Nada de eso podría acabar bien, se dijo con tristeza. Pero ahora era demasiado tarde para salir con una mentira.

–Cuando tenía unos quince años, me enviaron a vivir con una mujer nueva en el sistema de acogida. Era mayor, para mí en aquel momento era una anciana –logró esbozar una sonrisa–. Creo que tendría cerca de los sesenta por entonces. Sandy. Era agradable, muy agradable. Y dulce. Se preocupaba por mí y eso era algo que nadie había hecho en mucho tiempo. Y entonces conocí a Ronnie. Era un año mayor que yo, un chico malo. Muy, muy, sexy, con tatuajes y una moto. No pude resistirme a él, y el día que me besó, supe que ya podía morirme feliz.

Miró la manta, miró el suelo. Miró ahí donde le parecía seguro.

—Estar con Ronnie era emocionante. Peligroso. Un día robamos un par de botellas de una tienda de licores. Fue demasiado fácil y nos emborrachamos. Sandy nunca lo supo, nunca lo sospechó. Ronnie era muy educado con ella y ella lo adoraba y se alegraba por mí. Me sentía mal por engañarla, pero eso no me detuvo.

—Conozco a esa clase de chicos.

—Pues entonces no te sorprenderá saber que las cosas fueron yendo a más. Atracamos un supermercado de otro pueblo y después una tintorería. Apenas intentaron detenernos y la policía no sabía quiénes éramos. Ser así de malos era emocionante y divertido y algo que compartíamos. Durante el día éramos estudiantes y por la noche éramos Bonnie y Clyde.

Lo miró y se encogió de hombros.

—Solo había oído parte de esa historia. No sabía cómo terminaba.

Respiró hondo.

—Decidimos que nuestro regalo de graduación sería atracar un banco. Sandy me había dicho que rellenara solicitudes para la universidad y que había ahorrado algo de dinero para ayudarme a pagarla. No me lo podía creer. Debería haberla escuchado, debería haber aceptado el regalo, pero prefería estar con Ronnie.

—¿Atracaste un banco? —parecía impactado.

—Lo intentamos. Hicimos un trabajo bastante decente planeándolo y habríamos escapado, pero el director del banco decidió hacernos frente. Ronnie tenía una pistola y…

Ahora venía la parte más difícil. La parte que la había perseguido siempre. Aún podía recordar el terror en la expresión del director y cómo no dejaba de mirar las fotografías que tenía sobre la mesa. Tenía mujer y tres hijos. Ahora mismo, ella podría reconocer a esos chicos en cualquier parte.

–Éramos muy jóvenes y muy estúpidos –continuó diciendo–. Ronnie estaba gritándole que le entregara el dinero y yo… –se le hizo un nudo en la garganta–. Yo no dejaba de decirle que Ronnie le dispararía si no escuchaba. Estaba muy asustada, pero también estaba decidida a hacer lo que estábamos haciendo.

Respiró hondo.

–La policía entró y uno de los clientes del banco gritó que iba a disparar y alguien disparó. Después, todos dispararon.

No sabía que una pistola pudiera sonar tan fuerte. El sonido había llenado el pequeño banco y había resonado hasta que había parecido explotar en su cabeza. Los siguientes disparos habían parecido prolongarse eternamente.

Se había quedado allí, esperando a que la mataran y siendo lo suficientemente ignorante como para pensar que morir juntos habría sido romántico.

Volvió a bajar la mirada a las manos.

–Había mucha sangre –susurró–. No sabía cuánta podía llegar a haber –no le hacía falta cerrar los ojos para verlo ahí tendido sobre el suelo del banco. Recordaba que alguien estaba gritando y que el sonido le hacía daño a los oídos. Le había llevado mucho tiempo darse cuenta de que esa persona era ella.

–Me arrestaron. Mi abogado intentó convencerme para que dijera que había sido Ronnie; después de todo, estaba muerto y no podría decir que yo estaba mintiendo. Pero no lo hice. Les conté todo y después me declaré culpable. No quería volver a enfrentarme a esas personas en un juicio. Me sentenciaron y eso fue todo.

Estaba conteniendo las lágrimas.

—Sandy vino a verme. Estaba destrozada. No dejaba de decir que era culpa suya y yo tuve que decirle que no, y me dio mucho miedo que me abandonara, pero no lo hizo. Ni siquiera cuando me encerraron.

Finalmente lo miró. Estaba totalmente atónito, sin expresión alguna. Eso era mejor que el hecho de que se hubiera levantado y estuviera llamándola «asesina», pero no mucho mejor.

—Me condenaron a doce años y cumplí nueve. Tenía veintisiete años cuando salí. Eso pasó hace casi diez. Sandy estaba enferma y me quedé con ella el siguiente par de años, cuidándola hasta que murió. Me dejó todo. Vendí su casita y, no sé cómo, pero encontré Fool's Gold y compré este lugar.

Se cruzó de brazos.

—Si pudiera volver atrás, lo haría. Si pudiera renunciar a mi vida para que Ronnie no hubiera tenido que morir así… Qué desperdicio de juventud para los dos. Éramos unos críos, pero tendríamos que haber sabido lo que hacíamos. Sé que tuve suerte. El director se recuperó y yo tuve a Sandy para que cuidara de mí. No me dejó nunca. No sé por qué. Cualquier otro se habría marchado y me habría dejado atrás.

Se detuvo esperando que él dijera algo, pero no lo hizo. Incómoda, añadió:

—He aprendido mi lección. Está claro. Ahora todo es distinto, pero sigo llevando todo eso conmigo.

—Lo entiendo —se bajó de la cama y empezó a vestirse.

Ella se levantó y tuvo la precaución de dejar la silla entre los dos. Instintivamente sabía que iba a necesitar protección.

Will se puso los vaqueros y la sudadera. Después, la miró y maldijo.

—Creía que habías estado con algún tipo que te maltrataba. Creía que eras una princesa de la Mafia o algo parecido.

Ella ni se estremeció. No le dejó ver cómo la atravesaban sus palabras.

—No tienes un pasado nada noble. Eres una criminal. Un hombre inocente podría haber muerto por ti. Un hombre culpable sí que murió. Y no es algo de lo que yo quiera formar parte.

Se puso las botas, agarró la chaqueta y se marchó. Unos segundos después, ella oyó la puerta cerrarse de golpe y el sonido de sus pisadas sobre las escaleras.

Comenzó a temblar, y no porque en la habitación hiciera frío. El frío salía de su interior y la recorrió hasta que tembló tanto que apenas pudo soportarlo.

Había sabido lo que pasaría si alguna vez contaba la verdad, había sabido que sería el final, así que también sabía que no debería estar sorprendida.

Las lágrimas llenaban sus ojos y mientras las secaba se preguntaba si alguna vez lograría dejar su pasado atrás. No era que quisiera olvidar, pagaría el resto de su vida por lo que había hecho y se lo merecía, pero había cambiado y había esperado que su futuro pudiera cambiar también.

Capítulo 16

La zona de obras era un auténtico caos. Tucker estaba junto al tráiler y miraba hacia lo que antes había sido una obra relativamente tranquila y ordenada. Ahora había policía, policía montada del Estado, seguridad privada y turistas por todas partes. La zona que se había despejado junto a la montaña se había convertido en un aparcamiento improvisado que se había llenado de coches y camionetas. Heidi Simpson había montado un puesto para vender su queso de cabra, junto con agua, refrescos y sándwiches. Él entendía la necesidad de que todo el mundo obtuviera un beneficio, pero también estaba deseando que todos se marcharan y le dejaran tranquilo.

Sintió el teléfono vibrar en su bolsillo y lo sacó.

–Janack.

–Estáis saliendo en la CNN –dijo su padre–. No sé si me siento orgulloso u horrorizado.

–Dímelo cuando lo decidas. Yo sí que sé lo que siento.

Entró en el tráiler para poder oírlo mejor y cerró la puerta.

Su padre se rio.

–Puedo oírlo en tu voz, hijo. ¿Estás mal?

Tucker se dejó caer en su silla.

–No dejo de decirme que podría ser peor, al menos el

tesoro está al otro extremo de la obra, al otro lado de nuestra línea de propiedad. No estamos implicados legalmente. En cuanto se lleven el oro, las cosas se calmarán. Mientras tanto, estamos trasladando a nuestro equipo y a nuestros hombres lo más lejos posible.

–Parece que lo tienes todo bajo control.

–Nevada. Se presentó voluntaria para coordinar esto con el pueblo.

–Siempre es bueno tener a un empleado local en la obra.

–Sí que lo es –respondió pensativo y diciéndose que la valía de Nevada iba más allá del hecho de ser del pueblo.

Su padre y él hablaron sobre el trabajo y sobre cuánto creía Tucker que se saldrían de la agenda programada.

–¿Necesitas que vaya?

–Lo tengo cubierto.

–Lo sé, hijo. Mantenme al tanto. Te llamo pronto.

Colgaron.

Tucker miró la puerta y, aunque no quería salir, sabía que tenía que hacerlo. Apenas había dado unos pasos cuando Nevada apareció a su lado.

–De acuerdo –dijo con expresión divertida–. El equipo arqueológico está de camino. Jerry nos ha avisado de que su autobús está subiendo la carretera.

Le indicó a Tucker que la siguiera hasta la mesa donde comían los chicos. Sacó dos papeles y los extendió.

–Necesitaremos medio día para despejar una carretera temporal hasta aquí –señaló al esquema que había dibujado–. Creo que merece la pena. Podemos trasladar el equipo que necesitemos por ahí más rápidamente y ponernos a trabajar directamente.

–¿Y qué pasa con todo este follón? –preguntó señalando a sus espaldas.

Ella miró atrás.

–Mañana lo tendré bajo control.

–Imposible.

Ella se rio.

–Confía en mí, Tucker. Crecí entre cinco hermanos. Esto no es nada. Estoy acostumbrada a la anarquía y al alboroto. Todo marcharía más deprisa si mi madre estuviera aquí, pero puedo hacerlo sola.

Siguió explicando su plan, que era impresionante. Su padre tenía razón, tener una persona del pueblo trabajando para ellos ayudaba mucho. Sabía que tenía suerte de tenerla, y no solo en la obra. Era uno de los placeres inesperados de estar en Fool's Gold.

Aunque no creía en la elección de su padre de tener mujeres por todo el mundo, Tucker no había vivido como un monje los últimos diez años. Había tenido muchas relaciones breves y casuales, fáciles de empezar y fáciles de terminar. Casi desde el principio había sabido que no funcionarían por muchas razones.

Con Nevada era diferente. Ella entendía su trabajo y lo entendía a él. Podían hablar de cualquier cosa y pasar largos periodos de tiempo juntos. Confiaba en ella, y eso no era algo muy habitual.

–¿Y bien? ¿Tengo tu aprobación?

–Y mi gratitud –respondió él.

–Más tarde podrás darme un pequeño, pero sabroso regalo.

Su pícara sonrisa hizo que él deseara llevarla hacia sí y darle ese regalo ahora, pero no era ni el momento ni el lugar.

Otro coche llegó.

–Es la jefa de policía Alice Barns –susurró–. Fue ella quien trajo la notificación para presentarnos ante el concejo la última vez que estuvo aquí. ¿Crees que estarán reclamando nuestra presencia otra vez?

Antes de que Nevada pudiera responder, la jefa de policía se acercó. Tucker la miró, pero no vio que llevara ningún papel. Eso ya era algo.

–Buenos días –dijo la jefa–. He venido a deciros que el personal de seguridad extra estará aquí todo el tiempo que necesitéis –sonrió–. Seguro que eso os alegra.

–Mi corazón late cada vez más deprisa según hablamos –dijo Tucker–. ¿Tenemos un tiempo estimado para terminar?

La mujer señaló hacia el aparcamiento donde acababa de llegar una camioneta destartalada.

–Puedes preguntarles a ellos. Yo tengo su lista de nombres. ¿Quieres una copia?

–No –tenía pensado estar en el otro extremo de la zona de obras hasta que todo se calmara y la idea de que hubiera cien acres separándolos lo hacía un tipo muy feliz.

–Yo sí la quiero –dijo Nevada–. Y también querré comprobar su identificación para asegurarme de que no tenemos ningún cazador de tesoros. Este hallazgo forma parte de la historia de Fool's Gold y nadie va a robarlo mientras yo esté delante.

–¡Esa es mi chica! –dijo la mujer.

Tucker vio a media docena de arqueólogos, vestidos con sus pantalones caqui, saliendo de la camioneta. La mayoría llevaba mochilas y herramientas y botellas de agua. Una de las mujeres pasó por delante de él. Era alta y morena.

–¿Tucker Janack? Soy Piper Tate.

Se dieron la mano.

–Ya he trabajado con constructores y sé que querrá tenernos fuera de la zona lo antes posible. Nosotros también lo queremos. Nuestra prioridad es el hallazgo y mantenerlo a salvo. Cuando se trata de objetos la cosa va más deprisa que si son restos humanos. Dé gracias de que no han desenterrado un esqueleto.

–¡Qué suerte tengo!

Hablaron un poco más y Tucker se fijó en que la jefa de policía se apartó de ellos cuando la conversación se volvió demasiado técnica. Habría querido irse con ella, pero se quedó allí, escuchando cómo se extraerían los objetos, cómo se catalogarían y cómo era el riguroso diseño de las cajas que usarían para transportarlo todo.

Cuando Piper finalmente se excusó para ir a reunirse con sus compañeros, Tucker vio que Nevada estaba riéndose.

–¿Qué?

–Tienes que aprender a fingir mejor. Estaba claro que estabas aburriéndote.

–Era un tema aburrido. Yo estoy aquí para construir, no para hablar de viejas estatuas.

–Sé de alguien que necesita pasar un rato subido a una excavadora.

Eso sí que sonó bien.

–Aún no dejo de pensar en qué habríamos hecho si hubiéramos encontrado un cuerpo.

–Vamos –lo llevó hasta su camioneta–. Yo me ocupo de esto.

–De acuerdo. Cuéntame cómo va todo en un par de horas.

–Lo haré.

Sacó las llaves de su bolsillo y casi había llegado a su camioneta cuando un sedán oscuro se detuvo junto al coche de policía.

–Lo siento –susurró Nevada cuando la alcaldesa bajó.

Tucker agachó la cabeza. ¡No era su día!

Esperó a que la alcaldesa se acercara mientras una mujer que no conocía bajaba del otro asiento.

–Annabelle –dijo Nevada sorprendida–. ¿Qué estás haciendo aquí?

Annabelle era muy bajita y pelirroja. Parecía incómoda mientras lo miraba todo a su alrededor.

–Tengo ciertos conocimientos sobre tribus –dijo con un suspiro–. Estoy especializada en la tribu Máa-zib y, no sé cómo, la alcaldesa lo ha descubierto.

¡Esa mujer lo sabía todo!, pensó Tucker. Debía de tener alguna especie de red de comunicaciones instalada en la ciudad desde la que lo controlaba todo.

–Quiero que Annabelle le eche un ojo al equipo arqueológico. Mi oficina está recibiendo decenas de llamadas de museos de todo el país y de algunos de América Central. Todo el mundo quiere saber algo sobre el descubrimiento y algunos incluso están intentando reclamarlo –se estiró el traje–. Pero la tribu Máa-zib vivió aquí, así que tendremos algo que decir sobre lo que les suceda a los objetos encontrados. Los Smithsonianos han llamado también. He intentado que se interesaran por la vagina gigante de la señorita Stoicasescu, pero no han hecho caso.

–Me habría gustado haber oído la conversación –dijo Tucker en voz baja.

Nevada le dio un codazo en las costillas.

–¿Qué vas a hacer hoy, Tucker?

–Seguir con la obra. Nevada está coordinándolo todo por allí –señaló a la multitud apostada en un lateral de la montaña.

La alcaldesa sacudió la cabeza.

–Estoy demasiado vieja para esto –murmuró–. Puede que sea hora de jubilarme.

–Ni lo sueñe –le dijo Nevada–. Vamos, a ver si puede probar un poco de queso de cabra.

Las tres mujeres fueron hacia el puesto de Heidi en un extremo del aparcamiento. Tucker fue hacia su camioneta y Nevada miró atrás justo en ese momento para sonreírle.

Él se subió pensando en lo agradable que era tener a alguien que se preocupara por ti y te respaldara. Ya se aseguraría más tarde de devolver ese favor.

Tucker finalizó su jornada acalorado, sudoroso y de un humor mucho mejor que con el que había empezado. Ya ni siquiera le importaban todos los coches, ni los arqueólogos ni los guardias de seguridad que corrían por todas partes. Volvería al hotel, donde se daría una ducha, y después iría a casa de Nevada para pasar la noche con ella.

Entró en el tráiler para comprobar su e-mail y vio que Will estaba buscándolo. No lo había visto en todo el día y, al mirarlo, supo por qué. Parecía estar consumido. Estaba pálido y tenía los ojos rojos. Estaba claro que no había dormido. Por si eso fuera poco, unos hombros caídos enfatizaban que, fuera lo que fuera lo que le pasaba, era malo.

—¿Qué ha pasado? ¿Quién ha muerto?

—Nadie —lo miró—. Quiero que me traslades a otro proyecto. No me importa dónde. Tengo que salir de aquí.

Solo había una razón para que un hombre tuviera ese aspecto y quisiera marcharse del pueblo. Y esa razón era una mujer.

—¿Jo?

Will asintió.

—¿Quieres hablar de ello?

—No —suspiró—. Tenías razón. El amor nos convierte en idiotas. Creía en ella.

Tucker no sabía qué decir. Por un lado, Will había estado feliz al lado de Jo, por otro, que terminara mal era inevitable.

—De acuerdo, a ver qué puedo hacer.

—Gracias —Will fue hacia la puerta y se giró—. Creía que era la mujer de mi vida, pero me equivoqué. El amor es para los pringados.

El día había sido bueno, pensó Nevada contenta al salir de la ducha y agarrar la toalla. Aunque habría preferido pasarlo construyendo algo, intentar sacar adelante el trabajo a la vez que se ocupaba de toda esa locura de última hora también había resultado interesante. Además, había pasado un rato con Heidi y ahora sabía más sobre queso de cabra que nadie.

Se echó loción corporal y se vistió. Acababa de agarrar el secador cuando el teléfono sonó.

—¿Diga?

—Soy yo —dijo Montana con un suspiro—. Tenemos problemas de novios.

Había una tradición en el pueblo. Cuando un hombre le hacía daño a una de las mujeres, sus amigas salían corriendo en su ayuda. Algo de alcohol y mucho azúcar eran necesarios para superar la primera y dolorosa noche.

—Allí estaré. ¿Quién es?

—Jo.

No era el nombre que se había esperado oír.

—¿Qué? No. Está saliendo con Will y es un tipo genial.

—Ya no. No conozco los detalles, solo que Charlie se la ha encontrado llorando en el bar.

—Es terrible. No lo entiendo —Will adoraba a Jo, había ido detrás de ella hasta que la había conseguido. Eran muy felices juntos—. Dame veinte minutos.

—De acuerdo. Tengo más llamadas que hacer.

Nevada colgó y se secó el pelo rápidamente. Agarró las llaves del coche, una chaqueta y salió. Acababa de llegar al porche de la casa cuando se topó con Tucker.

—Ey, venía a verte. ¿Quieres que cenemos?

—No puedo. ¿Qué ha pasado con Will y Jo?

Tucker se metió las manos en los bolsillos.

—No lo sé. Me ha dicho que ha terminado y que quiere que lo traslade a otro proyecto.

Ella se quedó boquiabierta.

—No. ¿Se marcha? ¿Qué ha pasado?

—No se lo he preguntado.

Muy típico de los hombres.

—¿Has tenido algo que ver con esto?

–¿Qué? No. ¿Por qué iba a tener yo algo que ver?

No estaba segura.

–Siempre estás diciendo que las relaciones son malas y que estar enamorado convierte a los hombres en idiotas. ¿Por eso han roto Will y Jo?

–No. Will se ha dado cuenta por sí solo. Es por algo que ha descubierto sobre Jo. ¿Por qué no le echas la culpa a quien corresponde?

–Eso hago. Le echo la culpa a él.

–Claro. Ante la duda, se culpa al chico.

–Si no sabes lo que ha pasado, ¿cómo sabes que no ha sido por él? –se detuvo, pero Tucker no respondió–. Tengo que ir a ayudar a una amiga.

–Bien –contestó él malhumorado.

–Bien –respondió ella secamente.

Se miraron y Tucker se dio la vuelta y se fue. Nevada cerró la puerta de golpe, aunque ese gesto no le resultó muy satisfactorio, probablemente porque ya estaba sintiendo dolor por otra cosa; era un dolor que le decía que el hecho de que Will y Jo hubieran roto reforzaba la estúpida idea que Tucker tenía sobre el amor.

Al cabo de una hora, la casa de Jo estaba llena de amigas, comida y margaritas. Charlie y Montana habían llegado con dos bolsas de hielo y la mezcladora no había parado desde entonces. Charity y Pia coordinaban las bandejas, platos y cuencos de comida y la seleccionaban por clases. Había suficiente helado para alimentar a todo un equipo de fútbol. Había también galletas, tartas, bolsas de M&M's y brownies.

Para las que eran más de salado, había cuencos de patatas fritas, tortillas, salsas para mojar y frutos secos. Lo más sano que había allí era un recipiente con zanahorias pequeñas.

Nevada entró en el salón con una jarra de margarita. Jo estaba sentada en el sofá, Annabelle a su lado y Liz al otro. Dakota acunaba a la pequeña Hannah, que estaba medio dormida, porque Finn había tenido que hacer un vuelo nocturno.

Nevada llenó los vasos y al momento llegaron Pia y Charlie.

—Quería una noche de chicas —dijo Pia con un suspiro—, pero no esto.

Charlie asintió.

—Es terrible.

Nevada asintió. Jo llevaba años en Fool's Gold, pero nunca nadie la había visto saliendo con un hombre, y no porque ninguno se lo hubiera pedido. Ahora que por fin le había entregado su corazón a uno, todo había salido mal.

Annabelle rodeó a Jo con el brazo.

—Está bien desahogarse.

Jo se sonó la nariz.

—Llevo horas llorando, no sé cuánto más puedo sacar —se rodeó con los brazos como si tuviera frío.

Liz agarró una manta del sofá y Annabelle la ayudó a echársela a Jo por encima.

—Esto es una estupidez —dijo Jo—. Estoy bien.

—No estás bien —apuntó Pia—. Pero no pasa nada, todas hemos pasado por eso. Nos has ayudado y ahora te toca a ti —miró a su alrededor—. De acuerdo, lo preguntaré yo. ¿Qué ha pasado?

La habitación se quedó en silencio y todas miraron a Jo. Nevada se sentó en un sillón junto a Heidi.

La expresión de Jo se tensó, parecía tanto asustada como desafiante. Nevada se esperaba que no fuera a contar nada, pero Jo la sorprendió diciendo:

—Creo que ya es hora de contaros a todas mi pasado.

Durante los siguientes minutos, contó la historia de cómo

se había enamorado y había llevado su amor demasiado lejos.

—Sé que lo que hice estuvo mal —añadió después de haberlo explicado todo—, y que el director del banco podría haber muerto por nuestra culpa. Ronnie sí que murió. No puedo volver atrás y hacerlo bien. No estoy pidiendo olvidarme de esto porque eso jamás lo haré. Tampoco estoy pidiendo perdón. Solo quiero dejar de torturarme, aunque tal vez no debería. Tal vez vivir toda mi vida con arrepentimiento y dolor no sea suficiente.

—Sí que es suficiente —dijo Montana con rotundidad—. Cometiste un error, un error terrible, pero has aprendido, cumpliste tu condena y ahora formas parte de una gran comunidad.

Las demás mujeres asintieron.

—No lo entiendo —dijo Nevada lentamente—. Will es un encanto, ¿por qué habrá actuado así? ¿Por qué no lo ha entendido?

Jo se encogió de hombros.

—Tendrías que preguntárselo.

Y lo haría, sería lo primero que haría a la mañana siguiente. Tenía que estar pasando algo, algo que no sabían.

—Bueno —dijo Dakota levantándose y pasándole a Jo a Hannah—. Vejiga de embarazada. Ahora mismo vuelvo.

Jo agarró a la niña, pero hizo ademán de devolvérsela al instante.

—No puedo.

—¿Por qué no? La tienes en brazos todo el tiempo. Te adora.

Era verdad, pensó Nevada al ver a la niña sonriendo a Jo y agitando los brazos emocionada.

—Ya habéis oído lo que he dicho —dijo Jo con más lágrimas en los ojos—. Después de esto, no puedes dejar a tu hija conmigo.

—¡Oh, por favor! —Dakota le devolvió a la niña y se fue.

Jo tenía a Hannah en sus brazos.

—No me merezco esto.

—¿Por qué no? —preguntó Charlie—. Eras una cría y actuaste mal. Yo creo que lo que importa es que aprendiste una lección. Si hubieras estado contándonos esto y diciéndonos que no fue culpa tuya, me habría enfadado. Pero sabes que lo que hiciste estuvo mal, has pagado tu condena y ahora eres una buena persona. ¿No es aprender a ser mejor lo que importa? ¿No queremos que la gente que comete crímenes se arrepienta y se reinserte en la sociedad como buenos ciudadanos?

Liz apretó el brazo de Jo.

—Estás culpándote demasiado y ya ha llegado el momento de parar.

—Will no lo cree.

—Will es un imbécil —dijo Charlie—. La mayoría de los hombres lo son.

—Estaba enamorándome de él —admitió Jo—. Creía... Fui una tonta.

Ver a su fuerte amiga tan hundida hizo que Nevada se sintiera como si el equilibrio del mundo se hubiera alterado. En cuanto volviera al trabajo al día siguiente, hablaría con Will y entendería qué estaba pasando. Sí, lo que Jo había confesado había sido demasiado como para poder asimilarlo fácilmente, pero Nevada no podía creerse que él se hubiera marchado sin decirle ni una palabra. Faltaba una pieza en el puzzle e iba a encontrarla.

La mañana siguiente no fue tan bien como a Nevada le habría gustado. Se despertó con una buena resaca y se acordó de quienes fueran que habían hecho los margaritas. Una larga ducha, café y una aspirina no la ayudaron mucho. Lo único que la ayudaría sería beber mucha agua y dejar que el tiempo pasara.

El trayecto hasta la obra terminó con casi ochocientos metros de un camino lleno de baches que, no solo le revolvió el estómago, sino que le aumentó el dolor de cabeza. Para cuando entró en el tráiler, ya estaba preparada para hacerle daño a los demás. Por suerte, Will estaba allí. Su víctima.

—¿En qué estabas pensando? —le preguntó no tan fuerte como le habría gustado, pero su estado no le permitía gritar más—. ¿Qué te pasa? Te confié a mi amiga y le has hecho daño.

Will se levantó. Tenía tan mal aspecto como Jo, aunque en él no había señal de lágrimas.

—No es lo que crees.

—Le suplicas que te hable de su pasado, te cuenta el error que cometió siendo una cría y ¿la abandonas sin más?

—No lo entiendes.

—Pues explícamelo.

—No puedo.

—¿Por qué estás haciendo esto? ¿Por qué estás actuando así? Ella lo lamenta, está arrepentida. Pasó hace diecinueve años y desde entonces no ha hecho nada malo. ¿Quién demonios te crees que eres para juzgarla?

Quería golpear algo, sobre todo a él.

—¿Te quejas de la mujer que es ahora? ¿Qué parte de su carácter estás juzgando?

Tucker también estaba allí, en su escritorio, y aunque escuchaba, no decía nada. Era un hombre inteligente. Ya se ocuparía de él más tarde.

—No lo entiendes —dijo Will.

—Tienes razón, no lo entiendo, no entiendo nada. Puede que estés decepcionado con ella, pero eso no es nada comparado con lo decepcionada que estoy yo contigo. Confiaba en ti. Jo confiaba en ti, pero eres un farsante y un cretino.

Will se puso tenso, pero no respondió. Ella le dio la espalda y fue a por su casco.

—Nevada —dijo Tucker.

—¿En serio? ¿Es que quieres meterte en esto?

Él se quedó mirándola un segundo y después sacudió la cabeza. Nevada fue hasta la puerta y se detuvo esperando que Will dijera algo, o que le ofreciera alguna explicación o disculpa. Pero allí solo había silencio, así que se marchó.

Capítulo 17

–Has estado evitándome.

Las palabras de Cat la hicieron estremecerse, principalmente porque eran verdad.

–Las cosas se han complicado un poco –respondió Nevada como excusa–. Después de la explosión y con lo del oro ha habido mucho que coordinar. Y luego a una de mis amigas la ha dejado su novio. ¡Un asco!

–Los hombres pueden ser unos cerdos.

Estaban paseando por el Festival de Halloween, una celebración de lo más otoñal. Había puestos con jerseys y bisutería junto a carros llenos de galletas de calabaza y manzanas de caramelo.

–Estoy de acuerdo –murmuró Nevada pensando en lo mucho que quería zarandear a Will hasta que le dijera por qué estaba siendo tan terco. Además estaba enfadada con Tucker, sobre todo por haberse puesto de parte de su amigo y por ser hombre y culpable por extensión. Él, tan inteligente como siempre, se había mantenido alejado de ella y había sido un buen plan porque estaba empezando a echarle de menos.

–He estado trabajando –dijo Cat–. Me he perdido en el arte, es muy efectivo. Da igual lo que esté sintiendo, lo canalizo en lo que estoy haciendo. Probablemente por eso nunca he tenido una relación seria. Nunca he podido aferrarme a sentimientos intensos lo suficiente.

Nevada la miró.

–Eso es muy profundo.

Cat sonrió.

–Es que soy muy profunda.

–Sí que lo eres.

El aire era fresco y con aroma a chimenea, y el cielo era azul. Las hojas habían cambiado y ahora caían por todas partes y se amontonaban en coloridas pilas.

Cat se detuvo junto a un puesto que vendía bufandas y se fijó en el color.

–Me alegra que tejer vuelva a estar de moda. A medida que nuestra sociedad aumenta su conexión con la tecnología, nos arriesgamos a perder los simples placeres que traen belleza a nuestras vidas.

Nevada se quedó boquiabierta, pero la cerró y se dijo que sería de mala educación preguntarle a Cat si había tenido contacto con extraterrestres últimamente. Además, eso era poco probable, así que tenía que haber otra explicación para todo ese discernimiento.

Cat eligió una bufanda delicadamente tejida en tonos verdes y se la puso a Nevada alrededor del cuello.

–Este color te sienta bien. Sé que crees que tienes los ojos marrones, pero la verdad es que están hechos de decenas de colores distintos. Llevar verde cerca de tu rostro hará que tus ojos parezcan más avellana.

–Gracias –dijo Nevada, tanto conmovida como confusa–. No lo sabía.

Cat se encogió de hombros.

–Soy una artista.

Ella eligió una bufanda de color rojo intenso y pagó la compra.

Cuando echaron a andar, Cat le dio la mano.

–Deja de resistirte a mí.

Nevada, invadida por el pánico, esperó a rodear unos puestos hasta la relativa tranquilidad de un callejón detrás de las tiendas de la calle principal para soltarle la mano.

—No puedo estar así contigo. Me gustas como amiga, pero nada más.

La luz acariciaba el rostro de Cat, como si hasta el sol quisiera estar cerca de ella.

—Eso no lo sabes —le dijo nada dolida por su rechazo—. No lo has intentado. Con un beso no basta para juzgar si te gusta. Ven a mi habitación, haremos el amor y después podrás tomar una decisión.

Nevada dio un paso atrás.

—No. No puedo. No quiero. Cat, no soy esa clase de chica.

—Podrías serlo.

—No, no podría.

Cat se quedó mirándola un segundo y se acercó para besarla. Nevada dio otro paso atrás.

Cat respiró hondo.

—Sabes que esta soy yo, ¿verdad?

Nevada se rio.

—Sí, lo sé.

—Bien —la agarró del brazo—. No entiendo tu decisión, pero la aceptaré. A regañadientes.

—¿Estás segura?

—Sí. No tienes que decírmelo dos veces.

Era verdad, pensó Nevada casi riéndose; a ella las cosas había que decírselas muchas más veces.

—Estás haciendo que esto sea mucho más difícil de lo que tendría que ser —farfulló Cat al volver al festival y caminar entre los puestos—. ¿Te he dicho ya que estoy entrando en mi fase femenina?

—Más de una vez.

—Entonces, puedes ver lo importante que es para mí estar con una mujer.

–Sí que puedo. ¿Quieres que pregunte por ti?

Ahora fue Cat la que se rio.

–No necesito ayuda para encontrar amantes. Tú te lo pierdes.

–No tengo ninguna duda.

Se detuvieron junto a un puesto de pendientes y siguieron caminando.

–Al menos tengo mi trabajo –dijo Cat con un suspiro–. Estoy muy contenta con cómo está quedando la pieza. La vagina es preciosa. Las curvas, el contraste del metal con la forma femenina. Había pensado en hacerlo más estilizada, pero ¿por qué ocultar lo que es? La realidad tiene que triunfar sobre la ilusión. La tendré terminada en menos de una semana.

Nevada pensó en las órdenes de la alcaldesa y supo que no iba a ser una buena noticia.

–¿Todavía tienes pensado regalarle la escultura al pueblo?

–Por supuesto –le apretó el brazo–. Habrá una inauguración de la obra y todo. Y quiero que estés allí.

–Oh, ¡chupi!

Una semana después de que le hubieran roto el corazón, Jo seguía triste y hundida. No dormía bien, no podía comer y si seguía llorando tanto, se secaría por completo y se convertiría en una momia. Un cuerpo no podía seguir perdiendo tanta agua a diario.

Se obligó a seguir su rutina diaria, sobre todo, porque se había volcado mucho en su negocio como para dejar que se hundiera ahora ¡y mucho menos por un hombre! Pero fingir reírse con la gente y mantener conversaciones con los clientes no era fácil. Quería acurrucarse en algún sitio y quedar inconsciente hasta que su corazón se hubiera recuperado lo suficiente.

Era culpa suya, lo reconocía, y con ese pensamiento entró en el supermercado y agarró una cesta. Sabía muy bien que no debía haber dejado que ningún hombre entrara en su mundo porque, aunque la situación con Ronnie había sido desastrosa por razones completamente distintas, el resultado había sido el mismo. Los hombres y ella no encajaban bien.

¡Con lo bien que le había ido viviendo sola!, pensó al dirigirse a la zona de pasta fresca. Le encantaba vivir allí, le gustaba todo lo que tenía el pueblo y ahora se preguntaba si lo habría estropeado todo. Todo el mundo sabría lo que había hecho. Las chicas habían parecido ser muy comprensivas cuando se lo había contado, pero una vez asimilaran la verdad de su pasado, ¿cambiaría eso lo que sentían por ella?

Recorrió el pasillo y al fondo vio a una señora mayor de cabello blanco.

Jo se detuvo sabiendo que ahora mismo no podría hablar con la alcaldesa. Esa mujer la había apoyado mucho desde el momento en que había llegado a Fool's Gold, había confiado en ella, y estaba segura de que ahora habría roto la confianza de la alcaldesa.

Comenzó a girarse, pero lo hizo demasiado tarde. La alcaldesa la vio. Se miraron y la mujer empujó su carro hacia ella.

No tenía escapatoria y, de todos modos, ¿por qué posponer lo inevitable? La alcaldesa era una persona directa, así que se lo dejaría muy claro si consideraba que ella ya no era una persona bien recibida en el pueblo.

—Jo —dijo la alcaldesa al acercarse—. Siento mucho lo de Will. Parecía un hombre muy agradable, pero está claro que me equivocaba.

Jo asintió y se preparó para lo inevitable. «Pero…». En lugar de eso, la alcaldesa se apartó de su carro y extendió los brazos para darle un abrazo. Jo no se movió de donde estaba, pero la alcaldesa no vaciló. Fue hasta ella y la abrazó.

—No pasa nada. Lo olvidarás. Puede que te lleve mucho tiempo, pero te pondrás bien. Todas nos reponemos de estas cosas.

Jo asintió diciéndose que se echaría a llorar otra vez.

La alcaldesa dio un paso atrás.

—¿Hay algo que pueda hacer?

—¿Se refiere a ayudarme a hacer las maletas? —preguntó Jo sin poder evitarlo.

—Oh, cariño.

La alcaldesa volvió a abrazarla y en esa ocasión el abrazo fue más fuerte, como si no fuera a soltarla nunca. Cuando se apartó, sus ojos azules estaban llenos de lágrimas.

—¿Crees que yo no tengo cosas en mi vida de las que arrepentirme? —preguntó Marsha—. ¿Cosas horribles, malas decisiones? Perdí a mi propia hija porque fui demasiado orgullosa y cabezota. Se escapó de casa y no volvió nunca, y todo por mi culpa. Todos tenemos algo de lo que avergonzarnos en el pasado y tú ya fuiste castigada por tus errores. ¿No crees que a mí me gustaría que alguien me castigara? Así al menos sabría que había pagado mi error de un modo que fuera significativo para alguien.

—No lo entiendo —susurró Jo.

—Nadie quiere que te marches. Eres una de nosotros, un miembro importante de esta comunidad. Te queremos, Jo. Formas parte de Fool's Gold tanto como el que más. Siento que tu chico no haya aceptado tu pasado, pero con el tiempo espero que veas que es él el que sale perdiendo, no tú. Podría haberte tenido y se habría llevado un gran premio. Es demasiado orgulloso y demasiado tonto para verlo, pero nosotras no.

Jo sintió las lágrimas cayéndole por las mejillas.

—Gracias.

–De nada. Y ahora, aparta esa cesta. Esta noche yo te preparo la cena.

–No quiero discutir contigo –dijo Tucker.

Nevada lo veía al otro lado del umbral, dividida entre querer darle con la puerta en las narices y un deseo desesperado de estar en sus brazos.

–Will le ha hecho daño a mi amiga.

–¿Y no crees que él también está dolido?

Sabía que discutirían, y que ninguno de los dos acabaría ganando la discusión.

–Nevada, te echo de menos.

Esas palabras debilitaron su fuerza de voluntad y no pudo más que dar un paso atrás y dejarlo pasar.

–¿Tuviste tentación? –le preguntó Tucker.

Nevada hundió la cuchara en el cuenco de helado de pistacho. Estaba vestida únicamente con un albornoz y unos calcetines, tirada en el sofá con un hombre guapísimo medio desnudo después de haber hecho el amor y se sentía genial.

Mejor que genial.

Tucker la acarició con el pie.

–Te he hecho una pregunta.

–Ya te he oído.

–¿No vas a responderme?

–Crees que estás siendo muy gracioso, pero no es así. Ya sabes cuál es la respuesta. Quieres que diga que prefiero tener sexo contigo que con Cat.

–Espero más que eso –contestó con una sonrisa.

–¿Qué? ¿Que preferiría tener sexo contigo antes que con cualquier otra persona?

–Eso suena bien.

–Me parece increíble que tu ego y tú podáis caber los dos en el tráiler.

–Normalmente suelo dejarlo fuera antes de entrar.

Ella relamió la cuchara.

–¿Sabes? Ahora que lo mencionas, mis padres siempre me decían que probara algo antes de tomar una decisión. Tal vez debería aceptar la oferta de Cat. Debe de ser genial en la cama. A ti te tenía encandilado.

Tucker se movió a la velocidad del rayo, y al instante había dejado el cuenco de helado y estaba haciéndole cosquillas.

–¡No! –gritó ella riéndose y retorciéndose–. Para. ¡Para! Seré buena.

Intentó escapar, pero solo logró quedar bajo su cuerpo. Tucker estaba sobre ella mirándola con sus oscuros ojos brillando de diversión.

–Ríndete –le ordenó él.

–Bésame –contestó ella.

–Así mejor.

Los labios de Tucker estaban fríos y sabrosos por su helado de galletas con nata.

–¿Ya has tenido suficiente?

No, la verdad es que no, pensó Nevada. No creía que nunca pudiera tener suficiente de Tucker. Estar con él la hacía feliz. Muy, muy feliz.

Se detuvo antes de pensar en la palabra que empezaba por «A». Ahí estaba acechando.

No. No podía enamorarse de él porque a Tucker solo le interesaba tener una relación divertida y ella no sabía cómo hacerle cambiar de opinión. Las señales de peligro eran obvias y, si quería salvarse, tendría que echarse atrás.

–¿Puedo tomarme ya mi helado?

–Claro.

Volvió a besarla, la ayudó a incorporarse y le pasó su helado.

–¿Mejor?

–Perfecto –respondió con una sonrisa.

Pero el helado no le cayó bien a su estómago y en un esfuerzo por distraerse, buscó hablar de un tema más seguro.

–Deberían terminar de sacar el oro el martes. Todo ha ido más deprisa de lo que había pensado y una vez que saquen todos los objetos, los turistas se irán y también los arqueólogos.

–¡Ya era hora! Menos mal que Piper Tate es muy eficiente.

–¿Te asustó?

–Un poco.

Ella se rio.

–Creo que debe de ser divertido trabajar con ella. Sabe lo que quiere y va a por ello.

–Esa no siempre es una buena cualidad en una mujer.

Nevada enarcó las cejas y Tucker hundió la cuchara en su helado.

–Haz como si no hubiera dicho eso en alto.

–Lo haré si me dices qué está pasando con Will.

Tucker se recostó contra el sofá.

–Todo menos eso.

–De acuerdo. Pues entonces vamos a hablar de lo que sentimos.

Tucker se estremeció exageradamente.

–Vale, tú ganas. Will me dijo hace unos días que no estaba seguro de querer pedir el traslado.

–A mí está evitándome.

–¿Y por qué no iba a hacerlo? Llevas días gritándole.

–Se equivocó.

–Eso no lo sabes –Tucker había dejado de sonreír–. Tiene derecho a pensar lo que piensa sobre la situación de Jo. Que a ti te parezca bien su pasado no significa que a él también tenga que parecérselo.

–¿Estás poniéndote de su parte?

–Solo estoy diciendo que tú no puedes dictar los términos de sus elecciones.

–Lo único que hizo Jo fue contarle la verdad. Ella no quería hablar de su pasado, le dijo que no lo aceptaría y él le prometió que sí lo haría. Lo único que ha cambiado de Jo es que ahora él tiene más información.

–¿Y eso hace que esté equivocado?

–No debería haberle dicho que podía contarle lo que fuera porque a él le parecería bien.

–De acuerdo, eso lo acepto, pero que a Will no le guste que Jo haya pasado años en la cárcel por un crimen que cometió, no olvidemos eso, no lo convierte en un mal tipo.

–Tal vez –dijo a regañadientes–. Pero no me gusta esto.

–A mí tampoco. Él no está contento y tú tampoco y eso dificulta mucho la situación laboral.

–Tal vez debería dejar de lanzarle miradas asesinas –admitió ella.

–Eso ayudaría mucho.

–No es profesional.

–Cierto.

–Pero tampoco me apetece ser simpática.

Tucker soltó su helado y la miró.

–Jo es tu amiga y estás siéndole leal. Eso es genial. Will es mi amigo y estoy siéndole leal. Tienes razón, lo que Jo hizo sucedió hace mucho tiempo, pero sigue siendo relevante. Él no habla mucho sobre su infancia, pero sé que su padre entraba y salía de la cárcel cuando era niño y eso no puede haber sido fácil.

–Puede que tengas razón.

Tucker sonrió.

–Avísame cuando te decidas.

Jo terminó de recoger en el bar cuando eran más de las

dos de la mañana. A esa hora ya solía estar en casa, pero últimamente se había quedado trabajando hasta más y más tarde.

Aún no podía quitarse de encima la sensación de tristeza, pero al menos ya no tenía la sensación de miedo ante el hecho de que fueran a echarla del pueblo. La amabilidad de la alcaldesa Marsha había sido clave para que su temor desapareciera. Sus amigos eran fieles y comprensivos. Olvidar a Will sería un largo viaje, pero al menos estaría en su casa mientras tanto.

Cerró la puerta y caminó por las tranquilas calles hasta su casa. Las noches eran más frías ahora y los días más cortos. El otoño había llegado y ya había nieve en las montañas. Fool's Gold era precioso en cada estación, pero cuando más le gustaba a ella era en invierno.

Un coche de policía pasó por su lado y la mujer la saludó. Unas titilantes lucecitas parecían llamarla desde el escaparate de la librería de Morgan. Las banderitas que colgaban de las farolas estaban decoradas con pavos y cornucopias. Ya había recibido tres invitaciones distintas para la cena de Acción de Gracias.

Estaba en su casa, en su hogar, y eso tendría que bastar para hacerla sentir bien.

Giró en su calle y cruzó hasta su casa. Según se acercaba vio algo moverse en el porche; la sombra se puso bajo la luz y se convirtió en un hombre.

Will.

La luz de la bombilla no le favorecía nada; tenía tan mal aspecto como ella: cansado, abatido y triste. O tal vez era solo una imagen creada por su mente para hacerla sentir mejor. Tal vez no estaba nada dolido y se iba a marchar y solo había pasado para asegurarse de que ella sabía que no era lo suficientemente buena para él.

Puso los hombros rectos. Aunque le hubiera partido el corazón, no iba a dejarse derrumbar ante él.

Subió los escalones del porche y se situó frente a él.

—Tengo que hablar contigo.

—¿Qué más hay que decir? —preguntó ella fríamente.

—Me hablaste de tu pasado y ahora quiero que escuches el mío.

Queriendo ser justa, Jo asintió y abrió la puerta.

Una vez dentro, le indicó que se sentara en el sofá, aunque ella prefirió mantener las distancias y sentarse en la seguridad de una silla junto a la chimenea.

—Adelante.

Will se había quitado la chaqueta y llevaba una camisa de batista y unos vaqueros desgastados. Le hacía falta un corte de pelo y no se había afeitado. Aun así, estaba guapo y ella, aunque dolida, se alegraba de verlo.

Tal vez iba a decirle que se había equivocado, le susurró su corazón. Tal vez lo lamentaba. Se dijo que no tuviera demasiadas esperanzas, pero era difícil no desear que volviera a preocuparse por ella.

Se inclinó hacia delante, apoyó los codos en sus muslos y, en lugar de mirarla, habló mirando al suelo.

—Mi padre era uno de esos hombres que podían encandilar a cualquiera. Las mujeres lo querían y sobre todo mi madre. Habría hecho lo que fuera por él. ¡Cuánto lo amaba! Yo también lo quería, pero muy pronto me di cuenta de que no era como los otros padres. No tenía un trabajo fijo y siempre estaba buscando la siguiente oportunidad de ganar dinero fácil.

Se detuvo y la miró.

—Dinero fácil. Así lo llamaba él. Era demasiado bueno como para trabajar para otro, solía decir que los hombres como él estaban hechos para cosas mejores que trabajar en una fábrica. Si se hubiera esforzado tanto volcándose en un trabajo fijo en lugar de en perseguir constantemente el siguiente chanchullo, nuestras vidas habrían sido mucho mejores —se aclaró la voz—. Era un artista de la estafa. Mi padre engañaba a gente honesta y robó mucho dinero. Estaba más en la cárcel que fuera, pero nunca aprendió, nunca cambió. Cuando salió, ya tenía el siguiente fraude en marcha.

Jo se cruzó de brazos.

–Debió de ser muy difícil para ti.

–Sí. Quería marcharme, no volver a verlo, pero mi madre no me escuchaba. Lo quería y estaba convencida de que algún día cambiaría. Le rompió el corazón una y otra vez con sus malditas promesas. Siempre creyó en él, por mucho que yo dijera. Me juré que no sería cómo él y que siempre haría lo correcto, y me prometí que tampoco sería como ella. No dejaría que nadie volviera a engañarme.

Ella sintió un escalofrío y cerró los ojos. Adiós a las esperanzas de que él le pidiera perdón, adiós a las esperanzas de que todo saliera bien.

–No creo que la gente cambie porque lo vi en mi padre y sus amigos. Solo querían seguir siendo los mismos. Estar en la cárcel solo servía para darles tiempo para planear la siguiente estafa. Cuando me contaste lo que habías hecho, no podía creerlo. No podía creer que me hubiera enamorado de alguien como él y que yo fuera a ser como mi madre.

La injusticia de esas palabras la hicieron querer levantarse y gritar en su propia defensa, pero no importaba. Will veía lo que quería ver, pero no veía toda la realidad.

–Pero me equivoqué.

Jo lo miró.

–Me equivoqué –repitió–. Tú sí que has cambiado. Ya no eres aquella adolescente y te has creado una nueva vida aquí. Veo tu carácter en todo lo que haces y no eres como él –la miró más fijamente–. Lo siento, Jo. No debería haber dicho lo que dije. Reaccioné duramente y sin pensar.

Ella se dejó envolver por esas palabras mientras intentaba descubrir qué estaba sintiendo. Alivio, eso seguro, y tal vez también un poco de esperanza. Pero había confiado en él y le había dolido cuando le había revelado su oscuro secreto y él se había marchado. Sí, ahora había vuelto, pero ¿podría confiar en que no volviera a irse?

–Te creo. Creo en nosotros. Quiero que esto funcione. Por favor, dame una segunda oportunidad de demostrarte quien soy.

Ella ya no lloró y se resignó a aceptar la verdad de la situación: no estaba dispuesta a volver a ser vulnerable, a dejar que le hicieran daño otra vez. Estar sola era más fácil.

–Lo siento, Will –dijo levantándose–. Me resistía a tener una relación contigo por una razón, porque sabía que no funcionaría. No quería contarte lo que me había pasado, lo que hice, porque sabía que no serías capaz de asumirlo. Tenía razón. No podías.

Él se levantó.

–No. No lo acepto. He sido un cretino, no he sabido asumirlo, pero he pensado en ello y estoy aquí. ¿No tratan de eso las relaciones? ¿De solucionar los problemas juntos?

–En teoría. La verdad no es ni tan simple ni tan fácil. He estado sola mucho tiempo, Will, y tal vez haya sido lo mejor. No estoy castigándote, solo estoy aceptando que tener un hombre en mi vida no es algo que me vaya a pasar a mí. Es mejor que esté sola.

–Claro, si no arriesgas nada, no pierdes nada.

Una intensa rabia comenzó a formarse en su interior y se alegró de recibirla porque sabía que esa emoción le daría fuerza.

–Para ti es muy fácil juzgar. No fuiste tú al que le dijeron que no era lo suficientemente bueno.

Él maldijo para sí.

–Entonces, ¿no puedo cometer un error? Tú esperas que te perdone, pero ¿yo no recibo el mismo trato?

—Yo no te he hecho daño. Le hice daño a otra persona hace mucho tiempo. Lo que hice no tenía nada que ver contigo, pero aun así me hiciste daño. Utilizaste un suceso con el que tú no tuviste nada que ver para marcharte. Los dos tenemos demonios contra los que luchar. ¿Quién de los dos va a ser el siguiente en resultar herido?

Esperaba que él le gritara, pero Will agachó los hombros como si estuviera cargando con un peso que no pudiera soportar.

—No. No hagas esto, Jo. Sé que estás enfadada y tienes todo el derecho a estarlo. Si pudiera borrarlo, lo haría. No eres mi padre. Lo entiendo, pero al principio me sorprendió lo que me contaste. Creía que... —sacudió la cabeza—. Supongo que no importa lo que pensé, no puedo convencerte. Tú vas a ver lo que quieras ver.

Fue hacia la puerta y se giró en el último momento.

—Te equivocas con una cosa. No es que me enfadara y me tomara mal lo que me contaste. Eso podría pasarle a cualquiera. Lo que he hecho después es lo que describe quién soy. Quería marcharme del pueblo y le pedí a Tucker que me trasladara a otra obra, pero no podía irme. Aunque te hice daño, no fue a propósito. He admitido mi error, he aprendido de él y estoy haciendo lo posible por disculparme.

Abrió la puerta.

—No soy el tipo más guapo del lugar y hay muchos mucho más ricos, pero sigo siendo un buen hombre que te quiere. Incluso me gusta tu maldito gato. No es un error lo que define a una persona, sino lo que hace después de haberlo cometido y tú lo sabes mejor que nadie porque fuiste tú quien me lo dijo.

Y con eso se marchó.

Ella oyó sus pisadas en el porche y cómo fueron desvaneciéndose hasta quedar solo un silencio. Algo cálido rozó su pierna y se agachó para acariciar a Jake. El gato la miró.

–No –le susurró–. No me digas nada. No puedo perdonarlo. No puedo dejarlo volver a mi vida. ¿Qué hará la próxima vez?

No hubo respuesta, solo silencio y una fuerte presión en su pecho. No podía respirar, no podía hablar, solo podía sentir el vacío que representaba su futuro.

Aunque quería ir tras él, su mente le gritaba que no podía confiar en Will, que volvería a hacerle daño y que no era merecedor de sus lágrimas. Su corazón le susurró que, sí, efectivamente llorar era inevitable. Era imposible sentir amor sin sentir también dolor, pero valía la pena sentirlo. Él valía la pena. Y si lo dejaba marchar, se arrepentiría durante el resto de su vida.

La necesidad de protegerse batallaba contra el deseo de su corazón, y su corazón se enfrentaba al pensamiento racional. Al instante, comenzó a moverse. Abrió la puerta, cruzó el porche, bajó los escalones y llegó a la acera. Miró en ambas direcciones desesperadamente intentando ver por dónde había ido.

Y entonces lo vio casi al final de la calle.

–¡Will! –gritó consciente de que era tarde y que no estaba siendo buena vecina, pero incapaz de detenerse. La figura se detuvo.

Corrió hacia él, tanto que casi le pareció que había volado para cubrir la distancia. Cuando se acercó, Will extendió los brazos para recibirla. Jo se aferró a él como si no fuera a soltarlo jamás y de nuevo le faltó la respiración, aunque esta vez fue por la mejor de las razones.

–Will, yo…

Él la hizo callar con un beso.

–Luego.

–Pero tengo que decirte…

–No, no tienes que decir nada –la soltó, aunque no se apartó de ella–. Vamos. Hace frío y no llevas chaqueta.

Ella se puso frente a él y lo agarró por los hombros.

–¿Intento decirte que te quiero y tú lo único que me dices es que no llevo chaqueta?

Él le sonrió. Fue una sonrisa lenta y sexy que hizo que el estómago le diera un brinco y que cada parte de su ser ardiera.

–Yo también te quiero, Jo. Vamos a casa.

Capítulo 18

Tucker oyó un sonido familiar fuera del tráiler. Era gracioso cómo podía distinguir el sonido de esos neumáticos de los demás. «Bueno, no muy gracioso», pensó deseando que el tráiler tuviera una puerta trasera.

Sin escapatoria, se vio obligado a quedarse detrás de su escritorio y esperar lo mejor. Después de todo, era un hombre adulto y no debía tener miedo a lo que fuera que tuviera que enfrentarse.

Pero toda la lógica del mundo no evitó que se estremeciera al oír las pisadas en los escalones seguidos por el giro del pomo. Se preparó para la acometida.

La puerta se abrió y la alcaldesa Marsha entró.

–Buenos días, Tucker –dijo alegremente.

–Señora.

Iba tan bien vestida como siempre con un traje de chaqueta y falda por la rodilla. A pesar de la calidez de su mirada, sabía que no se trataba de una visita social.

Él se levantó y fue hacia la cafetera.

–Ya han sacado todo el oro –dijo ofreciéndole una taza.

–Con leche.

Tucker le añadió leche, lo removió y se lo entregó.

–Gracias –dijo antes de dar un sorbo–. Que se lleven el oro debe de hacer que la vida en la obra sea más tranquila.

—No me gustaban mucho los turistas.

—Imagino que no —la mujer dejó la taza en la mesa—. He estado siguiendo vuestros progresos y es impresionante. No tengo duda de que estas instalaciones van a ser un excelente añadido para la comunidad de Fool's Gold.

—Agradecemos su apoyo y el apoyo del concejo municipal. Algunas ciudades no querrían tener el casino tan cerca.

La alcaldesa sonrió.

—Seguro que es verdad, pero no me preocupa. Si alguien se pone difícil, nuestro departamento de policía es más que capaz de ocuparse de la situación, así que el aumento de impuestos bien merece la pena. Solo con los impuestos del hotel se va a construir una nueva escuela. Ya sabes que, como dicen, los niños son el futuro.

—Eso he oído —murmuró preguntándose cuándo la alcaldesa soltaría su próxima bomba. A menos que estuviera allí para darle otra vez la lata con el regalo de la vagina; un regalo que se suponía que tenía que evitar y por el que aún no había hecho mucho. Y es que, ahora que lo pensaba, apenas había visto a Cat. ¡Y pensar que en un momento de su vida había sido su razón de respirar! El tiempo lo curaba todo.

—Los últimos dos años me han enseñado una valiosa lección —le dijo la alcaldesa—. Hemos dejado que eventos externos nos guiaran y el desastroso reality show es una prueba de ello. Ahora está lo del hallazgo del oro y deberíamos haber estado preparados. Por ello voy a crear un comité de líderes empresariales, de gente que sepa pronosticar y resolver distintas situaciones. Nuestro propósito será tener una nueva clase de liderazgo y estoy buscando sugerencias.

—Me parece una buena idea —dijo.

—Me alegra que lo veas así porque me gustaría que formaras parte de ese grupo. Tal vez incluso que lo lideraras.

Eso sí que había sido una sorpresa.

–Le agradezco la invitación, pero no soy la persona adecuada.

–¿Por qué no?

–Porque no soy un residente permanente y una vez que la obra esté en marcha, me iré al siguiente proyecto. Estaré en el pueblo un año como mucho.

La alcaldesa apretó los labios.

–No lo entiendo. Me dio la impresión de que este sería el último trabajo que dirigirías porque luego pasarías a dirigir la empresa.

Era muy buena buscando información, era prácticamente una bruja.

–¿Cómo lo sabe?

La mujer suspiró.

–Lo sé todo, Tucker. Suponía que ya lo sabrías a estas alturas. ¿No vas a hacerte cargo de la empresa?

–Sí, pero…

–¿Y no es verdad que no te hace completamente feliz vivir en Chicago y que estabas pensando en trasladar la oficina a otro lado?

–Un minuto. Eso no se lo he contado a nadie. Ni siquiera he tomado una decisión.

–Fool's Gold sería un lugar excelente para que fijaras tu empresa. Apoyamos mucho los negocios y aquí la vivienda es razonable y nuestras escuelas son de las mejores del país. Deberías pensarlo.

No entendía cómo podía saber cosas que apenas había hablado consigo mismo. Eran cosas que no le había contado ni a Will ni a Nevada. Solo había hablado de trasladar la empresa con su padre y eso había sucedido una sola vez. Tres años antes. En Argentina.

–¿Quién es usted?

–Soy alguien que presta atención. Está claro que estás buscando algo más que el estilo de vida errante que has conocido desde que eras un niño. Este pueblo te resulta encantador. Has venido aquí por Nevada y ahora que los dos estáis juntos, pensar que quieres quedarte aquí es lo más lógico.

Aunque no podía negarle todo lo que había dicho, él no iba a quedarse. Nunca había tenido planeado quedarse porque quedarse significaba llevar las cosas al siguiente nivel con Nevada. No le interesaba eso. No creía en los finales felices ni en un para siempre. El amor era…

–Por tu expresión puedo ver que no estás dispuesto a comprometerte a estar en el pueblo más tiempo del que requiere la obra, pero espero que cambies de opinión. Nos necesitas, Tucker, más incluso de lo que nosotros te necesitamos a ti.

Y con eso, agarró su bolso y se marchó.

Tucker no se movió de su silla mientras intentaba entender qué acababa de pasar. ¡Qué momento más extraño! Sí, le gustaba Nevada y le gustaba el pueblo, ¿pero quedarse? ¿Trasladar ahí la empresa? Eso no iba a suceder.

No estaba buscando nada permanente, ni personal ni profesionalmente. Claro, iba a hacerse cargo de la empresa, pero tenía planeado dar la vuelta al mundo con sus obras. Tal vez no para ocuparse de ellas, sino porque no quería convertirse en un tipo que se quedaba encerrado en un despacho. Necesitaba más.

En cuanto a Nevada, sabía que ahí lo había estropeado, había dejado que las cosas fueran demasiado lejos. Había intentado alejarse antes, pero entonces había sucedido lo de Cat. Como siempre, tenerla cerca era como enfrentarse a un desastre natural, y por ello ahora la alcaldesa creía que su relación con Nevada era más de lo que realmente era.

Todo ello le hizo preguntarse si Nevada pensaría lo mismo.

No quería hacerle daño, era genial y le gustaba mucho

estar con ella. Formaban un buen equipo, tanto dentro como fuera de la cama. Le gustaba verla moverse, le gustaba hacerla reír. Quería estar a su lado.

Sí, confiaba en ella más de lo que nunca había confiado en ninguna otra mujer y tal vez, si las cosas hubieran sido distintas, habría sido la mujer de su vida. Pero las cosas no eran distintas y sabía lo que sucedería si cedía ante el amor. Sabía cuál era el precio y no estaba dispuesto a pagarlo. Otra vez no. No lo haría por nadie.

La larga mañana de Tucker se convirtió en una mañana más larga todavía. Nevada apareció después del almuerzo y le habló sobre cómo iba la excavación y qué tuberías les habían repartido. En lugar de prestar atención, él la observaba pensando lo mucho que la echaría de menos cuando se fuera.

—¿Estás escuchando?

—Claro. Cada palabra.

—Me parece que no te creo. Tienes una expresión muy rara.

La llegada de Will fue una interrupción perfecta. Allí estaba, sonriendo como un tonto.

Nevada miró el reloj.

—Son casi las dos. Supongo que ya no madrugas.

—He llamado.

—Has dejado un mensaje en el buzón de voz diciendo que llegarías tarde. No es exactamente lo mismo.

Will se acercó a Nevada, le agarró la muñeca y le dio media vuelta.

—Felicítame. Estoy prometido.

—¡Yuju! —Nevada lo abrazó—. ¡Por fin! Ya estaba cansada de estar enfadada contigo.

Will se rio y la soltó antes de acercarse a Will y estrecharle la mano.

–Soy el hombre más afortunado del mundo.

Tucker hizo lo que pudo por ocultar su impacto. ¿Will prometido? Siempre habían sido nómadas juntos.

–Felicidades.

–¿Cuándo ha pasado esto? –preguntó Nevada abrazándolo de nuevo.

–Anoche. Técnicamente, esta mañana –se rio–. Aunque me lo ha puesto muy difícil.

–¡Casados! –Nevada dio palmas–. No estoy segura de que a Jo le vayan mucho las bodas. ¿Vais a hacer algo en el pueblo o vais a fugaros y casaros lejos?

–Lo que ella quiera hacer me parece bien.

Will parecía contento, más que feliz, pensó Tucker confuso por el rápido cambio de los acontecimientos.

–Te quedarás aquí.

–Sí. Terminaré el trabajo y luego buscaré empleo en el pueblo –se rio–. Así que supongo que te aviso con dos años de antelación.

¿Will dejaba la empresa? ¿Así, sin más? ¿Por una mujer?

Nevada fue a su mesa y agarró un puñado de revistas.

–Me las han dejado mis hermanas. ¿Quieres echarles un vistazo?

Tucker esperaba que su amigo se santiguara y saliera corriendo al ver las revistas, pero Will las aceptó.

–Claro –dijo con una risa–. ¡Ey! ¿Hay alguna joyería en el pueblo? Tengo que comprarle un anillo a mi mujer. Uno bien grande.

–Conozco el lugar exacto. Joyas Jenel. Jenel te ayudará a encontrar el anillo perfecto.

Will se metió las revistas debajo del brazo y fue hacia la puerta.

–Me voy, jefe. Hasta mañana.

Y con eso se marchó.

Tucker se quedó mirando a la puerta, no muy seguro de

  SUSAN MALLERY

lo que había pasado. Todo se le estaba yendo de las manos y tenía que encontrar un modo de detenerlo.

–Esto es muy repentino –dijo Nevada, no muy segura de lo que sentía por el anuncio de Cat. A pesar de lo que había pasado, no estaba segura de estar preparada para dejar que Cat se fuera. Se habían hecho amigas… tan amigas como era posible hacerse de Cat.

–Ya he creado y ahora ha llegado el momento de marcharme.

Estaban delante del Gold Rush Ski y una larga limusina negra se detuvo junto a ellas.

–La escultura está terminada. Tú la presentarás ante el pueblo.

–Qué afortunada soy.

–Sabía que te gustaría ser la elegida.

–Vas a perderte la inauguración –le recordó Nevada pensando que había un montón de cosas que le gustaría hacer antes que ser la encargada de entregarle a su pueblo una vagina gigante.

–He hecho la parte importante –le dijo Cat–. Ven conmigo.

–Cat, sabes que no puedo.

–No. No quieres. Hay una diferencia.

–Lo siento. Sé que esto es importante para ti, pero no puedo tener una relación contigo.

–Tú te lo pierdes.

–Y tanto.

En ese momento, Cody, uno de los inquilinos de Nevada, se acercó.

–Ey –dijo dándole a Herbert, el ayudante de Cat, una bolsa. Se metió en la limusina.

Nevada miró la puerta abierta y miró a Cat.

–No, de ninguna manera.

–No eres tú, pero me ayuda a pasar la noche.

–Es un crío.

–Sí. Con todo el entusiasmo y la energía de la juventud. Es bueno durante al menos tres minutos cada noche y estoy enseñándole a complacerme. Hay destinos peores.

–No me ha avisado de que se marcha –dijo, a pesar de que estaba más preocupada por el futuro del chico que por el alquiler.

–Volverá y, mientras tanto, yo pagaré su alquiler.

Cat se acercó y la besó. O Nevada no se giró a tiempo, o tal vez simplemente sintió que no debía hacerlo. De cualquier modo, los suaves labios de Cat rozaron los suyos.

Cat suspiró.

–Ojalá pudiera convencerte.

–No es solo que no me gusten las chicas, es que quiero algo permanente, como lo que tuvieron mis padres. Un amor eterno. Mis hermanas lo han encontrado y espero que a mí también esté esperándome. Eres increíble, Cat, pero a ti no te van las relaciones largas. No puedes. No, con tu don.

Los ojos de Cat se llenaron de lágrimas.

–Tienes razón –susurró–. Mi arte siempre es lo primero. Con el tiempo me sentiría encerrada y mi obra se vería perjudicada.

Nevada vio que, por una vez, las dos estaban diciendo la verdad. Aunque hubiera estado interesada en Cat, la otra mujer no podría darle lo que quería.

–Te echaré de menos.

–Y yo a ti.

Se abrazaron.

–Si hubiera podido amar a alguien, habría sido a ti –le dijo Cat.

Nevada le acarició la mejilla.

–Seguro que eso se lo dices a todas las chicas.

Cat subió a la limusina, Herbert cerró la puerta y se sentó en el asiento del copiloto. Unos segundos más tarde, el largo vehículo negro se alejó y Nevada se quedó allí frente al hotel. La tarde era clara, pero la predicción del tiempo advertía de que esa noche nevaría. Era un clima perfecto para estar frente a una chimenea... tal vez con un hombre.

Pero quería más que eso. Haberle dicho a Cat la verdad había destapado algo dentro de ella. Algo que había temido admitir.

Quería más que un amante. Quería un marido y una familia. Quería echar raíces y mantener tradiciones. Quería oír al hombre que amaba decirle que él también la quería. Quería saber que estarían siempre el uno para el otro, pasara lo que pasara. Quería todo eso.

El trayecto hasta la obra nunca le había parecido tan corto ni le había llevado tanto tiempo, pensó al aparcar junto al tráiler. Había tenido tiempo suficiente para intentar obligarse a cambiar de opinión a la vez que pensaba en lo que iba a decir.

Sabía el riesgo que ello conllevaba, que la conversación podía ir muy mal, pero tenía que intentarlo. Se lo debía.

Entró en el tráiler y Tucker estaba al teléfono. Sonrió al verla y le indicó que no tardaría. Unos segundos después, colgó.

—¿Qué quería Cat?

—Decirme adiós. Se ha marchado.

—¿Y la estatua? ¿Ha cambiado de idea?

—No hemos tenido tanta suerte. Está terminada y quiere que yo la presente ante el pueblo.

—Mejor tú que yo. A la alcaldesa Marsha no le va a hacer mucha gracia.

Pero ese era un problema que dejaría para otro momento, pensó caminando hacia él. Se sentó a su lado y respiró hondo. Estaba temblando un poco y temió que pudiera acabar vomitando. No era la mejor combinación, pero esperar más solo empeoraría las cosas.

Él le acarició la mejilla.

—¿Estás bien?

Nevada asintió.

—Tengo que contarte algo.

—Te fugas con Cat.

—No, aunque me lo ha pedido.

—Tienes que reconocer que es muy persistente.

—Sí —lo miró a los ojos—. Tucker, sé que tu relación con Cat fue difícil, que estabas obsesionado con ella.

Él se recostó en su silla.

—Y que lo digas. ¡Qué gran error!

—Sí, pero eras muy joven.

—Casi veintitrés años. Debería haber sabido que era un error.

—¿Cómo? Habías crecido por todo el mundo, nunca te habías establecido en ningún sitio. No sabías cómo era salir con alguien, estar enamorado y después superar un desenamoramiento. Y entonces conociste a Cat e incluso alguien con mucha más experiencia en relaciones lo habría tenido complicado para relacionarse con ella. Lo hiciste lo mejor que pudiste.

Él parecía incómodo.

—¿Por qué dices esto?

—Porque aprendiste la lección equivocada. El amor no es una trampa. El amor es un regalo. Nos hace más fuertes. Fíjate en Will. Es un gran tipo y adora su trabajo y su vida, pero ¿lo habías visto más feliz? Está alejándose de todo lo que quiere porque quiere estar con Jo.

—Es su decisión.

—¿Crees que lo lamentará?

–No lo sé.

–Sí, sí que lo sabes.

Él se encogió de hombros.

–De acuerdo, es feliz. ¿Y qué?

Ahí estaba. El momento de la verdad. ¿Tendría valor para decirlo? ¿Para exponerse de ese modo? Hasta ese momento, nunca lo había tenido. Siempre había tomado el camino más fácil y seguro, había optado por las decisiones sin complicaciones. El mayor riesgo que había corrido en su vida había sido solicitar ese trabajo, pero ahora había llegado el momento de dar el siguiente paso.

–Te quiero. Estamos bien juntos. Quiero que te quedes y que formes parte de mi vida. Quiero que tengamos un futuro juntos.

Se detuvo, no muy seguro de poder continuar. Mientras intentaba decidirse, ella vio horror en su mirada. En lugar de feliz, parecía furioso.

–No empieces –dijo levantándose–. Maldita sea, Nevada, ¿por qué tienes que hacer esto? Ya te lo he dicho antes. Me dijiste que lo entendías. ¿Es que no lo comprendes? No me interesa.

Y con eso se marchó.

Ella lo miró con el corazón acelerado y con la mente incapaz de absorber lo que acababa de pasar. Después oyó el rugido de su motor y el murmullo de la grava. Tucker se había ido.

Nevada no se lo contó a nadie. No podía. El dolor y la vergüenza eran una combinación complicada que no estaba dispuesta a compartir. Terminó su día, fue a casa, pasó la noche como pudo y volvió al trabajo a la mañana siguiente. No lloró. Y tampoco durmió ni comió. No sentía nada la mayor parte del tiempo, pero cuando el dolor la invadía, era como si le hubieran clavado cientos de cuchillos.

Entró en el tráiler diciéndose que solo iba a recoger su casco, aunque lo cierto era que quería volver a ver a Tucker. Tucker, el mismo que no la había llamado. Sin embargo, allí encontró a Will.

Él alzó la mirada, preocupado.

–Nevada. No sé... –se aclaró la voz–. Acaba de... –fue hacia ella–. Lo siento.

Y entonces lo entendió. La realidad impactó contra ella con fuerza y casi la tiró al suelo. Miró a su alrededor fijándose en lo que seguía allí y lo que ya no estaba.

–Se ha ido.

–Lo siento.

Tucker se había ido. No había llamado diciendo que estaba enfermo o que tenía una reunión. Se había marchado de Fool's Gold. Sin más. Sin decir ni una palabra.

Y, sin tener que preguntar, supo que jamás volvería.

Capítulo 19

A pesar de los mejores esfuerzos de la alcaldesa Marsha, la gente se enteró de lo de la ceremonia de inauguración. Nevada se había fijado en la ausencia de carteles y avisos en el calendario de eventos *online*. Para tratarse de un pueblo que se enorgullecía de mantener informados a sus ciudadanos, los mandamás habían cerrado la boca en lo que respectaba a la escultura de Caterina Stoicasescu.

Nevada agradeció que no le hicieran muchas preguntas. Había logrado pasar los días anteriores ayudándose de su fuerza de voluntad, había hecho su trabajo y cuando había llegado el momento de volver a casa, lo había hecho, se había acurrucado en la cama y había vuelto a levantarse a la mañana siguiente.

Algunas noches había llorado y otras se había quedado tumbada en la oscuridad esperando a que el dolor de su interior se calmara un poco. Una noche sí que había dormido y habría sido una bendición de no ser porque no había dejado de soñar con Tucker.

Si antes de darse cuenta de que estaba enamorada de él, ocuparse de la boda doble de sus hermanas le había resultado un poco incómodo, ahora sería una pesadilla. Aunque nunca había imaginado que Tucker y ella fueran a ser la tercera pareja de la boda, sí que había dado por hecho que lo tendría cerca ese día. Después, se había imaginado muchas más cosas, y ahora todo eso se había esfumado. Se había perdido.

Ya que la zona de obras estaba fuera del pueblo, nadie estaba acostumbrado a verlo demasiado y no se había corrido la voz de su marcha. Los chicos de la obra lo sabían, pero no lo hablaron ni con la gente del pueblo ni con ella. Estaban siendo muy protectores y tratándola con delicadeza, así que supuso que lo sabían.

Will mantuvo las distancias. Tal vez porque no quería que ella le hiciera preguntas o tal vez porque se sentía muy mal de ser feliz. Nevada quería decirle que se alegraba de que Jo y él estuvieran juntos y que el hecho de que le hubieran roto el corazón y hubiera perdido al hombre al que amaba desde hacía diez años no cambiaría eso. Que ella no fuera a tener un final feliz no significaba que no le agradara que otros sí lo tuvieran.

Si se sentía culpable de algo, era de estar ocultándole la verdad a su familia. No tanto a sus hermanos, pero sí a sus hermanas y a su madre. Querrían estar a su lado para ofrecerle apoyo y sus amigas sentirían lo mismo. Pero no podía enfrentarse a una de esas conversaciones con el tema «ese tío es un cretino» que inevitablemente vendría a continuación. Hasta saber cómo iba a sobrevivir a esa pérdida, tendría que sobrellevar su corazón roto sola y resistir la ceremonia de inauguración sin que nadie sospechara lo que pasaba.

La alcaldesa había programado el evento para las tres de la tarde, justo cuando salían los alumnos de la mayoría de los colegios. Nevada supuso que su plan era que las madres y los hijos estuvieran ocupados en ese momento y no pudieran asistir; además, la mayoría de los trabajadores estarían en sus puestos, con lo que solo quedaba un pequeño grupo de la comunidad que podría asistir.

Y así, cuando Nevada llegó al centro del pueblo, allí

solo había un puñado de residentes alrededor de la estatua cubierta por una tela.

–Aquí estás –dijo la alcaldesa–. Quiero que esto sea rápido. Pronunciaré unas palabras y después expondremos esta maldita cosa ante el mundo.

La mujer parecía más resignada que enfadada. Aunque Nevada no había visto la pieza completa, sí que había visto los bocetos y sabía que era todo lo que la alcaldesa querría evitar.

–Siento no haber podido convencerla para que no nos diera este regalo.

–La señora Stoicasescu es muy testaruda. Nadie podría haberla hecho cambiar de opinión. Solo espero que sea víctima de algún acto vandálico pronto y que tengamos que quitarla –sonrió–. Después de todo, tenemos una póliza de seguros que cubre todo eso.

–¿La ha visto?

–No. No podía quedarme a mirar mientras estaban montándola –miró la tela que se sacudía con la brisa–. Tiemblo solo de pensar lo que va a decir la gente. Espero que la prensa no se entere de esto porque volverían en un santiamén.

Miró el reloj.

–De acuerdo. Vamos a acabar con esto de una vez.

La alcaldesa fue hacia el micrófono junto a la escultura cubierta.

–Buenas tardes. Con mucho placer os presento la obra de Caterina Stoicasescu. Esta artista le ha regalado al pueblo una pieza original que representa, según sus propias palabras, todo lo que es bello y femenino en Fool's Gold.

La alcaldesa apretó los labios y asintió hacia una mujer uniformada. Pulsó un botón y la tela comenzó a alzarse.

Ante la mirada de Nevada, la parte baja de la estatua fue quedando al descubierto.

El metal se curvaba en un punto y varios diseños decoraban los laterales. A medida que iba quedando más expuesta, la forma de «v» quedaba más pronunciada. En lo alto, dos vainas resaltaban a cada lado de la «v» curvada.

Nevada ladeó la cabeza mientras la contemplaba; para ser sinceros, no tenía tanto aspecto de vagina... y seguro que eso era muy bueno para el pueblo.

—¿Qué es, mamá? —preguntó un niño pequeño.

—No tengo ni idea —respondió su madre.

—¡Gracias a Dios! —murmuró la alcaldesa.

Por primera vez en días, Nevada se rio.

El despacho del padre de Tucker era aproximadamente del tamaño de una terminal de autobuses con unas impresionantes vistas del lago Michigan. Normalmente a Tucker le gustaba visitar Chicago; le gustaba el ambiente de la ciudad, los restaurantes, la gente, pero en esa ocasión nada de eso le interesaba y, en lugar de disfrutar de las vistas, no podía dejar de caminar de un lado a otro ante el escritorio de su padre.

—No puedo volver —repitió por tercera vez—. No debería haberme implicado en una relación personal. Y no pretendía hacerlo, pero ella estaba allí. Allí.

Se detuvo y miró a su padre, que lo miraba sin más.

—Es preciosa. No al modo tradicional, como Cat o una modelo, pero tiene algo que te atrapa y que no te deja olvidarla —se metió las manos en los bolsillos y las sacó—. Es buena en su trabajo y los chicos la aprecian. La respetan. Y es divertida. Lo paso muy bien con ella.

Se detuvo frente a la mesa de su padre.

—Así que imagino que entiendes por qué he tenido que marcharme.

—No. No lo entiendo.

—No puedo estar con ella. Sé lo que ella querría. Amor. Matrimonio. Para siempre.

—¿Y qué tiene eso de malo?

Tucker fue hacia la puerta y se giró.

—Nunca te he contado lo que pasó con Cat. Caterina Stoicasescu, la artista. Le instalamos una obra hace diez años y era la primera vez que me ponías al mando de un trabajo. Me enamoré de ella, papá. Me enamoré profundamente.

Le detalló su obsesión por la irresistible artista y lo difícil que había sido alejarse de ella.

—No quiero eso. Sí, Nevada es genial y me va a suponer un infierno olvidarla, pero no puedo volver a ser ese hombre.

Su padre asintió.

—Bueno, ¿y cuál es el plan?

—Que me ocuparé de otro proyecto y te demostraré que valgo. Sé que estás decepcionado porque no me haya quedado a terminar el resort de Fool's Gold —sacudió la cabeza y maldijo—. Terminar digo, ¡si ni siquiera está empezado! Hay mucho que hacer. Will es un gran tipo y muy capaz en su trabajo, pero esto es más grande de lo que haya hecho nunca. Va a necesitar ayuda.

Elliot se recostó en su silla.

—¿Por qué crees que tienes algo que demostrar?

—Porque no me vas a dejar la dirección de la empresa solo porque sea tu hijo.

—Eso podría ser cierto si fueras distinto, Tucker, pero has sido capaz de dirigir Construcciones Janack durante años. Todo el mundo lo sabe, y esperaba que tú también te hubieras dado cuenta. La única razón por la que no estás al mando ahora es que yo no estoy preparado para irme todavía. No te pedí que dirigieras el proyecto de Fool's Gold para demostrarme nada. Dijiste que te interesaba y por eso te lo di. Ya te has ganado mi confianza y siempre has tenido mi amor. Estoy orgulloso de ti.

Tucker se sintió como si volviera a ser un niño.

–Gracias, papá.

–De nada. ¿Puedes sentarte ya?

–Claro.

Se sentó en el suave cojín de la silla, pero no podía quedarse sentado. Necesitaba estar haciendo algo. Mantenerse ocupado. Correr.

–Cuando tu madre murió, lo único que me hizo seguir adelante fue saber que tenía que ocuparme de ti. No podía soportar quedarme aquí porque había demasiados recuerdos, así que te llevé allí donde había trabajo. Por todo el mundo. Me dije que te gustaría vivir en lugares distintos y conocer a gente diferente, y te gustó, pero aunque ganaste muchas cosas, también perdiste mucho.

Elliot se echó hacia delante.

–No podías tener los mismos amigos año tras año y nunca estabas en el mismo colegio el tiempo suficiente para poder participar en equipos de deporte o enamorarte de alguna chica. No estoy diciendo que no hubiera chicas en tu vida porque aún recuerdo aquel incidente con la hija del embajador cuando tenías diecisiete años…

Tucker se rio.

–¡Ey, eso no fue culpa mía! Fue ella la que se coló por mi ventana para desearme un feliz cumpleaños.

Su padre sonrió.

–Entendido. Pero aunque hubo chicas, nunca estuviste en un sitio el tiempo suficiente para enamorarte de ninguna. Hasta que llegó Cat.

–Lo dices como si la conocieras.

–Sabía de ella. Uno de los chicos de la cuadrilla me llamó y me contó lo que estaba pasando. Dijo que estabas loco por ella y que estabas sufriendo, pero supuse que había llegado la hora de que aprendieras algo sobre la vida y el amor. Por eso me mantuve alejado.

–¿Lo sabían?

Su padre se rio.

—No eras muy sutil. Te enamoraste, te rompieron el corazón y aprendiste la lección, justo como lo había planeado. Pero fue una lección equivocada, hijo. El amor no te convierte en un idiota. Algunos tenemos la fortuna de encontrar parejas a las que amamos, mientras que otros nunca encuentran a nadie. Pero los afortunados encuentran a esa persona que lo cambia todo. Para mí, fue tu madre. Hoy la amo tanto como la amaba cuando le pedí que se casara conmigo. Prefiero haberla amado esos pocos años que haber amado a otra mujer una vida entera. Renunciaría a todo esto —señaló al despacho—. Lo sacrificaría todo excepto a ti por recuperarla aunque solo fuera por un día. Amar es una bendición. Lo que tuviste con Caterina fue…

—Una obsesión. Ya lo he oído.

—Crees que no puedes amar y seguir siendo quien eres. Crees que el precio del amor es demasiado alto y te equivocas. El amor lo merece todo, aunque yo no vaya a ser capaz de convencerte de ello.

—Seguramente no puedas.

Elliot asintió.

—Bueno. Vamos a reunirnos por la mañana y hablaremos del siguiente paso. Podemos empezar con el traspaso de poderes para que tomes la dirección de la empresa ahora o podemos buscarte otro proyecto.

Eso era más de lo que Tucker se había esperado.

—Gracias, papá —se levantó.

—De nada.

Su padre se levantó y bordeó el escritorio. Los dos se abrazaron y Elliot posó las manos sobre los hombros de su hijo.

—Tu madre estaría muy orgullosa de ti. Te quería.

Pensó en los borrosos recuerdos que no tenían una forma real y deseó haber podido tenerla en su vida más tiempo. Pero se la habían llevado sin avisar y dejando atrás a un niño pequeño y a un esposo destrozado.

Tucker se marchó.

Una vez en el pasillo, fue hacia los ascensores y pulsó el botón. Tenía un pequeño apartamento en la ciudad y ahora mismo dormir un poco le parecía una buena idea. Después, pensaría detenidamente en lo que quería hacer. Marcharse del país era una opción que le mantendría ocupado y le haría olvidar. Porque no había modo de volver atrás.

Alrededor de las tres de la tarde siguiente, Tucker decidió tirar la tele por la ventana. No había nada interesante en esa maldita cosa. A pesar de no haber dormido en dos días, se había pasado tres horas en el gimnasio de su edificio y había recorrido a pie casi toda la ciudad, no podía relajarse, no podía centrarse y no podía encontrar nada que ver en la tele. Necesitaba estar en alguna selva en alguna parte del mundo. Tal vez una buena fiebre tropical pondría su mundo en perspectiva.

Se levantó del sofá y fue a la cocina. En la nevera encontró una cerveza y unos restos de pizza. No le apetecía ninguna de las dos cosas. Aún inquieto, fue al dormitorio. Tal vez si se daba una ducha le entraría el sueño, o al menos, podría olvidarse un poco.

Eso iba a hacer justo cuando sonó el timbre.

¡Nevada!

Sabía que era ella, pensó al correr hacia la puerta. Había ido a hacerle entrar en razón, a gritarle y a decirle por qué se equivocaba. Lo convencería y él le dejaría hacerlo y...

Abrió la puerta, pero allí solo encontró a Cat.

—¡Oh! —exclamó decepcionado y frustrado—. Eres tú.

—Yo tampoco me alegro mucho de verte. Me siento fatal. No he podido trabajar. Estoy perdida y nada me ayuda.

Se paró en mitad del salón y lo miró. El dolor se reflejaba en su rostro.

–¡Odio esto! Echo de menos a Nevada y echo de menos ese estúpido pueblecito. La poca creatividad que me quedaba se ha ido y ahora no sé qué hacer. Cody ha sido una decepción.

–¿Quién es Cody?

–Oh, uno de los universitarios que le tenían una habitación alquilada a Nevada. Pensé que me ayudaría, pero no ha sido así. Y luego recordé lo bien que estábamos tú y yo juntos, así que por eso he venido. Tienes que solucionar esto, Tucker. Te necesito.

Su voz era un gemido y su tono petulante. Era como una niña que no se había salido con la suya.

–Lo siento, pero no puedo ayudarte.

–Sí que puedes, pero no quieres –se acercó y posó las manos sobre su pecho–. ¿Cómo puedes resistirte a mí?

–Es fácil –respondió sin pensar y sabiendo que era la verdad.

Una verdad que impactó con fuerza contra él.

–La quiero.

Cat estrechó sus enormes ojos en un gesto de clara rabia.

–¿Qué has dicho?

Él le apartó las manos de su pecho.

–La quiero. Hace tiempo que la quiero. A ti no te quise. Estar contigo fue como ser un adicto esperando mi siguiente dosis, nunca estaba satisfecho. Con Nevada no es así. Cada vez que estoy con ella, me siento mejor y más fuerte. Ella me lo da todo.

Dio una vuelta lentamente, sin saber qué hacer ni adónde ir.

–Me dijo que me quiere y yo me fui. ¿En qué demonios estaba pensando? –agarró a Cat de los brazos–. Me dijo que me quiere. ¿Qué estoy haciendo aquí contigo?

Agarró las llaves del coche y su móvil y fue hacia la puerta.

Se encontraba a medio camino del garaje cuando se dio cuenta de que debería haber llevado una bolsa de equipaje o haber cerrado la puerta del apartamento. «¡Da igual!», pensó encogiéndose de hombros. Cat cerraría la puerta, o tal vez no, pero no importaba. Esa no era su casa, no era su hogar. Su hogar y su sitio estaban junto a su mujer y, por Dios, que volvería a su lado.

Nevada pensó que tal vez debería hacerse con una mascota y, aunque la autosuficiencia de los gatos resultaba atrayente, tal vez un perro sería una opción mejor, alguna especie de cruce con perro de rescate que pudiera acompañarla a la obra. Entró en la Web de la Protectora de Animales de Fool's Gold con la idea de ver algunas fotografías y pensando que tal vez mirar los grandes ojos marrones de un perro la harían sentirse mejor. Con el tiempo, algo tendría que conseguirlo.

Echaba de menos a Tucker. Quería ser fuerte y valiente y decir que lo había olvidado; que había sido un idiota por marcharse y que si así había reaccionado ante su declaración de amor, entonces estaba mucho mejor sin él. Era posible que algún día llegara a creerse todo eso, pero ahora por el momento no podía. Ahora, o mejor dicho, esa noche, estaba sufriendo y el agujero donde antes estaba su corazón no dejaba de recordarle lo que había perdido.

Salió de la Web inmediatamente; no, no era responsable adoptar un perro ahora. Tenía que enfrentarse a su problema ella sola y después, cuando se sintiera mejor, decidiría si estaba preparada o no para responsabilizarse de una mascota.

Muy racional y madura, se dijo. Su madre estaría orgullosa.

El teléfono sonó.

Miró el reloj y vio que eran más de las diez. ¿Le habría pasado algo a alguien de la familia?

Miró la pantalla y se le secó la garganta al ver que era el Departamento de Policía de Fool's Gold.

–¿Diga?

–Nevada, soy la jefe Barns. Nadie ha muerto.

Respiró hondo.

–Me alegra saberlo.

–Dicho eso, tengo un problema. Necesito que vengas a la plaza del pueblo ahora mismo. Nadie está herido, no te preocupes por eso, pero pasa… algo.

–¿Qué significa eso?

–Será mucho más sencillo enseñártelo.

Y con eso, la comunicación se cortó.

Nevada no sabía de qué estaba hablando la mujer, pero tampoco quería esperar a conocer la respuesta, así que se levantó, se puso unas botas, un abrigo y unos guantes.

Corrió por las calles residenciales, agradecida de que ni hiciera viento ni estuviera lloviendo, aunque de todos modos, las orejas se le habían helado para cuando dobló la última esquina y pudo ver la plaza.

Las farolas iluminaban los bancos, los arbustos que en esa época del año estaban prácticamente desnudos y el coche de la policía aparcado al lado. Los focos instalados para la vagina gigante iluminaban la extraña escultura y también una escalera, un hombre subido a ella y las chispas de un soplete.

La jefe Barns salió de entre las sombras y fue hacia ella.

–No lo entiendo –dijo Nevada confundida por lo que estaba viendo–. ¿Es…?

En ese momento el hombre se movió y lo reconoció.

Tucker. ¿Tucker? ¿Qué estaba haciendo ahí? ¿Había vuelto?

–Parece que algún vándalo está desmantelando ese espanto de estatua –dijo alegremente la mujer–. La buena noticia es que Cat cree en la simplicidad del montaje. Se montó fácilmente y se desmontará con la misma facilidad. Por la mañana uno de mis oficiales va a descubrir que ha desaparecido. ¡Qué pena! Habrá mucho papeleo que hacer.

Nevada solo podía mirar al hombre de la escalera.

–¿No vas a detenerlo?

–¿Por qué? No veo nada.

–¿Qué le pasará a la pieza?

La mujer se encogió de hombros.

–Los rumores dicen que irá a parar a un jardín de San Francisco. Seguro que ellos la valorarán mejor que nosotros –dio una palmada–. ¡Bueno! Tengo que volver a casa. Uno de mis hijos tiene un examen de Historia mañana y tengo que echarle una mano. Que pases buena noche.

Y con eso, se subió al coche y se marchó.

Nevada se acercó lentamente hasta la estatua. Saltaron unas chispas y un lateral de la vagina gigante cayó al suelo. Se preparó para el estruendo del metal contra el asfalto, pero se dio cuenta de que había papel acolchado protegiendo las piezas.

–¡Tucker! –gritó.

Él se giró y la miró antes de apagar el soplete. Y allí estaba ella, esperando, quieta, con el corazón a mil por hora y con sensaciones de miedo y esperanza batallando en su interior.

Cuando él bajó, se quitó el equipo protector y la abrazó. Su ardiente boca le robó un beso que hizo que se le encogieran los dedos de los pies, y Nevada le devolvió el abrazo y se aferró a él como si no fuera a soltarlo jamás.

–Lo siento –le dijo él apartándose lo justo para poder hablar–. He sido un idiota. Peor que eso, he sido el cretino que te ha hecho daño. Lo siento, Nevada. No debería haberme marchado, pero tenía que hacerlo. Era el único modo de averiguar qué hacer. Pero ahora he vuelto y no volveré a marcharme. He hablado con mi padre de camino aquí y voy a trasladar el negocio aquí. Quiero estar aquí contigo, en este pueblo.

Le agarró la mano.

—Te quiero, Nevada. Te quiero desde hace tiempo. Tenía razón, lo que tuve con Cat no era amor. No era nada bueno, pero no podía verlo y por eso casi te pierdo. Espero que me des otra oportunidad. Tenemos que estar juntos, quiero pasar el resto de mi vida haciéndote feliz. Dí que sí.

Ella estaba flotando. Sinceramente, podía sentir sus pies elevados por encima del suelo. Eso no podía estar pasando, pero así era. La amaba. ¡Tucker Janack la amaba!

Se vio inundada por una agradable calidez y por una sensación de felicidad. Lo miró a los ojos y supo que siempre se tendrían el uno al otro y que su futuro sería más maravilloso de lo que se podía imaginar.

Sonrió.

—No me has preguntado nada —dijo—. ¿Qué se supone que tengo que responder?

—¿Qué? Oh, claro —se arrodilló—. Nevada Hendrix, ¿quieres casarte conmigo?

Ahí mismo, en la noche, con las estrellas como testigos y frente a una vagina gigante. En Fool's Gold, pensó poniéndolo de pie.

—Te quiero —le susurró antes de besarlo—. Por supuesto que me casaré contigo.

Él la levantó en brazos y comenzó a darle vueltas antes de volver a dejarla en el suelo lentamente y besarla.

¡Todo era perfecto! Se abrazaron y después Tucker se giró hacia la estatua.

—Tengo que terminar esto.

—Te ayudaré. Así tardaremos menos y podremos irnos a casa.

Epílogo

Nochevieja 17.45
Hotel Gold Rush Ski

Una fina nieve había estado cayendo durante todo el día y justo después de la puesta de sol había empezado a hacerlo con más fuerza. Un color blanco enmoquetaba el aparcamiento y los caminos. Los aparcacoches comprobaron una vez más la lista de invitados para confirmar que todo el mundo había llegado. Ya que todo el mundo pasaría la noche en el hotel, limpiar las carreteras cercanas era algo que podría esperar.

En el salón más pequeño, las sillas se habían dispuesto en hileras dividiendo el espacio en zonas para el novio y la novia. O mejor dicho, para los novios y las novias. Unos cuantos invitados de South Salmon, Alaska, que conocían a Finn Andersson se mezclaban con antiguos pacientes del doctor Simon Bradley y Elliot Janack, el padre de Tucker, estaba presentándose a Sasha y Stephen, los gemelos que eran hermanos de Finn.

Max Thurman estaba en el lado de las novias, con Hannah, la hija adoptiva de Dakota en sus brazos. Él llevaba un traje negro y la bebé iba de rosa pálido con zapatos de lazo y una corona de rosas diminutas en el pelo.

Los hermanos Hendrix, a excepción de Ford que no había podido asistir finalmente, estaban allí. Ethan estaba sentado junto a su mujer, Liz, y sus tres hijos. Kent y su hijo se sentarían a su lado después de acompañar a Denise hasta su asiento.

La gente del pueblo ocupaba ambos lados del pasillo porque, así, los hombres sentirían que eran parte de Fool's Gold.

Las hermanas Gionni, aún enfrentadas, estaban sentadas una delante de la otra. Eddie Carberry y Gladys Smith estaban en asientos contiguos. La alcaldesa Marsha entró con su nieta y su nieto político, Charity y Josh Golden, y con la preciosa hija de ambos, en brazos de Josh.

Pia y Raúl Moreno iban cada uno con una de sus hijas gemelas. Morgan, el dueño de la librería, se sentó a su lado y tomó en brazos a una de las pequeñas; aún estaba esperando a que su hija le diera nietos. La familia McCormick ocupaba toda una fila. Janis y su marido, Mike, aún se miraban como si estuvieran de luna de miel, a pesar de llevar casados más de treinta años. Su hija Katie y Jackson, su marido, estaban esperando su primer hijo para esa primavera.

Jo y Will entraron por una puerta lateral.

—¿Tengo bien el pelo? —preguntó Jo nerviosa.

Will la besó.

—Estás impresionante.

Ella le sonrió.

—Gracias, pero ¿tengo aspecto de acabar de hacer el amor? Creo que a la gente le resultaría vulgar.

—No. Estarían celosos.

Cuando se sentó a su lado, el anillo de diamantes que lucía en su mano izquierda destelló bajo la luz. Ninguno de los dos estaba interesado en celebrar una gran boda como esa y en algún momento de las siguientes semanas se marcharían a Las Vegas y se casarían.

Charlie, Annabelle y Heidi entraron juntas.

–Qué bonito –dijo Charlie–. Un poco cursi para mi gusto, pero muy bonito.

–Es precioso –exclamó Annabelle con un suspiro–. Ojalá yo fuera más romántica.

Heidi asintió.

–Yo he renunciado a los hombres, pero hasta esto me gustaría.

Recorrieron el pasillo y tomaron asiento detrás de la alcaldesa, Charity y Josh.

Denise Hendrix suspiraba de alegría al ver a los invitados tomar asiento. A pesar de la velocidad con que se había organizado todo, la boda había resultado ser perfecta.

El perfume de las rosas y los lirios se entremezclaba con el aroma de las altas velas y una música romántica emanaba de la pequeña orquesta que tocaba en una esquina. Estaba dispuesta a admitir que podía considerarse una extravagancia, pero no todos los días una madre veía a sus tres hijas casarse.

Entró en un pasillo lateral y fue a ver el salón más grande donde se celebraría el banquete.

Allí reinaba el caos controlado. El decorador de tartas estaba colocando los últimos *cupcakes*, ya que en lugar de tres tartas, las chicas habían preferido *cupcakes* de distintos colores que oscilaban entre el rosa pálido y el rojo intenso. El sabor, chocolate, picante, coco y vainilla, se reflejaba en la decoración de cada *cupcake*.

Había una barra en cada esquina y, ya que nadie tendría que conducir, el champán y los cócteles correrían durante la noche. Los aperitivos se ofrecerían durante la primera hora y después se serviría la cena, seguida de un postre y fresas cubiertas de chocolate. Había una pista de baile junto a la orquesta y una red llena de globos que serían soltados a medianoche.

Denise se llevó las manos al estómago diciéndose que no debía ponerse nerviosa porque todo saldría a la perfección. Sonrió para sí y volvió al salón más pequeño. Una vez las chicas estuvieran listas para empezar, se sentaría junto a Max y ocuparía el lugar del mundo que más deseaba ocupar.

–Llevo una tiara –dijo Nevada mirándose al espejo–. No puedo creerlo. Trabajo en la construcción. ¿Cómo ha podido pasar esto?

Dakota se echó hacia delante y se la ajustó.

–Era de la abuela de Tucker y él quería que la llevaras. ¿Ibas a negarte?

–Está claro que no.

–Creo que estás preciosa –le dijo Montana.

–Las tres estamos preciosas –contestó Nevada sabiendo que era verdad. Habían logrado celebrar una boda triple que reflejara sus tres estilos.

El vestido de Nevada era sencillo, sin mangas, con un corpiño ajustado y una falda larga y ceñida. Su licencia romántica fue el lazo de la espalda que se convertía en una elegante cola.

Dakota había elegido un vestido corte imperio con escote en «v» que resaltaba su repentinamente impresionante escote a la vez que le ocultaba la tripa. El vestido de Montana era femenino con hileras de seda y encaje que caían en forma de cascada.

Nevada llevaba la tiara de la abuela de Tucker. Dakota lucía un sencillo velo y Montana un moño suelto decorado con flores diminutas.

La puerta de la habitación de las novias se abrió y Denise entró.

–¿Todas listas? –preguntó justo antes de cubrirse la boca con la mano y exclamar–: ¡Oh, estáis preciosas! Mis niñas.

Las tres corrieron hacia ella y se abrazaron.

–Os quiero.

–Yo también os quiero.

–No lloréis, se nos correrá la pintura.

–¡No me puedo creer que estemos haciendo esto!

Posaron para las últimas fotos y Denise les entregó sus ramos.

–Ya ha llegado todo el mundo. La cena va a ser una maravilla. ¡Qué feliz soy! –respiró hondo–. Ojalá vuestro padre estuviera aquí para veros.

–Está aquí, mamá –le dijo Montana.

Denise se secó una lágrima.

–Supongo que tienes razón.

Las cuatro salieron al pasillo y esperaron mientras a su madre la acompañaban hasta su asiento.

Ya habían decidido el orden en el que recorrerían el pasillo: Dakota había sido la primera en prometerse, así que ella marcaría el paso, y después irían Montana y Nevada.

La música cambió a la *Marcha Nupcial* y los invitados se levantaron.

Dakota empezó a caminar tan despacio como habían practicado. Todas las personas que conocía y quería estaban allí esa noche. Vio a Finn y se sonrieron.

También vio a su hija sonriéndole. Ahí estaba la pequeña Hannah. La vida la había bendecido en todos los sentidos posibles.

Montana iba después, disfrutando con cómo se movía su vestido a cada paso que daba. Se sentía como un princesa de las hadas en un castillo y esperándola estaba su guapo príncipe. Simon la miraba, tan serio como siempre, pero expresándole un amor que llegaba hasta ella Esa noche, cuando estuvieran a solas en su suite, le diría lo que había descubierto esa misma mañana después de orinar en un palito, pero mientras tanto, haría lo posible por convencerlo de que estaba bebiendo champán aunque no lo estuviera haciendo.

«¡Un bebé!», pensó feliz. ¡A lo mejor tenían gemelos!

Nevada esperó a que Montana llegara al final del pasillo antes de echar a andar y la mirada de Tucker no se separó de ella en ningún momento.

Cat le había enviado disculpas y eso la había aliviado. ¿Quién sabía lo que la bella y temperamental artista podría haber hecho en un evento así? Le había enviado también un regalo, algo que había hecho ella misma. Estaba arriba, aún envuelto. Nevada y Tucker habían decidido que necesitarían mucho champán antes de tener el valor de abrirlo.

Aún se encontraba a unos metros de sus hermanas cuando Tucker rompió filas y fue hacia ella despertando las risas de varias invitados. La tomó de la mano y la acompañó durante el resto del recorrido.

–Para que no cambies de idea –le susurró.

–No lo haré. Nunca.

Él miró a su alrededor y sonrió.

–Supongo que ya estamos los seis.

Y cuando las tres novias y los tres novios estuvieron en sus puestos, el sacerdote dio comienzo a la ceremonia.

–Queridos amigos…

–Voy a llorar –susurró Heidi.

–Yo también –añadió Annabelle.

–Yo no creo en eso de llorar –les dijo Charlie a pesar de estar sonándose la nariz–. Esto es lo peor. ¡Me estoy poniendo romántica!

–Yo también –suspiró Annabelle–. Quiero encontrar a alguien.

–¡Oh, sí! –Heidi respiró hondo–. Yo también, pero creo que todos los buenos ya están ocupados.

La alcaldesa, que estaba sentada delante, se giró y sonrió.

–El año que viene, chicas. Tengo un presentimiento. Esperad y veréis.

ÚLTIMOS TÍTULOS PUBLICADOS EN HQN

Pareja Perfecta de Brenda Novak

La heredera escocesa de Margaret Moore

Profecía en el crepúsculo de Maggie Shayne

Juego sucio de Susan Andersen

Susurros de Carla Neggers

La cortesana del rey de Judith James

Sólo para ti de Susan Mallery

La rendición más oscura de Gena Showalter

Mentira perfecta de Brenda Novak

Deseada de Nicola Cornick

Romance en la bahía de Sheryl Woods

Amar peligrosamente de Sarah McCarty

La última profecía de Maggie Shayne

Convénceme de Victoria Dahl

Crimen perfecto de Brenda Novak

Tiempos de claroscuro de Deanna Raybourn